O retorno

Dulce Maria Cardoso

O retorno

todavia

Aos desterrados
Ao Luís, o meu chão

Mas na metrópole há cerejas. Cerejas grandes e luzidias que as raparigas põem nas orelhas a fazer de brincos. Raparigas bonitas como só as da metrópole podem ser. As raparigas daqui não sabem como são as cerejas, dizem que são como as pitangas. Ainda que sejam, nunca as vi com brincos de pitangas a rirem-se umas com as outras como as raparigas da metrópole fazem nas fotografias.

A mãe insiste para que o pai se sirva da carne assada. A comida vai estragar-se, diz, este calor dá cabo de tudo, umas horas e a carne começa a esverdear, se a ponho na geleira fica seca como uma sola. A mãe fala como se hoje à noite não fôssemos apanhar o avião para a metrópole, como se amanhã pudéssemos comer as sobras da carne assada dentro do pão, no intervalo grande do liceu. Deixa-me, mulher. Ao afastar a travessa o pai derruba a cesta do pão. A mãe endireita-a e ajeita as côdeas com o mesmo cuidado com que todas as manhãs ordena os comprimidos antes de os tomar. O pai não era assim antes de isto ter começado. Isto são os tiros que se ouvem no bairro acima do nosso. E as nossas quatro malas por fechar na sala.

Ficamos num silêncio tão cerimonioso que o barulho da ventoinha surge anormalmente alto. A mãe pega na travessa da carne e serve-se com os gestos contidos que costumava usar com as visitas. Quando pousa a travessa na mesa demora a mão sobre a toalha das dálias. Agora já não há ninguém para visitar-nos, mas mesmo antes de isto ter começado era raro termos visitas. A minha irmã diz, ainda me lembro do dia em que aquele galo, o galo de louça que está na bancada de pedra--mármore, caiu ao chão e lascou a crista. Insistimos em pormenores insignificantes porque já começámos a esquecer-nos. E ainda nem saímos de casa. O avião é um bocadinho antes da meia-noite, mas temos de ir mais cedo. O tio Zé vai levar-nos ao aeroporto. O pai vai lá ter depois. Depois de matar a Pirata e de deitar fogo à casa e aos camiões. Não acredito que o pai mate a Pirata. Também não acredito que o pai deite fogo à casa e aos camiões. Acho que diz isso para não pensarmos que eles se ficam a rir. Eles são os pretos. No entanto, o pai comprou bidões de gasolina que estão guardados no anexo. Talvez seja mesmo verdade, talvez o pai consiga matar a Pirata e queimar tudo. A Pirata podia ficar com o tio Zé, que não se vai embora porque quer ajudar os pretos a formar uma nação. O pai ri-se sempre que o tio Zé fala na grandiosa nação que se erguerá pela vontade de um povo oprimido durante cinco séculos. Mesmo que o tio Zé prometesse que tomava conta da Pirata não servia de nada, o pai acha que a única coisa que o tio Zé sabe fazer é desonrar a família. E é capaz de ter razão.

Apesar de ser o último dia que passamos aqui, nada parece assim tão diferente. Almoçamos sentados à mesa da cozinha, a comida da mãe continua a não ser saborosa, temos calor e a humidade do cacimbo faz-nos transpirar. A única diferença é que estamos mais calados. Dantes falávamos do trabalho do pai, da escola, dos vizinhos, do aspirador que a mãe cobiçava nas revistas, do ar-condicionado que o pai tinha prometido, do Babyliss que havia de alisar os caracóis da minha irmã, de uma bicicleta nova para mim. O pai prometia tudo para o ano que vem e quase nunca cumpria. Sabíamos disso, mas ficávamos felizes com as promessas do pai, acho que nos bastava a ideia de que o futuro seria melhor. Antes de os tiros terem começado o futuro seria sempre melhor. Agora já não é assim e por isso já não temos assuntos para falar. Nem planos. O pai já não vai trabalhar, já não há escola e os vizinhos já se foram todos embora. Não haverá ar-condicionado, nem aspirador, nem Babyliss, nem bicicleta nova. Nem casa sequer. Estamos calados a maior parte do tempo. A nossa ida para a metrópole é um assunto ainda mais difícil do que a doença da mãe. Também nunca falamos da doença da mãe. Quando muito referimos o saco de medicamentos que está em cima da bancada da cozinha. Se um de nós está a preparar qualquer coisa perto, dizemos, cuidado com os medicamentos. Como acontece com os tiros. Se um de nós vai à janela, cuidado com os tiros. Mas calamo-nos de seguida. A doença da mãe e esta guerra que nos faz ir para a metrópole são assuntos parecidos pelo silêncio que causam.

O pai tosse ao acender mais um cigarro. Tem os dentes amarelos e a casa cheira a tabaco mesmo quando o pai não está. Sempre o vi a fumar AC. O Gegé, quando chegou das férias da metrópole, disse que lá não havia AC. Se for verdade, não sei como o pai vai fazer. Tenho a certeza que é a última das preocupações que o pai tem agora e nem sei para que me ponho a pensar nisso, por que perco tempo com coisas que não têm interesse algum quando tenho tantas coisas importantes em que devia pensar. Mas não consigo mandar naquilo em que penso. Talvez a minha cabeça não seja muito diferente da cabeça fraca da mãe, que está sempre a perder-se nas conversas. De vez em quando a mãe pede ao pai para fumar menos, mas o pai não a leva a sério, sabe que passado um tempo a mãe esquece-se do pedido como se esquece de quase tudo. As vizinhas zangavam-se com os esquecimentos da mãe, se a d. Glória não fosse como é tínhamos de levar-lhe a mal certas coisas. Mas a mãe é como é e as vizinhas não podiam levar-lhe a mal tudo o que queriam, ainda que não lhes faltasse vontade. Mas não eram só os esquecimentos. As vizinhas também achavam que a mãe não sabia tomar conta de mim e da minha irmã, se nos viam a brincar nos charcos da chuva ou a correr atrás do carro da Tifa, coitadas daquelas crianças que crescem sem eira nem beira. Os pretos corriam atrás do carro, abriam a boca para engolir a névoa que matava o paludismo, mas os brancos não, as vizinhas sabiam que aquele fumo fazia mal e proibiam os filhos como os proibiam de chapinhar na água da chuva por causa da filária. D. Glória, os pretos têm outra constituição e não há neste inferno nada que lhes faça mal, temos de ter cuidado com os nossos, avisavam as vizinhas.

A culpada de a mãe ser assim é esta terra. Sempre houve duas terras para a mãe, esta que a adoeceu e a metrópole, onde tudo é diferente e onde a mãe também era diferente. O pai nunca fala da metrópole, a mãe tem duas terras mas o pai não. Um homem pertence ao sítio que lhe dá de comer a não ser que tenha um coração ingrato, era assim que o pai respondia quando lhe perguntavam se tinha saudades da metrópole. Um homem tem de seguir o trabalho como o carro segue os bois. E ter um coração agradecido. O pai só estudou até à segunda classe mas não há nada que não saiba sobre o livro da vida, que, segundo o pai, é o que mais ensina. O Lee e o Gegé gozavam quando o pai se punha a falar do livro da vida e eu tinha de fazer um esforço para não ter vergonha. Deve estar no sangue dos pais fazerem e dizerem coisas que envergonham os filhos. Ou no sangue dos filhos sentirem vergonha dos pais.

Já se foram todos embora. Os meus amigos, os vizinhos, os professores, os donos das lojas, o mecânico, o barbeiro, o padre, todos. Nós também já não devíamos cá estar. A minha irmã acusa o pai de não se importar com o que nos possa acontecer e por vontade da mãe teríamos ido embora há muito tempo, ainda antes do sr. Manuel. Não acredito que o pai não se importe connosco apesar de não perceber por que ainda não nos fomos embora quando pode acontecer-nos uma coisa má a qualquer momento. Os soldados portugueses já quase não passam por aqui e os poucos que vemos têm os cabelos compridos e as fardas desleixadas, os botões das camisas desapertados e os atacadores das botas por atar. Derrapam os jipes nas curvas e bebem Cucas como se estivessem de férias. Para o pai os soldados portugueses são uns traidores reles mas para o tio Zé são heróis antifascistas e anticolonialistas. Se a mãe e a minha irmã não estão presentes o pai diz ao tio Zé, em vez de antifascistas e anticolonialistas era bom que os soldados portugueses fossem antiputas, anticerveja e antiliamba, e começa mais uma discussão entre os dois.

Depois do que lhe aconteceu não sei como o tio Zé continua a defender os soldados portugueses. Se calhar na cabeça do tio Zé as coisas passaram-se de outra maneira, as cabeças mudam facilmente o que acontece mesmo quando não são fracas como a da mãe. Ainda esta manhã, na minha cabeça, este dia deixou de ser este dia. A mãe estava a fazer o arroz-doce e, por instantes, este dia transformou-se num dos domingos de antes, num dos domingos de quando ainda não havia tiros. O cheiro do arroz a cozer, a persiana da cozinha entreaberta, as bolinhas de sol nos azulejos verdes, o zunido das moscas contra a rede fina da janela, a Pirata a abanar a cauda à espera de lamber a tampa da panela, tudo tal e qual como numa das manhãs de domingo. A minha irmã acha uma porcaria a Pirata lamber as tampas das panelas, ai que nojo. Faz as mesmas caretas quando tenho as mãos sujas com o óleo da bicicleta mas não se incomoda com a papa de abacate e azeite que põe no cabelo para alisar os caracóis, uma papa verde nojenta que a faz parecer uma marciana. Não sei se algum dia serei capaz de compreender as raparigas.

A mãe verteu o arroz-doce para as taças de vidro cor-de-rosa e quis escrever as iniciais dos nossos nomes a canela mas a mão tremia-lhe. Culpou os comprimidos e tentou outra vez, a canela entre o polegar e o indicador às voltas com as nossas iniciais malfeitas e nem nisso houve diferença, as nossas iniciais também nunca ficavam bem desenhadas nas manhãs de domingo em que vínhamos da praia e tomávamos banho de mangueira ao pé do tanque. A Pirata a patinhar na água que ia escorrendo para os canteiros, as toalhas da praia penduradas no sape-sape, a mãe a gritar da cozinha, cuidado com os meus canteiros, olhem que o sal mata as rosas. A mãe não gosta de sol nem de sal. Gosta de rosas. Os canteiros da mãe têm rosas de todas as cores que a mãe nunca corta, conseguia lá cortar uma rosa, as vizinhas não ligavam ao que a mãe dizia mas abanavam a cabeça, a d. Glória tem cada mania, que mal há em cortar flores, ficam tão bonitas numa jarra. Que o sal não mate as rosas, pedia a mãe, mas por mais que lavássemos tudo o melhor que podíamos havia sempre pontinhos pequeninos a brilhar nos canteiros. O sal acabava sempre por matar algumas rosas.

A mãe lambeu a canela dos dedos como se fosse uma coisa boa e foi à mala do enxoval, que está na salinha da costura, buscar uma toalha para pôr na mesa. A manhã continuava igual às manhãs de domingo. Tão igual que me deu vontade de ir para o quintal fumar um cigarro às escondidas. De certeza que estava tudo como dantes e nos outros quintais os vizinhos faziam churrascos pincelando a carne com uma folha de couve molhada em azeite e os filhos dos vizinhos balouçavam-se nos pneus pendurados por cordas às árvores a comer os baleizões de gelo que tinham feito. Mas a mãe regressou com a toalha das dálias e começou a chorar outra vez, nunca mais verei o meu enxoval, nunca mais verei esta toalha. E a manhã voltou a ser a nossa última manhã aqui, os quintais ficaram vazios, os fogareiros cheios de chuva antiga, os pneus quietos nas árvores como se fossem olhos parados no ar a fazerem-nos perguntas. A nossa última manhã. Tão silenciosa apesar dos tiros. Nem os tiros conseguem desfazer o silêncio da nossa partida, amanhã já não estamos aqui. Ainda que gostemos de nos enganar dizendo que voltamos em breve, sabemos que nunca mais estaremos aqui. Angola acabou. A nossa Angola acabou.

A Pirata levanta a cabeça e torna a deitá-la sobre o meu pé. A mancha preta no olho direito é a única mancha no pêlo branco, curto e eriçado. A Pirata recebe-nos sempre aos pulos, como fazem todos os cães, e tem as orelhas dobradas, como se alguém as tivesse vincado com força. O pai pousa o isqueiro sobre as dálias da toalha, é um Ronson Varaflame, comprámo-lo na ourivesaria do sr. Maia para lho dar quando fez quarenta e nove anos. O sr. Maia também deve estar na metrópole. O pai sabe que fumo mas nunca fumei à frente dele, tem de se manter o respeito, quando fizeres dezoito anos logo se vê. Não gosto assim tanto de fumar mas as raparigas gostam mais dos rapazes que fumam. As raparigas ainda gostam mais de rapazes com mota mas o pai nunca me dará uma mota, tenho que te pôr juízo nessa cabeça, vê como uma mota me deixou esta canela. A cicatriz é feia de se ver, a pele toda arrepanhada em volta do osso, mas não me faz mudar de ideia, a primeira coisa que vou comprar quando ganhar dinheiro é uma mota. As raparigas da metrópole também devem gostar mais de rapazes com mota, as raparigas são parecidas em todo o lado, pelo menos nestas coisas.

Vou dar o resto da carne à Pirata, diz a mãe, como se a Pirata não comesse os nossos restos todos os dias. A minha irmã tira o elástico que prende o cabelo num rabo de cavalo e enfia-o no pulso, pelo menos a Pirata não se pode queixar de a carne estar insossa, diz a minha irmã a apanhar o cabelo, os gestos treinados, o elástico a sair do pulso para uma mão aberta no ar, duas voltas no cabelo, a minha irmã nunca consegue apanhar os caracóis mais pequeninos, a fiada de caracóis rente à pele morena do pescoço, caracóis louros, até são bonitos mas a minha irmã detesta-os, cabelo de preta, os miúdos do bairro diziam-lhe isso para a irritarem, as pretas não têm o cabelo louro, as raparigas levam tudo a sério, até parece que gostam de se ofender.

Maria de Lurdes pede desculpa à tua mãe, ordena o pai. O motor da ventoinha prende-se numa chiadeira, o pai dá--lhe um abanão e as pás verde-esmeralda retomam o barulho habitual. Maria de Lurdes pede desculpa à tua mãe, quando o pai se zanga a minha irmã é Maria de Lurdes mas no resto do tempo é Milucha. Pelo menos a miúda comeu um bocadinho, a mãe defende-nos quase sempre. O pai zanga-se, como é que posso educá-los se ficas sempre do lado deles, bate com o punho fechado na mesa, os talheres tilintam nos pratos, tlim tlim, a mãe pisca os olhos, podia ser um barulho alegre, como o de um brinde, tlim tlim, as festas na metrópole devem ter os mesmos barulhos, tlim tlim, as festas são parecidas em qualquer lado, a mãe levanta-se da mesa, tlim tlim, tropeça nos saltos altos, as pernas magras, os comprimidos tiram-lhe o apetite, as vizinhas já não estão cá para se rirem das roupas da mãe, tlim tlim, as vizinhas dentro dos vestidos justos que a modista copiava das *Burdas* e que lhes deixavam à mostra as coxas e os joelhos gordos, vamos comer o arroz-doce, diz a mãe pondo as taças à nossa frente, tlim tlim, senta-se novamente, os lábios desaparecidos no cor-de-rosa do batom, os olhos mais sombrios debaixo do pó azul que põe nas pálpebras, as vizinhas comentavam, a maneira como a d. Glória se pinta, as vizinhas com as caras lavadas de tanta honradez e as mises de laca que faziam no salão da d. Mercedes e que lhes punham as testas tão altas que pareciam extraterrestres, as vizinhas com as línguas venenosas, a d. Glória já não tem idade para usar o cabelo comprido, ainda pensam mal de si, decerto que a d. Glória não quer ser falada por tão pouco, tlim tlim. À minha frente, a taça de arroz-doce com um R a canela mal desenhado, R de Rui, L de Lurdes, M de Mário e G de Glória. Tlim tlim.

O pai acende mais um cigarro mas esborracha-o de seguida no cinzeiro que tem o emblema da Cuca no fundo, lamenta-se, já nem os cigarros sabem ao mesmo. Foi a d. Alzira que ofereceu o cinzeiro, o marido da d. Alzira era distribuidor há mais de vinte anos na fábrica de cerveja e recebia cinzeiros de brinde apesar de nunca ter fumado um cigarro, a casa da d. Alzira já tinha cinzeiros para as visitas em todas as divisões, se calhar a d. Alzira e o marido levaram uma mala cheia de cinzeiros para a metrópole. Maria de Lurdes, repete o pai zangado, a minha irmã sabe que tem de pedir desculpa à mãe, aposto que lhe passam planos vingativos pela cabeça. As raparigas da metrópole também devem ser vingativas. Nem seriam raparigas se não o fossem.

Gostava de ir para o Brasil ou para a África do Sul. Então se fôssemos para a América como o sr. Luís é que era uma maravilha. Deve ser bom viver na América. O avião para a América ainda demoraria mais horas, tenho medo de enjoar no avião como o Gegé quando foi de férias à metrópole. Quando éramos pequenos, o pai levava-nos a ver os aviões, ficávamos na varanda do aeroporto a beber gasosas, foi o mais perto que estivemos de ter andado de avião. Até do barulho dos aviões gostávamos. No carro, a caminho de casa, a minha irmã pedia-me para fazermos de conta que íamos de avião, é só imaginar que o carro vai pelo ar, não há como as raparigas para se lembrarem de brincadeiras parvas. O Gegé vomitou no avião, é tão normal que até há uns sacos próprios, o Gegé é mentiroso mas acho que estava a dizer a verdade, se enjoar nem quero olhar para o pai, seria uma vergonha, um homem só vomita quando fica bêbedo ou se come alguma coisa estragada.

O sol aparece entre os ramos mais baixos da mangueira e apaga as sombras que cobriam as espreguiçadeiras no pátio.

Nunca mais vamos dormir a sesta nas espreguiçadeiras, o pai nunca mais se vai sentar no banco de madeira para que o barbeiro lhe apare o cabelo e lhe faça a barba, um barbeiro branco, que só um doido deixava que um preto lhe pusesse uma navalha no pescoço. A minha barba ainda não justifica um barbeiro, o pai na minha idade já tinha a barba que tem hoje, éramos homens mais cedo, dizia o barbeiro, até parece que os estudos os atrasam, havia um certo desdém na voz do barbeiro, os estudos são a melhor enxada que lhes podemos dar, zangava-se o pai rematando a conversa. O barbeiro já se foi embora, deve estar na metrópole a contar a anedota dos anões, um bêbedo vê um grupo de anões a sair de um bar, olhe, olhe que os matraquilhos estão a ir-se embora, o pai ter-se-á rido da primeira vez que o barbeiro contou a anedota e o barbeiro contava-a cada vez que cá vinha, o barbeiro conseguia rir-se sempre da mesma anedota, veja lá se ainda lhe foge a mão e me corta as goelas, repreendia o pai. O barbeiro deve estar na metrópole a contar a anedota dos anões matraquilhos, talvez o encontremos por lá, o pai diz que a metrópole não é grande, talvez seja fácil encontrarmo-nos todos, talvez encontre a Paula. Pensando bem, não a quero encontrar, a Paula não é assim tão bonita e nem sequer é divertida, a única coisa que gosta de fazer na vida é ver montras, as horas que passei com ela à frente da montra da casa Sarita a ver vestidos, são lindos não são, gostas mais do azul ou do verde. Não sabia, mas a Paula, diz lá, diz lá. O verde. E a Paula, mas o azul é muito mais bonito, os rapazes são todos a mesma coisa, não têm gosto nenhum. O que tenho é de conhecer as raparigas da metrópole, raparigas lindas com brincos de cereja e sapatos de bailarina.

A mãe não come o arroz-doce, falta-lhe limão, diz, enquanto afaga as dálias bordadas da toalha, se algum dia pensei não ter a quem pedir um limão neste bairro. Parece-me que o arroz-doce cozeu demais mas não digo nada e engulo como se fosse um remédio. A mãe começa a fazer a conversa que tinha com as visitas, esta é uma das toalhas do meu enxoval. Talvez seja a conversa mais adequada já que parecemos visitas. Mas estamos sentados à mesa da cozinha e as visitas nunca entravam na cozinha. Quando vim ter com o vosso pai trouxe a mala amarela cheia de enxoval todo feito por mim, a pressa que tinha em vir para cá, trabalhava no campo durante o dia e bordava aos serões, a pressa que tinha em vir para cá nem me deixava ter sono, não queria acreditar que ia ter uma casa com torneiras, parecia impossível, por causa das pressas tive de desfazer esta dália três vezes, ainda se nota aqui o tecido maltratado, uma casa com torneiras queria dizer que nunca mais teria de acartar água da fonte, a raiva que tinha aos jarros azuis, um à cabeça e um em cada mão, de casa para a fonte e da fonte para casa, o caminho nunca mais acabava com tanto peso, na aldeia não havia uma casa que tivesse torneiras, uma casa com torneiras de onde saísse água sempre que se queria só era possível muito longe daquela miséria, num sítio tão longe que nem o frio lá chegava, não acreditei que aqui não houvesse frio, pus dois cobertores de papa na mala do enxoval, nesta parte a mãe ria-se sempre mas hoje não se ri. A mala de folha amarela com losangos pretos que trouxe o enxoval está ao lado da máquina de costura e vai ficar cá. Hoje a mãe não se consegue rir de ter trazido cobertores de papa para um calor destes. Do enxoval, a mãe só vai levar a toalha de linho. Não é a que gosta mais mas é a que melhor se vende em caso de precisão.

Também não posso levar a coleção das *Grandes Aventuras de Kit Carson* nem do Capitão América mas levo o poster da Brigitte Bardot e o da Riquita com o autógrafo. Enrolei-os com muito cuidado para chegarem lá direitinhos. Quando era candengue dava beijos no poster da Brigitte Bardot, procurava-lhe a boca e fechava os olhos, beijos enormes, nunca contei isso a ninguém, há coisas que nem os amigos podem saber. O Gegé disse que na metrópole todas as raparigas usam calções e botas até ao joelho como a Riquita, *Riquita tu és bonita, Riquita já és rainha e Angola te acredita*. Pedi o autógrafo à Riquita depois do desfile da Marginal, foi difícil, estava tanta gente que quase não conseguia chegar ao pé dela. A Riquita também já se foi embora de certeza.

A minha irmã não consegue decidir se leva as duas fotonovelas da edição de luxo, a *Dama das Camélias* e o *Romeu e Julieta*, ou os discos do Percy Sledge e da Sylvie Vartan. Eu devia levar o *La Décadanse*, não há melhor música para dançar do que o *La Décadanse*, é como se fosse um feitiço, quando o *La Décadanse* toca podemos apertar as raparigas e mexer-lhes no fecho do sutiã. O Lee diz que as raparigas são fáceis de convencer desde que se ponha o disco certo e que estão ainda mais mortinhas do que nós para nos mostrarem as mamas, se não estivessem não usavam camisolas tão justas e não se empinavam tanto. Tenho saudades de dançar o *La Décadanse* com a Paula, de ir de bicicleta com o Lee e o Gegé ver as raparigas dos outros bairros, de vermos os filmes do Miramar da varanda do Ganas com os binóculos. O Gegé diz que na metrópole não há cinemas ao ar livre, não consigo perceber como é que a metrópole tem tudo melhor do que aqui e não tem cinemas ao ar livre.

O pai pega na faca de cortar a carne e com a ponta afiada começa a rasgar uma das dálias que a mãe bordou. Devagarinho, como se houvesse uma maneira certa de rasgar as dálias e o pai a tivesse aprendido tão bem como a mãe aprendeu a bordá-las. A mãe ainda estica a mão para o impedir mas desiste. Não fica cá nada, diz o pai empurrando a ponta da faca em direção ao centro da dália que a mãe bordou a castanho-escuro, nem o pó dos sapatos cá deixo, eles não merecem nada. Eles são os pretos. Todos. Os que não conhecemos e não têm nome e os que conhecemos e têm nomes da metrópole que não sabem pronunciar, Málátia, Ádárbeto, é preciso ser bem matumbo para nem o próprio nome se saber dizer.

O pai chamava-lhes matumbos por tudo e por nada mas era na brincadeira. O pai tem os bidões de gasolina no anexo e jurou que a última coisa que faz nesta terra é queimar tudo o que tem mas não acredito que o faça. Devíamos ir todos juntos para o aeroporto. Devíamos ir já, sem esperar sequer pelo tio Zé. O pai não pode ficar a queimar tudo, é muito perigoso, os bens dos colonos que partem pertencem automaticamente à futura nação angolana, nenhum colono pode destruir os bens que a sua ganância amealhou, se o pai for apanhado a deitar fogo à casa e aos camiões matam-no, matam-nos, esquartejam-nos à catanada e enfiam os bocados numa fossa, ou espetam-nos em paus à beira da estrada, ainda a semana passada apareceu na estrada de Catete a cabeça de um branco espetada num pau. Não fica cá nada, diz o pai começando a rasgar a dália seguinte.

A mãe olha lá para fora, os olhos inquietos debaixo do pó azul, não se deve importar que o pai rasgue a toalha, não a vai levar de qualquer maneira, deve estar preocupada com o atraso do tio Zé, sempre foi difícil adivinhar o que vai na cabeça da mãe. Desde que isto começou também é difícil adivinhar o que vai na cabeça do pai, da minha irmã, na minha, é como se todos tivéssemos ficado parecidos com a mãe. O pai rasga as dálias e a Pirata vira-se de barriga para cima, deve estar a sonhar porque agita as patas muito depressa como se estivesse num mundo virado ao contrário e corresse atrás dos miúdos nos carros de rolamentos. Já não há miúdos para andarem nos carros de rolamentos. Continuamos calados mas não nos levantamos da mesa. A faca, que é grande e afiada, avança pequena e romba na mão grande e enfurecida do pai. O pai mede quase dois metros e pesa mais de cem quilos, onde o pai está tudo parece mais pequeno, a cadeira do pai tem o tampo abolado, quem se irá sentar na cadeira do pai, quem tomará os nossos lugares, quanto tempo demorarão a ocupar a casa, de que lado da rua virão, entrarão pela porta da frente ou pela da garagem, quanto tempo levarão a descobrir o truque de dar um abanão para que a ventoinha pare de chiar, a ventoinha também fica cá, não precisamos da ventoinha na metrópole. Lá agora é verão mas a mãe diz que o calor dura pouco e que o outono já é frio.

A mãe deve saber. Era outono quando veio para cá no *Vera Cruz* com laços nas pontas das tranças como no retrato que está pendurado na parede da sala. A mãe nunca mais poderá olhar para o retrato e contar como tudo foi, chovia no dia em que saí da minha terra, os meus pais levaram-me até à estação de comboio num carro de aluguer. Aqui não se anda de comboio, quer dizer os pretos vão à boleia pendurados nas portas dos vagões mas isso não é andar de comboio. Vi os meus pais pela última vez no dia 30 de novembro de 1958, o relógio da estação marcava sete e dez, os meus pais despediram-se de mim, nem um abraço, não havia o hábito, deram-me um saco com queijo terrincho, pão e castanhas piladas para comer na viagem, que deus os tenha. Se o pai não queimar tudo o que será do retrato sem a mãe para contar as histórias do dia em que se veio embora da metrópole, dos nove dias da viagem de barco, da chegada, estava tanto vento que o pó se levantava como se o diabo o soprasse, pó encarnado, nunca tinha visto nada parecido.

Devíamos ter ido de barco, o sr. Manuel é que foi esperto, se fôssemos de barco o enxoval da mãe podia voltar para a metrópole. Já não há lugares nos barcos, já não há nada. Ainda falta-vam duas horas para o *Vera Cruz* atracar e já o pai estava no cais, a mãe desembarcou com uma saia cinzenta e uma blusa branca a fazer as vezes do vestido de noiva. Havia outras duas noivas no paquete, noivas como deve ser, de véu na cabeça. Estava tanto vento que as noivas seguravam os véus com as mãos, tal era o medo de que os véus caíssem à água. Quando desceu do paquete a mãe procurava no cais o rapaz que tinha fugido muitos anos antes à miséria da aldeia, o rapaz do retrato que trazia ao peito no cordão de ouro. Em vez dele, um homem acenava-lhe discreto do sítio mais escondido do cais. Os sapatos novos aleijavam-me tanto os pés, a mãe nunca se esquecia de contar às visitas a parte dos sapatos novos e das feridas nos pés que a fizeram descalçar-se ainda antes de ter chegado ao pé do pai. Talvez a mãe já fosse como é, talvez não tenha sido culpa desta terra, deste calor, desta humidade, a mãe chegou ao pé do pai com os sapatos na mão e em vez de o cumprimentar disse-lhe, não pareces tu. O pai ainda deve ter ciúmes do rapaz do retrato que a mãe continua a trazer no cordão ao peito. As noivas dos véus abraçavam os noivos com tanta força que quase os asfixiavam, o pai também não era como os outros noivos que se tinham empoleirado em caixotes no meio do cais para acenar às noivas e que traziam fatos escuros de terilene e cabelo luzidio puxado para trás, o vosso pai tinha uma camisa branca acabada de estrear, o pó encarnado agarrava-se-lhe como ao pelo de um cão.

Talvez o pai tenha ficado triste por a mãe não ter uma tiara com brilhantes falsos como as outras noivas, um raminho de flor de laranjeira, a mãe cumprimentou o pai sem o abraçar, nem da voz do vosso pai me lembrava, era uma miúda quando o vosso pai veio para cá, nunca pensei que escrevesse a pedir-me em casamento. A mãe de costas para o mar, sem reconhecer o pai, sem conhecer a terra que tinha em frente, os guindastes pareceram-me mais altos do que as nuvens, o porto tão grande, cabiam ali cem cabeços de macieiras. A mãe teve medo dos pássaros que gritavam como os de Lisboa, o vosso pai disse-me que se chamavam gaivotas. Dos pretos não tive medo, não tinham nada de especial, eram só pretos. O porto tinha um cheiro ácido, como se o mar tivesse azedado, o porto em Lisboa não cheirava mal.

O pai levou a mãe para a casa antiga na Dodge verde, ainda aprendi a conduzir na Dodge antes de o pai a ter dado ao Malaquias, estava a cair de podre, o Malaquias nunca conseguiu arranjar a Dodge, muito me admiro se tiver conserto, disse o pai quando o Malaquias a levou, de qualquer maneira o Malaquias estava contente, era dono de qualquer coisa, o problema é que eles não têm cabeça, eles são os pretos, os que conhecemos e os que não conhecemos. Os pretos. A não ser que se queira explicar o que são, aí é o preto, o preto é preguiçoso, gostam de estar ao sol como os lagartos, o preto é arrogante, se caminham de cabeça baixa é só para não olharem para nós, o preto é burro, não entendem o que se lhes diz, o preto é abusador, se lhes damos a mão querem logo o braço, o preto é ingrato, por muito que lhes façamos nunca estão contentes, podia-se estar horas a falar do preto mas os brancos não gostavam de perder tempo com isso, bastava dizer, é preto e já se sabe do que a casa gasta. Uns meses depois do golpe de Estado na metrópole os irmãos do Malaquias mandaram o pai à tugi, os irmãos do Malaquias também trabalhavam para o pai e naquele dia no armazém só por o pai lhes ter dito que não podiam beber cerveja nas horas de trabalho, vai à tugi branco da tugi. O Malaquias teria pedido desculpa ao pai mas nunca mais veio trabalhar, os irmãos eram uns bandidos e não o devem ter deixado. Vai à tugi branco de tugi, nem insultar sabem, se vos torno a ver aqui levam com um balázio que vos arrebento os cornos, escarumbas, cabrões de merda, o pai sabe como insultar. Vai à tugi branco da tugi, até dá vontade de rir.

O pai deu a mão à mãe enquanto caminhavam para a Dodge que estava estacionada à entrada do porto, o sol a encandeá-los, a mãe ficou espantada por o pai ser dono de um camião, tudo me espantava, as gaivotas, o camião, as palmeiras, nunca tinha visto árvores assim, os montes encarnados, aqui são morros, corrigiu o pai, os morros não são os montes da metrópole, não se diz um morro de feno, nem um morro de roupa para passar a ferro, são coisas diferentes. O calor inchou mais os pés descalços da mãe, as vizinhas ainda não conheciam a mãe senão tinham dito, só a d. Glória para ser uma noiva descalça, as vizinhas da casa antiga lembravam-se de o pai ter chegado com a mãe e de a ter levado ao colo pela rua, lembravam-se da mãe com os sapatos na mão, a rua não era asfaltada, era um carreiro de terra encarnado, como se tivesse calhado ser ali o chão do inferno.

A Pirata vai deitar-se junto à parede da sala. No início, tinha medo do barulho dos tiros mas agora já não, confia em nós, confia que não deixamos acontecer-lhe nada de mal. O pai já se fartou de rasgar dálias, por onde andará o teu irmão, já devia cá estar há horas, a mãe levanta-se sem responder. O tio Zé está atrasado e os atrasos agora podem significar o nome completo na lista dos desaparecidos que passa na rádio antes e depois da *Simplesmente Maria*. A minha irmã gosta tanto da radionovela que há umas noites sonhou que o Alberto da *Simplesmente Maria* a esperava na metrópole à saída do avião. Não sei como não teve vergonha de nos vir contar uma coisa tão infantil, a minha irmã toda contente, sonhei que o Alberto da *Simplesmente Maria* estava à minha espera no aeroporto. Eu nunca sonhei com as raparigas dos brincos de cereja. Guardo as fotografias entre o colchão e o estrado mas nunca ninguém descobriu, nem mesmo a mãe, que todas as semanas arreda as camas para pôr o pó das baratas.

O pai sabe, quer dizer, não sabe que guardo as fotografias das raparigas da metrópole mas sabe que faço aquilo. Nunca me falou disso mas sei que sabe porque aos domingos à tarde, se a mãe refilava por eu ficar no quarto depois da sesta atrasando-os para o passeio à ponta da Ilha, o pai piscava-me o olho e defendia-me, o rapaz precisa de descansar o cérebro dos estudos. Eu e o pai pertencemos ao mesmo clube, se me demorava no banho e a mãe queria usar a casa de banho para riçar o cabelo e pintar os olhos com o pó azul, o pai dizia, a lavagem demora o seu tempo, ou se a meio da noite esvaziava a geleira por causa da fome que fazer aquilo dá o pai desculpava-me na manhã seguinte, o corpo cresce mais deitado e um corpo a crescer precisa de alimento. Devia ficar com o pai e ajudá-lo a deitar fogo a tudo mas a mãe e a minha irmã não podem ficar sozinhas com o tio Zé, o tio Zé não é como nós, não pertence ao clube a que eu e o pai pertencemos, deve haver um clube para os que são como o tio Zé.

Mas na metrópole há raparigas lindas. Raparigas com brincos de cerejas, laços de cetim no cabelo e saias rodadas pelo joelho como nas fotografias das revistas que comprava na tabacaria do sr. Manuel. O sr. Manuel foi o mais esperto, embarcou com a família no *Príncipe Perfeito* no dia 31 de dezembro do ano passado, ainda quase não se ouviam tiros nem o martelar dos contentores, não vos dou um ano para estarem todos a fazer o mesmo, queira deus queira que nessa altura ainda haja navios e madeira bastante para encaixotarem o que têm, queira deus queira.

Agora já sabemos que deus não quis. Mas no fim de tarde em que estivemos sentados no muro da tabacaria deus ainda ia a tempo de mudar de ideias, o pai ria-se do sr. Manuel, nós é que não lhe damos um ano para estar de volta, menos de um ano e carrega as bicuatas para cá outra vez, o sr. Manuel insistia, olhe que os revolucionários venderam-nos a esta pretalhada, o sr. Manuel dizia sempre pretalhada e mulatagem, olhe que esta pretalhada não descansa enquanto não nos limpar o sebo, o sr. Manuel odiava a revolução e os revolucionários, queria dizer mal da revolução tão alto e tão depressa que se engasgava, a cabeça em pera do sr. Manuel roxa de tanto tossir, o pai sorria, não diga disparates, homem, isto vai ficar melhor, vamos deixar de ser portugueses de segunda, os vizinhos sorriam com o pai mas mantinham os braços cruzados de quem tinha problemas sérios, as testas enrugadas, beba uma cerveja, homem, que vê as coisas de outra maneira, o sr. Manuel recusava, você ri-se mas os comunistas da metrópole querem-nos fora daqui e vão conseguir, já desarmaram os nossos soldados, um branco não pode ter arma e um preto tem direito a duas, corja de traidores e vendidos, e não são só os comunistas, são todos, nem queiram saber o que dizem de nós na metrópole, o que nos chamam, lembrem--se do que hoje vos digo, vai haver aqui um mar de sangue, 61 não foi nada comparado com o que aqui se vai dar, vai ser um salve-se quem puder, queira deus queira que quando me derem razão não seja já tarde demais.

Foi.

Na mesma noite em que o sr. Manuel partiu com a família no *Príncipe Perfeito*, fomos à farra da passagem de ano, a minha irmã vestiu uma maxissaia e pintou-se a sério pela primeira vez, estava bonita como nunca a tinha visto, o pai olhava para a multidão que dançava na festa, o copo cheio de Ye Monks, o pai perguntava, como é que esta gente toda pode lá ir embora, a mãe bebia gasosa por um copo de pé alto, parecia uma atriz de cinema só que menos bonita. Aquela gente não pôde ter ido toda embora. O conjunto desafinava mas ninguém deixava de dançar por causa disso, *estava à toa na vida, o meu amor me chamou, pra ver a banda passar cantando coisas de amor, a minha gente sofrida, despedia-se da dor, pra ver a banda passar cantando coisas de amor*, as pessoas atreladas umas nas outras, as filas cada vez maiores e as voltas na sala do clube cada vez mais pequenas, nada tinha mudado, a banda passava cantando coisas de amor e a gente sofrida despedia-se da dor, o pai começou a beber Ye Monks da garrafa, a mãe nunca bebe por causa dos comprimidos mas naquela noite bebeu e dançou para o pai, estava tanta gente à roda a bater palmas enquanto a mãe dançava para o pai, não se podem ter ido todos embora, ainda não tinham dado as badaladas da meia-noite e as rabanadas já tinham azedado em cima das mesas, as broas secas como palha, toda a gente se queixava do maldito calor que dá cabo de tudo. Quando começaram os *slows* convidei a Paula para dançar, as minhas mãos no pescoço da Paula, a pele da Paula tão macia, 1975 ia ser um ano bom, se calhar o melhor ano das nossas vidas, íamos deixar de ser portugueses de segunda, o futuro era aqui, o pai estava certo apesar dos chaimites nas ruas e dos tiros que tinham começado, apesar dos pretos que não paravam de chegar a Luanda vindos de todo o lado, há muitos pretos numa terra catorze vezes e meia maior do que a metrópole, até parece que nascem debaixo das pedras, são piores do que uma praga, do que capim, quando estava mais bebido o pai às vezes dizia estas coisas, mas também dizia que não havia mais nada na metrópole do que fome e piolhos, ou que as vizinhas eram todas malcasadas, não é que o pai pensasse assim, a culpa era do Ye Monks, a cidade estava em festa, podia ser a última vez que a cidade estava em festa mas não interessava, a mãe cantava acompanhando a desafinação do conjunto, *mas para meu desencanto, o que era doce acabou, tudo tomou o seu lugar, depois que a banda passou, e cada qual no seu canto, em cada canto uma dor, depois de a banda passar, cantando coisas de amor*, é dançar minha gente como se não houvesse amanhã, as serpentinas agarravam-se às costas nuas das raparigas suadas, os confeitos não paravam de cair em todo o lado, as lentes dos óculos da d. Magui cheias de confeitos colados, não aproveites para olhar para as brasas de minissaia, o marido da d. Magui riu-se mostrando o canino de ouro e fez a d. Magui rodopiar-lhe nos braços como se fossem um casal novo, o que é bom é para se ver, dizia enquanto a d. Magui entontecia com os confeitos nas lentes dos óculos, naquela noite iam todos ficar aqui. A banda nunca ia deixar de passar cantando coisas de amor, o futuro ia acontecer sem grandes sobressaltos como os futuros devem acontecer, a Paula ia aceitar o meu pedido de namoro e ia deixar-me desa-pertar-lhe o sutiã, eu ia tirar a carta de condução e levá-la ao cinema Miramar, o pai ia tirar letras no banco para comprar a Scania que estava em exposição no stand da Baixa, a cabeça da mãe ia melhorar e a mãe nunca mais teria crises, a minha irmã ia terminar o sétimo ano e arranjar um namorado melhor que o Roberto que estava apaixonado pela Lena indiana que gostava do Carlos, a Pirata ia morrer de velha como o Bardino morreu e anos antes do Bardino a Jane, as vizinhas iam continuar a levar a mal à mãe o que não podiam mesmo deixar de levar a mal, só ia mudar o que fosse necessário para a nossa vida ficar ainda mais igual à vida que o pai tinha pensado quando embarcou no *Pátria*.

Durante as primeiras horas de 1975 todos tinham de con-cordar que o sr. Manuel tinha sido um profeta agoirento, não ia haver um mar de sangue, 1961 estava enterrado como os mortos que tinha feito. A minha irmã fugiu para dar uma volta de mota com o Roberto, o pai não deu conta, já tinha bebido muito Ye Monks e a mãe dançava descalça sem parar. Levei a Paula para trás das folhas de palmeira que enfeitavam os muros, demos cinco beijos de língua dos grandes, daqueles em que se fica sem ar e com dores no queixo, tinha jurado que nunca mais lhe pedia namoro mas os beijos fazem-me sempre esquecer a jura, a Paula disse outra vez que não, fiquei-lhe com tanta raiva mas beijei-a outra vez, a boca da Paula sabia a Mission de maçã e a fruta rosa. Nos intervalos dos beijos a Paula falou-me do Nando, o antigo namorado que estudava na Rodésia, um cho-ninhas que tinha a mania dos barcos e dos aviões e isso ainda me fez detestá-la mais, não sei por que não conseguia parar de beijá-la. Quando voltámos para ao pé dos outros a festa estava a acabar. Fomos para casa e o pai abriu mais uma garrafa de Ye Monks, quis que brindássemos outra vez a 1975, a minha irmã brindou com água, a mãe aflita a dizer que dava azar, crendices, deixa-te de crendices, mulher, brindámos a 1975, que ia ser o melhor ano das nossas vidas.

Só que a banda nunca mais passou. Foi tudo tomando o seu lugar, cada um de nós no seu canto e em cada canto uma dor. Durante algum tempo o pai continuou a acreditar que 1975 ia ser o melhor ano das nossas vidas, vai correr tudo bem, vamos construir uma nação, pretos, mulatos, brancos, todos juntos vamos construir a nação mais rica do mundo, melhor até do que a América, isto é uma terra abençoada onde tudo o que se semeia nasce, não há no mundo outra terra assim. O pai não conhece nada do mundo e não pode saber se há ou não outra terra como esta, como também não podia saber o que se ia passar. Durante algum tempo garantiu a quem o quisesse ouvir que ia correr tudo bem, apostava tudo o que tinha. Mas os tiros e os morteiros não pararam, os pretos continuaram a vir de todo o lado e os brancos a irem-se embora, os tropas portugueses já nem da bandeira queriam saber e os comunistas da metrópole vieram para cá. Por muito que quisesse dizer que ia correr tudo bem o pai teve de se calar, teve de deixar de fazer apostas, até porque já nem havia com quem apostar. O pai calou-se sobre o futuro e podia ver-se na cara dele a vergonha que sentia por se ter enganado tanto e a preocupação por ser tarde demais para remediar o mal. Os pretos não começaram logo logo a matar brancos a eito mas quando lhe tomaram o gosto não quiseram outra coisa e os brancos ainda foram embora mais depressa. A cidade foi ficando mais vazia de dia para dia, se o pai pudesse amarrar os brancos para não se irem embora tinha-o feito, às vezes o pai exaltava-se, não se podem ir embora assim, ao menos deem luta, mas os brancos só queriam correr para o aeroporto e ir para a metrópole, tão cobardes, o pai não sabia quem desprezar mais, se os pretos, uns assassinos ingratos, se os brancos, uns cobardes traidores.

As palavras do sr. Manuel nunca mais foram repetidas, não valia a pena, 61 tinha sido uma brincadeira de crianças, o pai calado sem vontade sequer de acusar o sr. Manuel pelo que se veio a saber que ele tinha feito, despachou para a metrópole um Audi 100S Coupé novinho em folha de que só tinha pago a primeira prestação, o tio Zé passou a referir-se ao sr. Manuel como o ladrão imperialista. Mais tarde soube-se que o ladrão imperialista tinha sido ainda mais esperto, tinha roubado diamantes, que a mulher levou cosidos na bainha da saia. O desprezo pelo sr. Manuel devia ser a única coisa que o pai e o tio Zé tinham em comum, ainda que o tio Zé tivesse mais razões para odiar o sr. Manuel, não dou confiança a um desses, dizia o sr. Manuel sentado no muro da tabacaria, era o que me faltava dar confiança a um desses. O tio Zé era um desses para toda a gente mas ao princípio era só o irmãozinho da mãe que apareceu aqui em casa vestido de tropa, com uma tatuagem Angola 1971 e tudo.

A mãe não conseguia acreditar que o irmãozinho estava à sua frente vestido de tropa, a mãe tão feliz que não deixava o tio Zé passar do portão, deixei-te um bebé e apareces-me aqui um soldado, entra, entra, e mais um abraço que o tio Zé aceitava sem pousar a encomenda que tinha trazido da metrópole, eu e a minha irmã espreitávamos do cimo das escadas indecisos se havíamos de descer, nunca tínhamos imaginado que um dos familiares da metrópole nos pudesse aparecer à porta. Os familiares da metrópole eram as cartas que vinham e iam com nomes mais esquisitos do que os dos pretos, Ezequiel, Deolinda, Apolinário, só que na metrópole sabem pronunciar os nomes, não são matumbos, as cartas dos familiares da metrópole em papel muito fino preenchido com letras mal desenhadas que comiam linhas a mais, demos uma candeia de azeite ao santo Estêvão para trocar o sono do Manelinho, a prima Zulmira ficou noiva do Aníbal dos Goivos, os recos apanharam a maleita dos ciganos, o Zé Mateus vai ser crismado pelas festas da Senhora da Graça, o tio Zeferino morreu do caroço que tinha na cabeça, a geada deu-nos cabo do trigo, cartas com muitos erros que levavam a pensar que na metrópole não havia a régua nem o caniço da professora Maria José, as primeiras linhas das cartas eram sempre iguais e quase sem erros, espero que esta vos vá encontrar bem de saúde que nós por aqui bem, graças a deus.

Os familiares da metrópole eram-nos ensinados pela mãe como uma matéria da escola ou da catequese, o lado materno, o lado paterno, os tios e primos em primeiro grau e os de segundo grau, os de sangue e os de afinidade, os mortos e os vivos. De vez em quando as cartas traziam retratos, bebés vestidos com lã grossa, sentados numa mesa redonda coberta por uma toalha de croché, noivos surpreendidos pelo flash ao lado da mesma mesa e na mesa a mesma toalha, raparigas na comunhão solene com o terço e o catecismo em poses de santas, a mesma mesa e a mesma toalha, não havia outra mesa nem outra toalha na metrópole. A fotografia que mais fez chorar a mãe foi a dos avós, dois velhos vestidos de preto, a avó com barba e bigode, o que eu e a minha irmã nos ríamos da barba e do bigode da avó, o avô alto e direito como um príncipe, sem o polegar na mão que segurava a bengala, perdeu o dedo a rachar lenha, a lenha entra muitas vezes nas recordações da mãe, eu e a minha irmã inventámos que o avô tinha sido ferido na guerra e a mãe nunca nos desmentia à frente dos outros miúdos, o nosso avô tinha sido ferido na Segunda Guerra Mundial e por causa disso era mais importante do que qualquer outro avô. A mãe comprou uma moldura para a fotografia dos avós e pô-la no cimo da cristaleira, a primeira e última fotografia que tive dos meus pais, deus os tenha. A mãe não consegue deixar cá a fotografia dos avós mas tem de deixar o álbum onde guardou os bebés batizados, os noivos casados, as comungantes santas. Se o pai não deitar fogo a tudo os familiares da metrópole vão parar às mãos dos pretos, o álbum das chinesinhas com sombrinhas na capa em relevo e uma corda nas costas para tocar música, o maço de cartas que está no fundo da gaveta do guarda-fatos atado com a fita de cetim que a mãe comprou na retrosaria da d. Guilhermina, uma mulher com as mamas tão grandes, tão grandes que devem ser as mamas maiores do mundo, é impossível que haja mamas maiores do que aquelas, mesmo na América onde há tudo mais e melhor não deve haver uma mulher com as mamas maiores do que as da d. Guilhermina.

O tio Zé conseguiu finalmente passar o portão com a encomenda da metrópole na mão, ainda a mãe apontava para as rosas do jardim e já o tio Zé subia a escada, a mãe a gritar-lhe do jardim, cuidado, cuidado com os vasos, as escadas sempre cheias de vasos que o pai derrubava amiúde, que má ideia a de encher os degraus com vasos, quem vai regar as rosas da mãe, a mãe nunca deixava morrer as rosas, se os dias vinham mais quentes as rosas das vizinhas ficavam tão murchas que até davam pena, nunca as da mãe, de nada a mãe se orgulha tanto como do jardim. O tio Zé estendeu-nos a mão, o braço muito esticado como se nos quisesse à distância, cheirava a suor, cheirava pior do que a catinga da pretalhada que tanto enojava o sr. Manuel, as nossas mãos estendidas e a mãe, deem um abraço ao vosso tio, que engonhas me saíram, abraçámo-lo, o cheiro a suor da farda ficou colado a nós. O tio Zé disse que a sala era grande e bonita, atirou-se para o maple de napa verde das visitas, as visitas não se sentavam assim, tinham cuidado para não derrubar os cinzeiros que a mãe punha nos braços do maple por cima de um naperon, as mulheres sentavam-se de lado como nas revistas e os maridos ficavam muito direitos mesmo se traçavam a perna e aceitavam um copo de Ye Monks com gelo que a mãe trazia no balde de plástico cor de vinho, as mãos da mãe sem conseguirem agarrar o gelo com as pinças, os comprimidos atrapalhavam sempre o que a mãe fazia.

Ter visitas era um trabalhão mas ser visita ainda era pior, sentávamo-nos com cuidado e ficávamos parecidos com os manequins das montras, comíamos com gestos demorados, não fossem pensar que estávamos com fome, nunca repetíamos a sobremesa, não fosse parecer que era a primeira vez que comíamos uma guloseima. Apesar do nosso esforço éramos más visitas, o pai deixava cair a cinza em todo o lado e queixava-se se o whisky não era Ye Monks, a mãe fazia perguntas que não devia fazer e interrompia as conversas quando lhe apetecia como uma criança impaciente, isto para não falar das gargalhadas, a mãe acha graça a coisas que ninguém acha, as vizinhas tinham razão, havia tantas coisas para levar a mal à mãe. A minha irmã não abria a boca a não ser que lhe perguntassem alguma coisa, e a escola Milucha, a minha irmã não gosta de estudar, eu também não gosto, o pai diz que somos mangonheiros como os pretos e já jurou umas quantas vezes que nos arranca a mangonha do corpo nem que seja à cinturada porque os estudos são a melhor enxada para lavrar a vida. Às vezes o pai zangava-se, ai de vocês se não trouxerem boas notas, nunca trouxemos, estudávamos o suficiente para passar e era tudo, nunca estivemos no quadro de honra nem nunca recebemos um prémio. A Editinha estava sempre no quadro de honra e a Milu recebeu três prémios. Mas a Editinha era feia como tudo e tinha umas pernas que pareciam uns canivetes. A Milu não, a Milu era um borracho e o Gegé andava sempre atrás dela.

O tio Zé, sentado no maple com o mesmo à vontade com que nos sentamos nas espreguiçadeiras, uma visita que não se portava como as visitas. As novidades da metrópole ainda eram mais estranhas na maneira de falar do tio Zé, um silvar mais forte do que o do pai e da mãe. As botas de tropa do tio Zé batiam na mesinha envernizada e abanavam a taça de água onde um pau da felicidade crescia viçoso, a mãe tornava a ralhar ao tio Zé, se tivesses avisado tínhamos ido buscar-te ao navio. Podíamos ter percebido logo que o tio Zé não era como os outros tropas, fechava os olhos ao beber gasosa, punha-se a pestanejar, queixava-se da humidade que lhe pesava os pulmões e lhe apodrecia a pele, do calor que não lhe deixava ter certeza no olhar, os outros tropas não falavam assim, para mais o tio Zé tinha os lábios em forma de coração como os da mãe, que belo homem te tornaste, dizia-lhe a mãe, o pai nunca deixa que a mãe diga que sou bonito, os homens não se querem bonitos mas o tio Zé sorria agradecido e até corava como as raparigas, os homens não devem corar.

Quando abriram a encomenda da metrópole a minha irmã e eu vimos cerejas pela primeira vez, tinham chegado velhas e mirradas dentro de uma caixa com fundo de palhinha. A mãe comeu as cerejas com tanto prazer que a minha irmã e eu ficámos convencidos de que as cerejas eram a fruta mais deliciosa do mundo, não há nada tão bom como as cerejas, repetia a mãe, mas não tinha razão, não deve haver nada tão deliciosamente mal saboroso como cerejas. As botas de tropa do tio Zé faziam riscos na napa do maple que no dia seguinte a mãe tirou com parafina líquida. Quando o pai chegou do trabalho fomos ao Baleizão comemorar a vinda do tio Zé, o pai ligou o rádio do carro, as janelas abertas, que os pretos ainda não se atreviam a chegar-se aos carros para nos roubar, o céu estava tão laranja que o tio Zé disse nunca ter visto braseiro tão grande, *Ob-la--di, ob-la-da*, a mãe com um turbante branco na cabeça e o tio Zé a dizer-lhe que ela estava fina como as mulheres de Lisboa, *Ob-la-di, ob-la-da*, só podia ser mentira, como é que a mãe podia parecer uma mulher de Lisboa se até as vizinhas gozavam com a maneira como a mãe se arranjava.

Quando anoiteceu o tio Zé disse que a noite aqui chegava tão de repente que parecia que alguém apagava a luz no céu.

Ficámos sentados numa mesa a conversar, o tio Zé pedia cervejas, como é que se acaba com este calor, não tocou no pão quente com presunto nem nas cassatas que o pai mandou vir para todos. Fez-se tarde, os miúdos amanhã têm escola, o tio Zé recusou a boleia que o pai lhe ofereceu, fez alto a um táxi, tinha sido um dia bom apesar do cheiro da farda do tio Zé e da maneira esquisita dele. O tio Zé já estava a entrar no táxi quando voltou atrás e se abraçou novamente à mãe, saudades, muitos anos, era compreensível. Só que o tio Zé começou a chorar, um homem não chora, ainda por cima um tropa, ainda por cima aos soluços como se fosse uma criança, o pai tentava separá-los mas o tio Zé não se deixava apartar, chorava com a cara enfiada no ombro da mãe e a tatuagem Angola 1971 virada para nós até que o taxista, farto de esperar, carregou no cláxon.

Começaram então as cartas do Quitexe. As cartas chegavam e a mãe contava-as às vizinhas enquanto faziam jogos de naperons e entremeios de lençóis. Não tardou que as aventuras do mato do tio Zé o tornassem numa espécie de Tarzan do Quitexe. As tardes do bairro eram mais monótonas do que as tardes noutro sítio qualquer, mesmo contando com as dos hospitais, as das prisões e até as dos mortos nos cemitérios. As vizinhas tinham os olhos minguados de quem tem um bairro por horizonte e procuravam distrações em tudo, nos condutores aselhas que não conseguiam estacionar à primeira, nas quitandeiras que apregoavam a fruta mais alto, qualquer coisa servia para fazer as tardes das vizinhas passar mais depressa mas nada se comparava a ouvirem as aventuras do Tarzan do Quitexe, desde que não metessem turras nem brancos retalhados.

Até que um dia chegou uma carta e a mãe deitou-se na cama, sem sequer ter dobrado a colcha branca de renda, e pôs-se a chorar, com a ventoinha de tecto ligada no máximo. Depois desse dia nunca mais houve aventuras do Tarzan do Quitexe. De qualquer maneira, por essa altura, o Tarzan já tinha passado de moda, mesmo no cinema. A minha irmã estava apaixonada pelo Trinitá e as outras raparigas também. Eu e os meus amigos queríamos todos ser como o Trinitá mas era difícil imitar o estilo de um cowboy em Luanda. Foi o tempo em que mais gostei de ter olhos azuis. Não que fossem parecidos com os do Trinitá mas eram pelo menos da mesma cor. Até as mulheres casadas suspiravam quando falavam nos olhos do Trinitá, que eram mais azuis do que a lagoa de São João do Sul, de que a mãe tinha uma fotografia com nenúfares e flamingos.

Depois da tarde em que a mãe se fechou no quarto a chorar não havia carta que chegasse do Quitexe que não a fizesse voltar ao mesmo, a mãe deitada sobre a cama com a ventoinha do tecto ligada a secar-lhe as lágrimas. Uma vez o pai foi buscar-me ao liceu e parou o carro debaixo da mulembeira antes de chegarmos a casa, deu-me uma carta do tio Zé, nem uma palavra sobre isto à tua irmã, que as raparigas compreendem as coisas de maneira diferente. Estava a anoitecer e havia muitos mosquitos, já deves ter percebido o que se passa, não há farda que encubra aquilo que o desgraçado do teu tio é. A carta estava cheia de meias-palavras mas dava para perceber que o tio Zé era como os rapazes que eram apanhados a fazer porcarias uns com os outros na casa de banho do liceu. Só que o tio Zé já não era um rapaz e era o irmãozinho soldado da mãe. Os mosquitos picavam-me e eu queria que o pai parasse de falar para irmos para casa mas o pai estava nervoso e queria dizer muitas coisas, quero que me avises se o teu tio se puser com conversas esquisitas ou se se chegar muito a ti. O sol deve ter enrijado tanto a pele do pai que os mosquitos já não conseguem mordê-lo, o pai acendeu mais um cigarro, tinha tanta vontade de coçar-me mas coçar é coisa de raparigas, os homens têm de estar preparados para tudo e não é um mosquito que vai fazer um homem portar-se como uma menina e por isso aguentei-me sem me mexer.

O pai olhava para as folhas da mulembeira como se procurasse nelas uma maneira de corrigir o que o tio Zé era, se eu fosse o teu avô tinha endireitado o teu tio nem que tivesse tido de lhe dar porrada todos os dias, não há barro que não se consiga moldar quando está fresco, o miserável não para de fazer queixinhas à tua mãe, abusa da bondade dela, traz a coitada num choro, logo a tua mãe que, o pai calou-se, nunca houve palavras para a doença da mãe, o miserável queixa-se que os outros soldados lhe arrearam, claro que tiveram de lhe arrear, o pai atirou o cigarro para o outro lado da estrada e a fúria do pai notou-se na rapidez com que a beata voou, se aqui não houvesse tantas pretas o teu tio ainda podia ter alguma serventia, sim, porque não há homem que não tenha as suas necessidades.

Não são conversas que eu saiba ter com o pai e envergonho-me sempre que o pai fala nesses assuntos. Com o Gegé e com o Lee é diferente, passávamos horas a falar de como seria fazer ginga ginga com raparigas brancas, sabíamos que não era a mesma coisa do que fazer com as pretas que nem cuecas usam e fazem aquilo com qualquer um e se quisermos até fazem com dois ou três de seguida, a Fortunata uma vez fez com sete, uns a seguir aos outros, até fizemos fila como na cantina do liceu. O Gegé é o único que já fez ginga ginga com uma branca, a Anita. Não é uma branca como as outras porque gosta de se mostrar nua e tem tanta vontade de fazer aquilo como nós. Acho que a mãe da Anita, a d. Natália que trabalhava no talho do sr. Cristóvão, não sabia o que a Anita andava a fazer. O Lee diz que sabia mas que não se importava porque a d. Natália era a única separada que havia no bairro e as vizinhas diziam que a d. Natália e o sr. Cristóvão eram amantes. Talvez fossem. A d. Natália desmanchava uma peça de carne mais depressa do que o sr. Cristóvão e as vizinhas admiravam-se, como é que uma mulher tão pequenina tem tanta força para desmanchar um porco, a não ser que quando tem o cutelo na mão pense que está a cortar o marido às postas. O marido tinha-a trocado por outra e nunca mais tinha sido visto no bairro, o Lee dizia que a d. Natália o tinha matado com o cutelo e enterrado no quintal.

Por causa da Anita, o Gegé podia comparar brancas e pretas e garantia que eram diferentes lá em baixo, até fez um desenho para nos explicar mas o Gegé nunca foi bom a desenho. O Gegé já deve ter chegado à África do Sul, saiu com a família numa coluna há mais de um mês. Nunca recebi carta dele mas tenho a certeza de que o Gegé me escreveu, a carta perdeu-se porque os carteiros brancos já se foram quase todos embora e os pretos nem sequer sabem ler as moradas, é preciso ser matumbo para nem uma morada saber ler. Também nunca recebi carta do Lee do Brasil, perdemo-nos uns dos outros e se calhar só nos voltamos a encontrar na Sears Tower. Foi o Lee que sugeriu a Sears Tower, o Lee sabia sempre os recordes todos, o prédio mais alto do mundo, o carro mais veloz, o Lee levou o poster do Concorde que tinha na cabeceira da cama, parece que foi há tanto tempo que fomos ver o Concorde e só passaram dois anos, o Lee quis ser piloto do Concorde durante uns meses mas depois mudou de ideia, era melhor ser comandante de um navio para descobrir o mistério do Triângulo das Bermudas, o Gegé queria ser espião, um espião podia descobrir quem matou o presidente Kennedy e a fórmula da Coca-Cola, eu nunca sabia o que queria ser, ainda não sei, acho que não quero ser nada apesar de a mãe dizer que tenho de ser engenheiro das barragens e de o pai dizer que tenho de ser médico ou advogado. Tenho saudades do Lee e do Gegé. A última vez que estivemos os três juntos foi na casa do Ganas, fomos ver pela vigésima vez o filme *Emmanuelle*, que passava no Miramar, o melhor filme que alguma vez vimos. Da varanda do Ganas, cada um com os seus binóculos, víamos o filme quase tão bem como se estivéssemos no cinema e quando as atrizes estavam nuas podíamos escolher as partes que devíamos ampliar para perceber as diferenças entre as brancas e as pretas de que o Gegé falava.

Nesse último dia estávamos tão tristes que depois de o filme acabar nem falámos da diferença de fazer ginga ginga com brancas e com pretas. Também não nos pusemos a discutir se as raparigas que conhecíamos andavam a fazer aquilo umas com as outras como no filme. Mas mesmo assim o Gegé e o Lee ainda discutiram porque o Lee disse que nem que fosse só para ver a Emmanuelle nua já tinha valido a pena o golpe de Estado. O pai do Lee era um apoiante da revolução e ensinava o Lee a ver benefícios da revolução em tudo, para o pai do Lee os trabalhadores iam ser finalmente livres e caminhar em direção ao socialismo como os cowboys caminham em direção ao pôr-do-sol no fim dos filmes. O pai do Lee tinha uma bandeira na varanda, uma bandeira do Galo Negro, Savimbi sempre, Angola sempre, *kwacha* Angola, *kwacha* Unita. O pai do Gegé garantia que se ia amargar e bem a revolução, confundiram liberdade com libertinagem, o pai do Gegé não sabia explicar os perigos da perigosa confusão entre uma coisa e outra mas mesmo assim o Gegé tinha dificuldade em aceitar um único benefício do golpe de Estado da metrópole, isto apesar de gostar tanto ou mais do que nós de ver a Emmanuelle, especialmente a parte em que a Emmanuelle fazia aquilo com a Marie-Ange.

O pai nunca fala da revolução, é natural que o livro da vida não tenha nada sobre revoluções porque são raras as vidas que assistem a uma revolução. O professor de português dizia que tínhamos muita sorte, estávamos a fazer a revolução, a gloriosa manhã de abril tinha sido só o princípio, os quarenta e oito anos da noite mais infame tinham chegado ao fim e agora faltava cumprir Abril e cumprir Abril era descolonizar, democratizar e desenvolver. O professor de português era novo, usava o cabelo comprido e cheirava a liamba, levava a viola para as aulas e punha-se a cantar o "Monangambé" de forma tão sentida como se fosse um preto, *naquela roça grande, não tem chuva, é o suor do meu rosto que rega as plantações, naquela roça grande tem café maduro, e aquele vermelho-cereja são gotas do meu sangue feitas seiva*, não cantava bem mas era melhor ouvi-lo desafinar o Monangambé ou o Mon'etu ua Kassule akutumissa ku San Tomé do que estudar os cantos dos Lusíadas. O professor de português da turma B queimou os Lusíadas, o império não devia ter existido e os Lusíadas que o aclamam também não.

Ainda vi o Lee duas ou três vezes depois de o Gegé se ter ido embora mas já não era a mesma coisa, até das mentiras do Gegé tínhamos saudades, dos jogos de matraquilhos no clube, dos dias grandes no liceu, das vizinhas bisbilhoteiras nas varandas, das lojas onde costumávamos ir, estava tudo acabado e o Lee também não tardava a partir. Ainda fomos os dois dar uma volta de bicicleta apesar do perigo que era dois brancos a andarem por aí de bicicleta. As raparigas já não se atreviam a sair de casa, as poucas que ainda cá estavam nunca se mostravam, se um branco é uma provocação uma rapariga branca é uma provocação ainda maior. Até o preto que durante cinco anos nos engraxava os sapatos ao domingo de manhã avisou a minha irmã numa das últimas vezes que o vimos, cuidado menina que ainda te fazem o mesmo que os brancos fizeram às nossas mulheres. Os ocupantes da casa do Lee rasgaram e queimaram a bandeira do Galo Negro enquanto gritavam, a vitória é certa, e, morte aos colonialistas, o Galo Negro é amigo dos brancos colonizadores esclavagistas e apoiado pelas forças imperialistas, um lacaio do grande capital. Às vezes o Gegé e o Lee gozavam com o tio Zé. O Lee considerava um azar muito grande ter um tio assim porque quem não me conhecesse podia pensar que era uma coisa de família. Pedi muitas vezes a deus que o tio Zé fosse ferido para regressar à metrópole mas tirando a sova que os outros soldados lhe deram nunca lhe aconteceu nada de mal. Quando acabou a tropa o tio Zé fez uma tatuagem de Amor de Irmã por baixo de Angola 1971 e a mãe ainda gostou mais dele. Em vez de regressar à metrópole o tio Zé arranjou emprego num bar da Ilha e foi aí que conheceu o Nhé Nhé, o amigo preto que quando fuma faz bolinhas com fumo como as raparigas, uma boquinha delicada e um risinho, consegui, consegui. Depois do golpe de Estado na metrópole, o tio Zé passou a ajudar o povo oprimido a libertar-se do jugo dos colonialistas, tem cartão e tudo. Sabe as cantigas revolucionárias de cor e aprende quimbundo com o Nhé Nhé enquanto o passeia no Chevrolet Camaro que foi confiscado a um dos exploradores colonialistas que se foram embora.

Tocam à campainha. Ficamos à espera de ouvir o código, um toque rápido duas vezes e um terceiro espaçado e mais demorado. Não tocam mais. A mãe diz que o tio Zé pode ter-se esquecido do código mas a Pirata ladra, foi um desconhecido que tocou à campainha. A mãe e a minha irmã fecham-se no quarto dando duas voltas à chave e arrastam a cadeira contra a porta. O pai tira a arma da gaveta mais pequena da cristaleira e esconde-a no cós das calças. Os brancos não podem andar armados mas a balalaica é suficientemente larga para que ninguém se aperceba que o pai esconde uma arma. Quando o pai abre a porta, a Pirata corre para o portão. Do outro lado está um soldado preto e a Pirata não pára de ladrar. Atrás do soldado está um jipe com mais soldados pretos. O soldado que está de pé junto ao portão aponta a arma à Pirata. O pai cumprimenta-os e grita para a Pirata, calou, a Pirata senta-se obediente, a abanar a cauda. Temos de cumprimentar os soldados com a saudação do movimento a que pertencem, os pretos de um movimento ainda odeiam mais os pretos dos outros movimentos do que odeiam os brancos, não podemos confundir as saudações, perde-se a vida por menos do que isso. O soldado não baixa a arma, um branco é um esclavagista, um colonialista, um imperialista, um explorador, um violador, um carrasco, um gatuno, qualquer branco é isso tudo ao mesmo tempo e não pode deixar de ser odiado. No jipe também estão crianças, algumas fardadas e armadas, têm ranho seco do nariz aos lábios e alguns nas bochechas, um dos mais pequenos tem bolhas com pus na cabeça, as espingardas parecem de brincar mas não se pode ter a certeza.

Antes que o soldado diga ao que veio, o pai vira-se para mim, vai buscar umas cervejas, rapaz, que estes homens estão cheios de sede, traz também cigarros. Obedeço prontamente mas o pai brinca, dá corda aos sapatos, rapaz, que estes homens não têm o dia todo. A cara de um dos soldados, o que está sentado na ponta do jipe, uma cara quadrada e uns olhos semicerrados, não me é estranha, já o vi mas não me consigo lembrar onde, talvez tenha sido há dias a fazer uma ronda, há sempre jipes de soldados pretos de um lado para o outro. Volto com a grade de cerveja e com um volume de cigarros que o soldado rapidamente distribui pelos outros. Nem sequer olham para nós. O da cara quadrada, sem dar mostras de me conhecer, abre a garrafa com a ponta do canivete e bebe a cerveja de um trago, arrota, acende um cigarro e abre outra garrafa. Os soldados têm os olhos barrentos como os morros e as fardas tingidas de suor.

Na rua só nós, os soldados e o sol do princípio da tarde. Vem-me à cabeça um jogo de futebol no campo de terra batida ao lado do liceu, o jogo de futebol em que o Lee chamou preto de merda a um dos colegas por causa de uma finta malaica. O meu coração bate mais depressa. O preto de merda pode ser o soldado da cara quadrada e dos olhos semicerrados que veio vingar-se. Foi um desentendimento como muitos outros, preto de merda, não era uma ofensa, o Lee era o caixa de óculos e quando nos zangávamos era o caixa de óculos de merda, o Gegé era o lingrinhas mas também era o lingrinhas de merda se havia estrilho, preto de merda não era ofensa e só mesmo um preto se podia ofender com isso a ponto de ter querido bater no Lee. Eu e o Gegé segurámos no preto e o Lee deu-lhe um murro bem assente no estômago. O preto saiu do campo a cambalear, espero que tenha aprendido a lição, disse o Lee, e chamou o Garrincha para jogar no lugar dele. O preto nunca mais jogou connosco e nem me lembro se passou de ano. Não, não é este. Há muitos pretos com a cara quadrada e olhos semicerrados como se custassem a abrir. Não é este, não pode ser.

O suor vai colando o pano fino da balalaica do pai às costas. Tenho medo que se note a arma, um branco armado está a pedir maca da grossa. Endireito as costas e engulo em seco, um branco com uma arma é um racista que não abdica dos seus direitos, um elemento menos evoluído que tem medo de perder as suas regalias, um imperialista ressentido por já não viver num mundo que nunca devia ter existido. O soldado que está de pé à nossa frente atira a garrafa partindo-a de encontro ao muro da casa e a Pirata começa a ladrar outra vez. Não queremos olhar para os estilhaços da garrafa para não parecer uma crítica mas os vidros ficam a brilhar ao sol e é difícil desviar os olhos. O soldado pergunta, há algum problema, eu e o pai respondemos ao mesmo tempo que não, de certeza que eles perceberam que estamos amedrontados. O medo do pai também se nota nos lábios contraídos e retesados, mesmo quando sorri, mas talvez os soldados não se apercebam disso. O soldado da cara quadrada parece divertir-se a olhar para mim. Se calhar é mesmo o preto do jogo de futebol. Se calhar já se lembrou do jogo. Ou nunca se esqueceu e é por isso que aqui está. Veio ajustar contas.

Os soldados falam mas não os compreendemos. Nunca aprendemos a língua dos pretos, as línguas aliás, que os pretos também têm várias línguas e se calhar é por isso que não se entendem, não se conseguem compreender uns aos outros. Neste caso não precisamos de compreender o que os pretos dizem, sabemos o que querem dizer as armas que nos apontam mesmo que tentemos não prestar-lhes muita atenção. As lojas do largo para onde estamos virados estão todas fechadas e até as casas que já foram ocupadas têm as persianas corridas. Algumas lojas ainda mantêm os tapumes com que os donos as deixaram mas a maioria já foi assaltada, as montras partidas e as portas arrancadas. O medo faz-nos transpirar mais do que a humidade do cacimbo.

Dois tiros, um dos soldados do jipe dá dois tiros para o ar. A Pirata ladra outra vez e o pai dá-lhe um pontapé que a faz ganir e depois calar-se e sentar-se ao lado dele. Mesmo que lhe batamos a Pirata nunca se vai embora, gosta de nós, tanto faz que lhe batamos ou não. Mando-a para casa mas a Pirata continua à nossa frente, protege-nos dos desconhecidos como sempre fez. Alertados pelos tiros, os ocupantes da casa da d. Gilda vêm às janelas e às varandas e acenam ao jipe dos soldados. Os ocupantes das casas mais afastadas também vêm às janelas. Um grupo de miúdos pretos pendura-se no baloiço de ferro forjado da d. Gilda. Um dos maples de veludo castanho da sala da d. Gilda foi arrastado para o quintal e está todo desconjuntado. Se a d. Gilda visse o que lhe fizeram à casa, se visse o maple de veludo castanho assim, era capaz de ter um ataque de coração. Talvez a d. Gilda esteja sentada num maple melhor na metrópole. Nos muros das casas escreveram, Kwacha UNITA, por cima a tinta preta, A Luta Continua, por cima, Oyé Oyé Angola Liberté, Angola Populé. Também escreveram a letras maiores e mais carregadas, Brancos rua, Brancos fora daqui, Brancos para a terra deles e Morte aos brancos.

O soldado cospe para o chão, o jato de saliva cai no asfalto quente deixando uma mancha que me enoja mas que me distrai do medo. Tento evitar os olhos do soldado da cara quadrada, deve estar aqui para vingar-se e ninguém o pode impedir, nem mesmo o pai, nem mesmo a arma do pai. Tenho tanto medo que quero desaparecer, se desatasse a correr, se atravessasse o largo, se me escondesse atrás dos taipais da drogaria, passam-me mil ideias pela cabeça mas continuo parado, até respirar me custa. Nunca tinha tido a boca tão seca, a língua cola-se ao céu da boca, um amargor que vai até à garganta, nunca a boca me soube tão mal. O pai diz-me, estes homens precisam de mais bebida, vai buscar outra grade, o soldado que está de pé esborracha a beata com a bota, e mais cigarros, grita o pai, os soldados do jipe parecem desinteressados, o soldado que está de pé diz, dá corda aos sapatos, rapaz, imitando o que o pai disse há pouco, os outros soldados riem-se e o pai também, pode parecer que está tudo bem, que são homens que se divertem, mas não, se o pai tivesse tido escolha, se pudesse ter escolhido rir-se era diferente, o pai tem de se rir. Dantes era o pai que decidia quando se ria, como te chamas, Málátia, patrão, que matumbo, nem o nome sabes dizer, o Malaquias também tinha de se rir quando o pai se ria, agora é a vez de o pai ser o último a rir, e não é verdade que quem ri por último ri melhor, quase nada do que se dizia é verdade, Angola já não é nossa, *foi na manhã de 4 de fevereiro que os heróis cortaram as algemas para vencer o colonialismo e criar uma Angola renovada*.

Trago mais cerveja e cigarros. Quis beber água mas não consegui engolir nem uma gota. Tento não correr para não mostrar que tenho medo mas sei que estou a andar depressa e desengonçado e que o pai deve ter vergonha de mim. As cervejas e os cigarros são novamente distribuídos pelos soldados. É então que o pai diz, meus senhores, despedindo-se com um aceno de cabeça e virando as costas aos soldados. Põe-me a mão por cima do ombro para que o imite, tenho medo de ficarmos ambos de costas voltadas para as armas dos soldados, as pernas não me acompanham. A mãe e a minha irmã devem estar a espreitar-nos através da persiana da janela do quarto, sei que tenho de me virar e começar a caminhar, não posso ter medo de ficar de costas para as armas dos soldados, o soldado da cara quadrada veio vingar-se, a Pirata já está na entrada da casa a abanar a cauda, não posso ser cobarde, só tenho de ir ter com a Pirata, sê tudo na vida menos cobarde, rapaz, um cobarde atraiçoa pai e mãe, decepciona os amigos, é pau-mandado dos inimigos, um cobarde é pior do que um assassino, do que um ladrão, um cobarde não tem outra sujeição senão a do medo, ouve-me com atenção, rapaz, um cobarde vale menos que um morto, há histórias de mortos que ressuscitaram mas um cobarde até disso teria medo, toda a vida ouvi o nojo que o pai tem aos cobardes, não posso ser um cobarde.

Ei tu que fumas, a voz não pertence ao soldado que está de pé, ei tu que fumas, foi outro soldado, talvez o da cara quadrada. Antes de isto ter começado um preto podia levar uma sova por tratar um branco por tu e nem pensar que, ei tu que fumas. Os soldados riem-se e o pai ri-se outra vez. De cima do jipe o soldado da cara quadrada está cada vez mais divertido, chegou a altura de vingar-se do murro que o Lee lhe deu, já não tem os olhos semicerrados, peço a deus que os soldados se vão embora, prometo rezar uma ladainha inteira, das da emissora católica, peço a deus que o tio Zé chegue, o tio Zé anda a ajudar o povo oprimido, tem um cartão e tudo, talvez eles o ouçam e nos deixem em paz, peço que o soldado não se lembre do jogo de futebol nem de mim, peço tantas coisas a deus mas deus, como sempre, mais surdo do que uma porta, os soldados continuam à nossa frente satisfeitos pelo medo que nos provocam. O soldado da cara quadrada faz de conta que a mão é uma arma e aponta-me o indicador. Dispara imitando o estalido do tiro com a boca e ri-se. Deixa o indicador espetado como se fosse atirar outra vez. Odeio o Lee e o Gegé, estejam eles onde estiverem, odeio os vizinhos que se foram embora e nos deixaram aqui. O soldado que está de pé dirige-se ao pai, temos de te fazer umas perguntas, os olhos do soldado ficam mais barrentos. O pai não se mexe, o corpo grande do pai endireitado, as mãos fechadas, tenho medo do que o pai possa fazer, o pai não tem andado bom da cabeça, ainda há pouco rasgou as dálias da toalha, põe-me o braço esquerdo sobre o ombro, diz-me baixinho, vai para casa e fecha-te à chave.

Não posso abandonar o pai, pertencemos ao mesmo clube, não sou cobarde ainda que não consiga fazer com que as pernas não tremam, vai para dentro, insiste o pai entre dentes, a Pirata ladra, vai para dentro. O soldado diz, fomos informados de que o carniceiro do Grafanil esteve aqui. O pai franze o sobrolho e atira o corpo para trás, aqui, pergunta surpreendido. O preto da cara quadrada aponta o indicador que faz de arma ao pai, dá outro estalido com a língua, já nos matou aos dois com o seu dedo-arma, queremos fazer-te umas perguntas, o pai começa a rir-se, baixinho, depois mais alto, ri-se, o carniceiro do Grafanil, aqui, e ri-se cada vez mais alto. O pai não pode ser o carniceiro do Grafanil nem sabe nada do carniceiro do Grafanil, o pai não andou a matar pretos nem a fazer emboscadas. Nunca tinha visto o pai rir-se assim, as gargalhadas são tão fortes que o dobram, devem estar a brincar comigo, o soldado não sabe como reagir às gargalhadas, o pai não devia ter começado a rir-se, os outros pretos esperam ordens, o pai e eu, lado a lado, a Pirata à nossa frente a proteger-nos, olho em redor, já quase todos os ocupantes das casas se desinteressaram e foram para dentro, os poucos que ficaram olham-nos desatentos, o pai avança, aproxima-se do jipe, olhem bem para mim, fala alto como para uma multidão, digam-me o que veem, eu digo-vos o que estão a ver, estão a ver um homem que se matou a trabalhar nesta terra, descarreguei sacas de café contigo, contigo, aponta para cada um dos soldados, com o teu pai, com o teu tio, com o teu irmão, com o teu filho, não há homem que tenha descarregado mais sacas de café nesta terra do que eu, trabalhei dia e noite e agora, o pai para de falar e quando recomeça fá-lo com a voz mais baixa, como se lhe custasse falar, tudo o que tenho vai ficar aqui, olhem para as minhas mãos, não cabem mais calos nas minhas mãos e mesmo assim a pele ainda sangra contra a juta das sacas, o pai estende as mãos enormes para os soldados, tanto trabalho para agora ficar tudo aqui, o pai aponta para a casa, para um dos camiões que está mais à frente, os soldados continuam calados, o pai parece estar a ganhar, lembrem-se da minha cara de cada vez que se sentarem à minha mesa, de cada vez que passarem o portão da minha casa, o pai levanta mais a voz, a cara do homem a quem tudo foi roubado não deve ser esquecida, lembrem-se bem, se não fosse tão velho podia ter sido o carniceiro do Grafanil, se não tivesse mulher e filhos, se não estivesse tão cansado, o pai leva a mão à arma, a única arma que tenho está aqui e nunca a usei, os soldados agitam-se, é agora que vamos morrer, os soldados apontam-nos as armas, é agora, tenho esta arma para proteger a minha família, não sou o carniceiro do Grafanil, o pai quase sussurra, os ocupantes que estavam nas varandas chamaram outros, agora estão todos à espera de nos ver morrer, o pai levanta mais a voz, sempre vos paguei a tempo e horas, bebi cachaça e comi funge convosco, nunca abusei das vossas mulheres nem das vossas filhas, dei-vos dinheiro para os medicamentos dos vossos filhos, façam o que quiserem.

O pai põe novamente o braço sobre os meus ombros, vamos, rapaz, não tem medo de lhes virar as costas mas eu tenho, não consigo virar as costas às armas dos soldados, a Pirata salta satisfeita à nossa volta, não consigo andar, o pai empurra-me, os soldados vão disparar, as paredes brancas da casa põem-me ainda mais tonto, agora percebo por que se matam os pássaros contra as paredes da casa nas manhãs de cacimbo, o pai empurra-me outra vez, não consigo andar, não sou cobarde, não consigo andar mas não sou cobarde, eles vão disparar se come-çarmos a andar, não quero que o pai passe pela vergonha de ter um filho cobarde, estou tonto, vou desmaiar como quando tive paludismo, tenho de andar, vamos rapaz, não consigo olhar para o pai, as roseiras da mãe, as armas dos soldados apontadas às nossas costas, tenho de me portar como um homem, a Pirata à nossa espera nas escadas, desculpe pai, as paredes da casa a andar à roda, a casa, o largo, se dermos um passo eles matam--nos, vamos rapaz, o pai puxa-me, vamos para casa, não consigo andar, pai, as paredes da casa apagam-se, anda rapaz, de repente tudo escuro, as pernas dobram-se sem que eu possa evitar, eles devem ter disparado, se calhar não se dá conta quando nos atin-gem, se calhar morremos e não damos conta, vamos para casa, rapaz, vamos para casa.

O aeroporto tão diferente do aeroporto das tardes de domingo em que o pai nos trazia para vermos os aviões, há centenas de pessoas à nossa volta, centenas ou milhares, não sei, nunca vi tanta gente junta, nunca vi uma confusão tão grande, tantas malas e tantos caixotes, tanto lixo, lixo, lixo e mais lixo, nesses domingos, o aeroporto era silencioso, o chão tão limpo que até dava pena pisar, era bom vir ao aeroporto, até era bom ouvir o barulho dos aviões, não havia esta gente toda, este barulho que não para, parece que a minha cabeça vai explodir. O jipe desaparece depois da casa da Editinha.

Estou cansado, nunca estive tão cansado, não me quero sentar, não me posso sentar, quer dizer, se quisesse podia, posso sentar-me no chão, a mãe não se ia importar, desta vez não, desta vez a mãe não ia dizer, isso não são maneiras, já não és nenhum garoto, não ia dizer, estás a sujar as calças, não penses que consigo tirar essas nódoas, a mãe não se ia importar, tantas pessoas sentadas no chão à nossa volta, não estão preocupadas com nódoas nas calças, não se importam de chegar à metrópole com nódoas. As mãos do pai amarradas atrás das costas.

A mãe nem sequer dá conta de que a minha irmã, com o vestido azul-clarinho que trouxe, que má ideia trazer um vestido azul-clarinho, a mãe nem sequer dá conta de que a minha irmã está sentada no chão, encostada à parede, os caracóis louros desmanchados contra a parede, uma rapariga tem de ter ainda mais cuidado do que um rapaz, tem de se comportar de outra maneira, se uma rapariga fica falada ninguém a quer. Vámo matáti cum tuá arma e tuá bala.

Estamos aqui há quase um dia, a mãe está sempre a olhar para a porta do aeroporto mas o pai não chega, não há mais nada a fazer senão esperar, esperar o pai e esperar a nossa vez no avião para a metrópole. A poeira demora a assentar.

Preferia que o tio Zé se fosse embora mas o tio Zé não sai daqui, quer ter a certeza de que embarcamos, deve ter medo que voltemos para casa, deve ter medo que os vizinhos pretos queiram vingar-se de nós por pensarem que sabemos do carniceiro do Grafanil, ou que o jipe com os soldados volte para buscar-nos, que voltem por nós, o tio Zé tem razão, quero voltar para casa e esperar lá pelo pai. A balalaica branca do pai ensopada de sangue.

A mãe agarra-se outra vez ao tio Zé, leva-nos para casa, e o tio Zé, não pode ser, mana, tens de apanhar o avião e ir embora com os teus filhos, a mãe não quer compreender o que o tio Zé diz, vai repetindo, leva-nos para casa, ou então, vai buscar o Mário, és amigo daquela gente, fala com eles e traz-me o Mário. O isqueiro Ronson Varaflame caído ao pé do canteiro.

O tio Zé tenta sossegar-nos, tenta sossegar a mãe, diz que o Nhé Nhé foi tratar de tudo, os pretos vão perceber que estavam enganados e vão libertar o pai, os pretos são justos, às vezes enganam-se mas os enganos podem ser corrigidos, o tio Zé diz que podemos ficar descansados. A mãe de braços caídos no fim da rua.

Também há pretos aqui, pretos vindos de todo o lado, descalços e sujos, pretos fugidos dos quimbos com medo da guerra, até os pretos querem ir para a metrópole, um tropa chama os passageiros que vão embarcar no avião que acabou de aterrar, ainda não é o nosso avião mas o tio Zé avisa, quando chegar a vossa vez têm de ir, o meu coração bate mais depressa e mais forte como se o tio Zé me tivesse ameaçado, quando chegar a vossa vez têm de ir. O sangue do pai no asfalto.

Temos de esperar pelo Mário, a mãe para o tio Zé, não posso deixar cá ficar o Mário, e para nós, não podemos deixar cá ficar o pai, a mãe sem tirar os olhos da porta do aeroporto, assim que o pai entrar a mãe dá conta, mesmo com esta barafunda toda dá conta, a mãe também viu logo o pai quando chegou no *Vera Cruz* apesar de tanta gente no cais, apesar de, não pareces tu. Os vasos da escada tombados.

Só se pode levar uma mala por pessoa, quem trouxe bagagem a mais tem de a deixar aqui, as coisas ficam espalhadas pelo aeroporto, coisas por todo o lado, não trouxemos nada a mais, saímos à pressa, as malas ficaram por encher, tanto para levar e afinal tivemos de fechar as malas à pressa e deixámos quase tudo. O pai metido à força no jipe.

A mala do pai ficou na sala, devíamos ter trazido a mala do pai, já entregámos as nossas, só temos connosco os sacos da TAP que o pai trouxe, o pai trouxe um saco de viagem para cada um, chegou ontem a casa orgulhoso com os sacos, foi difícil arranjar mas consegui. As mãos do preto no braço do pai.

Nunca pensei que fosse assim, imaginava-nos a apanharmos o avião como víamos as outras famílias fazer nos domingos em que o pai nos trazia ao aeroporto, não estaríamos tão sorridentes como as pessoas que avançavam a pé pela pista a acenar mas não havia esta gente assustada à nossa volta e o pai estava connosco. A minha irmã sem conseguir descer as escadas.

O pai já devia ter chegado, não percebo, se o tio Zé tem a certeza que o Nhé Nhé convence os pretos a libertarem o pai porque é que tivemos de sair de casa tão à pressa, porque é que o tio Zé teve de conduzir àquela velocidade, porque é que estamos aqui em vez de estarmos ao pé do pai. A Pirata a ganir com o pontapé do preto.

Uma criança começa a gritar, o barulho das pessoas, o barulho dos motores dos aviões lá fora, os gritos da criança, a minha irmã nem sequer desencosta a cabeça da parede mas a mãe fecha os olhos e faz um esgar esquisito, não é como quando vamos aos ajuntamentos, é como se os gritos da criança a magoassem, aqui ainda há mais gente do que nos ajuntamentos mas nem o sr. José nem o pai estão cá, tenho medo mas é um medo diferente do que tenho nos ajuntamentos, é a nossa vez. Os olhos aflitos do pai.

É a nossa vez, o tio Zé acabou de dizer, é a vossa vez, olhamos uns para os outros assustados, o tio Zé sem responder quando a minha irmã pergunta, e o pai. Os pretos a rirem quando o jipe arranca.

Venham, o tio Zé abre os braços para tentar levar-nos, a mãe finca os pés no chão abraçada a si mesma, o Mário ainda não chegou, tenho de esperar pelo Mário. A arma do pai nas mãos do preto.

O tio Zé empurra-nos, o Mário vai depois, mana, se perdem a vossa vez nunca mais saem daqui, não vês esta gente toda à espera de lugar, não podem perder a vossa vez, o tio Zé sem ligar ao que lhe digo, não podemos deixar o pai sozinho. A arma do pai apontada à cabeça.

O tropa manda-nos avançar para a pista, o avião está à nossa frente, enorme e brilhante, gente e mais gente até ao avião que vai levar-nos, as escadas do avião estão descidas. A mãe a correr por dentro da poeira que não assenta.

Então a metrópole afinal é isto.

Sejam muito bem-vindos a este hotel. Façam o favor, entrem, podem sentar-se nessas poltronas. É o meu escritório, estejam à vontade, aqui no hotel todos querem ajudar, chegaram a bom porto. Sei pelo que estão a passar mas infelizmente não são os únicos. Não se preocupe com as malas, minha senhora, o recepcionista toma conta delas. Será uma conversa breve, sei que estão cansados e não quero demorar-vos. Foi uma viagem longa, longa e difícil, imagino. São circunstâncias terríveis mas não está ao alcance da nossa vontade mudá-las. São tempos conturbados. Estamos todos a tentar fazer o nosso melhor e estou à vossa disposição para ajudar no que puder. Mas antes de mais quero dar-vos as boas-vindas enquanto directora deste hotel. Terão reparado que é um hotel de cinco estrelas e garanto-vos que merece cada uma delas. Não sei se já tinham vindo ao Estoril, tenho a certeza de que vão gostar. Muitos dos que têm chegado dizem que lhes faz lembrar Luanda, não sei, nunca lá estive, quem sabe um dia. Esta zona é muito procurada pelos turistas e estamos na época alta. Mas não podia deixar-vos sem tecto, tem de se ajudar quando é preciso. Foi por isso que disponibilizei o hotel, à exceção do último piso, esse continua reservado aos hóspedes. Não que não vos considere hóspedes mas como compreenderão encontram-se numa situação diferente. Por muito gosto que tenha em ajudar-vos não poderia fechar o hotel aos clientes habituais. Minha senhora, dou-lhe a minha palavra de que o recepcionista toma conta das malas. Pode estar tranquila. Compreendo o seu nervosismo, não deve ter sido fácil ter vindo sozinha com dois filhos. Tanto melhor, um pai faz muita falta e nestas alturas então ncm se fala, ainda bem que virá em breve. Sei que não serve de conforto mas há muitas famílias separadas como a vossa, infelizmente não são os únicos. Temos de ter fé em Deus, só a fé pode salvar-nos nestes tempos conturbados, as provações de Deus tornam-nos mais fortes. E tem sorte, já tem os seus filhos quase criados, uma mulher e um homem prontos para a ajudar. Tenho a certeza de que tem aqui uns jovens educados e respeitadores, basta olhar para eles. Mas explicava-vos que não posso fechar o hotel aos hóspedes normais, tenho hóspedes que vêm cá passar uma temporada todos os anos e claro que não poderia recusar-me a recebê-los, há reservas do estrangeiro que já foram feitas no princípio do ano. Como compreenderão, esses hóspedes não podem ser incomodados, é um hotel de cinco estrelas e os hóspedes têm de ser tratados de acordo com o que pagam, não pode haver barulho, não pode haver qualquer espécie de confusão. Não, minha senhora, não percebeu bem. Não é que ache que não se sabem portar, não estou a dizer nada disso. Ninguém nasce ensinado e o que não se sabe tem de ser aprendido e há hábitos que mudam de sítio para sítio. Agradeço-lhe que não me fale assim, a senhora está nervosa, é compreensível, mas peço-lhe que se acalme. Sei perfeitamente que não viviam na selva, longe de mim chamar selvagem a quem quer que seja, o que se está a passar neste país também não é exemplo para ninguém. Aqui no hotel há regras que têm de ser cumpridas, sem regras não nos entendemos, é só isso que quero dizer, seja num hotel, seja num país. Sim, já me disse que tudo o que tem está naquelas malas mas não se preocupe, ninguém lhe mexe em nada, as malas estão a cargo do recepcionista e estão em segurança. Estão num bom hotel, muito bom aliás, diria mesmo no melhor hotel, se me for permitida a vaidade. No meio do azar ainda tiveram sorte, há famílias instaladas em parques de campismo ou em pensões miseráveis, ao menos calhou-vos um hotel de luxo. Nem todos podem agradecer a deus pelo mesmo, devem ter visto aquele mar de gente no aeroporto, eu nem queria acreditar quando estive lá, uns familiares do meu marido vieram de Moçambique e fomos buscá-los. Infelizmente não acontece o mesmo a toda a gente, há pessoas a quem a família vira as costas, é bem verdade que quando se precisa é que se vê com quem se pode contar, tem havido tanta desilusão. E, claro, há os que não têm cá ninguém, já os pais ou avós tinham nascido em África, não sei se é o vosso caso. Isto para não falar nos de cor, esses coitados é que não têm a quem recorrer, tem sido uma desgraça. Ainda não pararam de chegar pessoas e ainda há tantas para vir, aviões para cá e para lá, dia e noite. Se os estrangeiros não tivessem emprestado os aviões nem quero imaginar a mortandade que tinha havido. Não tem importância, pode interromper-me quando quiser. Sim, minha senhora, as guias que vos passaram ficam comigo, deixe ver. Parece estar tudo em ordem, aqui para o hotel não precisam de mais nada mas devem ir ao IARN tratar do resto, agora está calor mas o inverno é frio e vão precisar de roupas bem mais quentes do que as que lá usavam, e muitas outras coisas. Há bastante gente a ajudar, as igrejas, os serviços de beneficência. Desculpe, minha senhora, sei que não está a pedir nada, não chamei pedinte a ninguém, não ponha na minha boca palavras que não disse. São gente trabalhadora, não duvido, mas acontecem coisas más a toda a gente, não é vergonha precisar. Os que precisam também têm de saber receber, são tempos conturbados. Voltando ao que interessa, já perceberam que com tantas pessoas necessitadas temos de acorrer ao maior número que pudermos, por isso não tenho outra alternativa senão aceitar mais pessoas por quarto do que seria expectável, estou certa de que compreendem, terão de ficar os três no mesmo quarto. Resolvemos isso depois, minha senhora, quando o seu marido chegar podemos considerar dois quartos mas até lá têm de ficar os três no mesmo quarto. Tenho a certeza de que prefere ficar mais apertada e saber que não há ninguém ao relento, temos de ser uns para os outros, estou a fazer o melhor que posso e sei. Repare que há um grande esforço nesta ajuda, não estou a falar só de mim, o pessoal do hotel é o mesmo e o trabalho quadruplicou. Não tenho condições para contratar mais trabalhadores. Por isso peço também a vossa colaboração, quanto mais nos ajudarem mais vos podemos ajudar, são tempos conturbados. Tenho então para oferecer-vos um quarto com duas boas camas e um divã extra, têm direito a pequeno-almoço, almoço e jantar sempre servidos no restaurante. É expressamente proibido levar comida para os quartos e cozinhar nos quartos é motivo de expulsão. Os quartos não estão preparados para que se cozinhe neles. Claro que não, minha senhora, sei que não se vai pôr a cozinhar no quarto. Quero tão somente avisar que, para o bem de todos, não permitirei nenhum dano grave ao hotel. O vosso quarto é o 315. As empregadas limpam os quartos uma vez por semana e nesse dia trocam os lençóis e as toalhas. No princípio, quando só vos tinha sido destinado um piso, as empregadas limpavam os quartos diariamente mas ninguém estava satisfeito, as pessoas não gostavam de ser incomodadas todos os dias, queriam estar à sua vontade nos quartos, e também era complicado para as empregadas, os quartos estão mais cheios e as pobres coitadas quase não se podiam mexer lá dentro. Houve uma reunião geral e decidiu-se que as empregadas só limpam os quartos uma vez por semana mas que nesse dia os quartos têm de estar livres. Portanto no dia da limpeza terão de vir cá para baixo ou dar uma volta para que as empregadas possam limpar os quartos como deve ser. Claro que serão informados previamente. Numa emergência podem usar o aspirador, é só pedirem na recepção, quanto ao resto da roupa, as peças pequenas podem ser lavadas na casa de banho mas as maiores têm de ser na lavandaria, já foi pedido outro tanque, as máquinas de lavar são do uso exclusivo do hotel. O mais importante é reterem que as regras são para vos protegerem, o desrespeito das regras complica acima de tudo a vossa vida. Por favor não esqueçam que é proibido levar comida para os quartos e nem pensar cozinhar nos quartos nem em qualquer sítio do hotel. Com certeza que não, minha senhora, não se aborreça. Insisto nisto porque já aconteceu e não pode tornar a acontecer, num hotel de cinco estrelas não se pode permitir isso. Não vos tomo mais tempo, não sei se tem alguma pergunta a fazer. Quanto ao que me pergunta não há previsão, ficam instalados o tempo que for preciso, tenho a certeza de que em breve todos arranjarão uma solução. Não lhe sei dizer, minha senhora, isso depende mais de vocês ou de outras pessoas do que de mim, mas uma coisa posso garantir-vos, ninguém vos põe na rua sem mais nem menos. Aqui têm a chave do vosso quarto, há uma cópia mas é preferível que fique na recepção, têm-se perdido muitas chaves. Vou pedir ao sr. Teixeira que vos leve ao elevador e que o porteiro vos ajude com as malas, qualquer informação de que precisem é só ligar para a recepção, estamos ao vosso dispor. O telefone para a recepção é gratuito, podem ligar as vezes que quiserem e esclarecer todas as dúvidas que tiverem, só pagam as chamadas para fora. Mais uma vez sejam bem-vindos, chegaram sãos e salvos e isso é o mais importante. Vai correr tudo bem. Tudo parecerá melhor depois de uma boa noite de sono, quando o cansaço fala por nós diz sempre asneiras. Tive muito gosto em conhecê-los, desejo-vos mais uma vez uma muito boa estada.

É a primeira vez que estamos num hotel, é a primeira vez que estamos a dormir num quarto de hotel e também é a primeira vez que estamos a dormir os três no mesmo quarto. Na casa antiga eu e a minha irmã partilhávamos o quarto mas éramos pequenos, éramos tão pequenos que ainda tínhamos medo do escuro, das lesmas e das osgas. A mãe sempre dormiu noutro quarto com o pai. A não ser quando um de nós estava doente. Aí mudava-se para a nossa cama e deixava as almofadas a cheirar à laca que punha no cabelo. Mas tirando os casos de doença a mãe sempre dormiu com o pai noutro quarto. Só que o pai não está cá. Quarto 315. O porteiro que nos ajudou a trazer as malas disse que tivemos sorte, é um quarto com varanda virada para o mar. Também nunca dormimos tão perto do mar.

Os três deitados, de luz apagada, ouvindo a respiração uns dos outros. A mãe e a minha irmã nas camas boas de que a directora falou e eu no divã que encostámos à parede. A luz do néon da loja de fotografia que fica em frente ao hotel passa as cortinas corridas e ilumina o quarto. Acende e apaga, acende e apaga. O mar está tão perto que se ouvem as ondas contra a noite da metrópole. Não quero fechar os olhos. Se fecho os olhos o pai é outra vez levado pelos pretos, as mãos amarradas atrás das costas, se fecho os olhos estou outra vez a desmaiar, não, não cheguei a desmaiar, aconteceu qualquer coisa que não me lembro mas não foi um desmaio, o pai pôs-me a mão no ombro, vamos para casa, rapaz, comecei a ver tudo branco, ceguei como os pássaros devem cegar quando se atiram contra as paredes e morrem. Eu não morri mas quando voltei a mim o pai estava a ser metido no jipe com a sua própria arma apontada à cabeça, um dos soldados, vamos matar-te com a tua arma e com a tua bala nem precisamos de gastar nada. Não, os cabrões de merda não falaram assim que os cabrões de merda nem falar sabem, vámo matáti cum tuá arma e tuá bála nei precisámo di gastá nada. O tio Zé e o Nhé Nhé vão falar com os amigos deles e os cabrões de merda vão ter de soltar o pai, até lhe vão pedir desculpa por terem dito que ele era o carniceiro do Grafanil ou amigo dele. Se calhar até já o soltaram e o pai está a arranjar bilhete de avião para vir ter connosco. É isso, a esta hora o pai já está dentro de um avião para vir ter connosco.

Não precisámos de combinar que faríamos segredo sobre o que aconteceu ao pai. Foi a mãe, apesar da cabeça fraca, que começou a mentir quando saímos do avião. Descemos as escadas do avião e a minha irmã disse, estamos na metrópole. Não sabíamos o que havíamos de fazer. Foi esquisito pisar na metrópole, era como se estivéssemos a entrar no mapa que estava pendurado na sala de aula. Havia sítios onde o mapa estava rasgado e via-se um tecido escuro ou sujo por trás, um tecido rijo que mantinha o mapa inteiro e teso. Não sabíamos o que havíamos de fazer e era como se estivéssemos a entrar no mapa rasgado, ou então nas fotografias das revistas, nas histórias que a mãe estava sempre a contar, nos hinos que cantávamos aos sábados de manhã no pátio do colégio. Parecia impossível termos chegado à metrópole. Ainda mais depois do que se passou, ainda mais sem o pai. Nunca pensei estar na metrópole sem o pai. Sem o pai não sabíamos o que fazer mas as outras famílias também não sabiam, e agora, e agora, perguntavam. Em quase todas as respostas uma palavra que nunca tínhamos ouvido, o IARN, o IARN, o IARN. O IARN paga as viagens para a terra, o IARN põe-nos em hotéis, o IARN paga o transporte para os hotéis, o IARN dá-nos comida, o IARN dá-nos dinheiro, o IARN ajuda-nos, o IARN aconselha-nos, o IARN pode informar-nos. Nunca tinha ouvido tantas vezes uma palavra, o IARN parecia mais importante e mais generoso do que deus. Explicaram-nos, IARN quer dizer Instituto de Apoio ao Retorno de Nacionais. Agora somos retornados. Não sabemos bem o que é ser retornado mas nós somos isso. Nós e todos os que estão a chegar de lá.

Ainda bem que o pai tinha ido trocar o dinheiro para trazermos, o dinheiro de lá não dá para comprar nada aqui. Quando estávamos no aeroporto a mãe quis comprar uma gasosa com o dinheiro de lá mas a vendedora disse-lhe, não aceitamos esse dinheiro. Não percebo. São escudos na mesma, Angola ainda é Portugal, a independência só é em novembro. A vendedora disse que o dinheiro de lá nunca serviu cá. O pai devia saber disso mas nós não sabíamos. Talvez a mãe já tivesse sabido e se tivesse esquecido. Tudo o que temos são as malas que trouxemos e os vinte contos que o pai tinha trocado na Baixa. Só podíamos trazer cinco contos por pessoa, o tio Zé aconselhou a mãe a trazer os cinco contos do pai escondidos na roupa, foi até o tio Zé que lhos escondeu, que a mãe não conseguia fazer nada. Três malas e vinte contos é tudo o que temos até resolvermos a vida. Resolver a vida é o que mais se ouve entre os retornados mas sem o pai não temos ideia de como isso se faz. O pai sabe ganhar dinheiro, quando tinha sete anos começou a ajudar nas estradas e nunca mais parou, estradas que ligavam os montes no norte da metrópole, estradas mais difíceis de fazer do que a estrada da serra da Leba. A directora do hotel não disse resolver a vida, disse arranjar uma solução, como se fosse um problema das aulas de matemática. As pessoas ricas dizem as coisas de maneira diferente e cheiram a perfumes que se colam a quem não cheira a nada como nós. O escritório da directora é grande e bonito como deve ser tudo na metrópole.

Quando nos recusaram o dinheiro de lá tive medo que a mãe começasse com as suas fitas, nunca se sabe o que a mãe pode fazer, as mãos tremiam-lhe e os olhos piscavam como se estivessem avariados mas a única coisa que a mãe fez foi chorar baixinho. Ninguém estranhou, havia muitas mulheres a chorar e a gritar agarradas às malas e aos filhos, o choro da mãe era um choro como tantos outros. Fomos para uma das bichas, todas as bichas iam dar a qualquer coisa relacionada com o IARN. As guias de alojamento para os que não têm para onde ir também são tratadas pelo IARN, mas o IARN não era ali. Foi à senhora que nos atendeu no aeroporto que a mãe mentiu pela primeira vez, o meu marido teve de ficar lá a tratar de uns assuntos. A partir daí nunca mais deixou de mentir, mentiu ao taxista que nos levou ao IARN, às funcionárias do IARN, à directora do hotel, à família que jantou na mesa ao lado da nossa, o meu marido teve de ficar a tratar de uns assuntos e virá o mais depressa que puder, diz com tanta verdade que nem os olhos hesitam.

A mãe faz bem em mentir, levaram o pai como podiam ter levado outro qualquer mas ninguém ia acreditar nisso. Quando se fala de um branco preso ou assassinado, há logo quem diga, alguma coisa deve ter feito, eles só se vingam de quem os maltratou, nunca se meteram comigo nem com a minha família, eles sabem quem os tratava bem. O pai não sabe nada do carniceiro do Grafanil e sempre tratou bem os pretos. O pai não é capaz de matar mulheres e crianças mesmo que sejam pretas, não é capaz de deitar fogo a cubatas nem fazer explodir um camião carregado de contratados. O pai queria deitar fogo à nossa casa e aos camiões mas isso era diferente, era só para eles não se ficarem a rir. Até o tio Zé, que nunca se deu bem com o pai, achou que a acusação não podia ser verdadeira, o pai fica sem fôlego se tem de dar uma corrida para se abrigar da chuva, o carniceiro do Grafanil não pode ser um homem tão velho e tão pesado. Ainda que tivesse vontade e coragem para ser o carniceiro do Grafanil, o pai não tem idade nem saúde, se o tio Zé conseguiu ver isso todos conseguem. Por isso não é mentira nenhuma dizer que o pai ficou a tratar de uns assuntos. E já o devem ter libertado, de certeza que já o libertaram.

Mas nem quando estamos sozinhos falamos sobre o que aconteceu ao pai. A mãe e a minha irmã não viram o pai a ser levado, não viram as minhas pernas a dobrarem-se, julguei que estavam a espreitar através da persiana mas tinham-se escondido debaixo da cama com medo e só saíram de lá quando ouviram os meus gritos. O tio Zé e o Nhé Nhé chegaram pouco depois de terem levado o pai, fechem as malas, depressa, temos de ir para o aeroporto, não podem ficar aqui nem mais um minuto. O tio Zé tinha razão, os soldados podiam voltar para nos levarem. E os pretos que tinham ocupado as casas dos vizinhos podiam querer vingar-se se se convencessem de que estavam ali familiares do carniceiro do Grafanil. Fechámos as malas à pressa sem saber bem o que fazíamos, não conseguíamos pensar e obedecíamos ao tio Zé, que não se calava, depressa, despachem-se, não há tempo a perder. A Pirata ladrava como nunca a tinha ouvido, uns latidos tão aflitivos.

Metemo-nos no carro e o tio Zé arrancou. A Pirata correu, correu, correu atrás do carro como se fôssemos parar um pouco mais à frente para a deixarmos entrar. Às vezes fazíamos essa brincadeira, de certeza que a Pirata pensava que estávamos a brincar com ela porque não parava de correr. Correu o mais que pôde mas o tio Zé conduzia tão depressa. A Pirata foi ficando para trás, cada vez mais para trás, até ser um ponto branco na avenida, um ponto branco, pequenino, pequenino, pequenino. No avião a minha irmã disse, acabámos por trazer menos coisas do que podíamos, tanta coisa para trazer e nem as malas enchemos. Virou a cara para a janelinha do avião e ficou a ver um céu azul sempre igual.

A minha irmã e a mãe também não devem conseguir adormecer, estão sempre a mexer-se, o néon a acender e a apagar também não as deve deixar adormecer. Não consigo parar de pensar que se não tivesse começado a ver tudo branco eles não tinham levado o pai, vamos para casa, rapaz, se eu tivesse andado, mas não andei e os pretos levaram o pai. O jipe desapareceu depois da casa da Editinha, a poeira demorou a assentar, a poeira depois de tudo, a mãe tombou os vasos das escadas tal a pressa com que as desceu, a mãe a correr por dentro da poeira que não assenta, a minha irmã sem conseguir descer as escadas, sem conseguir acreditar, levaram o pai, a mãe de braços caídos no fim da rua, os pretos que ocuparam a casa da d. Gilda na varanda a falarem uns com os outros, as folhas da bananeira da d. Alda a abanarem ligeiramente, talvez ainda por causa do vento que o jipe fez ao passar, a mãe parada no fim da rua, sem gritar, sem dizer nada. Como é que se faz para voltar para casa.

Nunca hei-de contar à mãe nem à minha irmã das mãos atadas do pai atrás das costas, nem do olhar aflito ao entrar para o jipe. Também não lhes digo que tenho o isqueiro do pai comigo, encontrei-o caído ao pé do canteiro, o isqueiro Ronson Varaflame que lhe oferecemos quando fez quarenta e nove anos. O pai deve tê-lo deixado cair quando o levaram, ou então deitou-o fora de propósito para não lho roubarem e para que eu o guardasse. Vou guardá-lo, não vou usar o isqueiro nem uma única vez, quero ver a cara do pai quando chegar e eu lho der, vai ficar orgulhoso de mim. O pai vai gostar de fumar um cigarro na varanda do quarto, de ver o mar, como eu ainda há pouco, depois de a mãe ter feito o telefonema.

Não devia ter deixado a mãe telefonar, quem será o preto que atendeu o telefone lá de casa, não devia ter deixado mas o telefone está na mesinha de cabeceira, que raiva o tio Zé não ter telefone em casa, se tivesse podíamos saber do pai. Também já não podemos telefonar para os vizinhos, sei os números de cor, quanto tempo vou demorar a esquecer-me destes números que já não servem para nada. A mãe quis telefonar para casa mas não a devia ter deixado, o telefone ficou a tocar durante muito tempo, ninguém atendia mas a mãe tornou a ligar, insistiu, insistiu até que um preto respondeu. A mãe desligou assustada mas voltou a ligar logo de seguida, o preto disse que não sabia de Mário nenhum e perguntou quem falava. A mãe pousou o auscultador com força e ficámos calados sem saber o que dizer. Pensámos mal, o pai nunca estaria em casa, se já o soltaram o pai está a tentar arranjar bilhetes para vir ter connosco, ia estar em casa a fazer o quê. E quem seria o preto que atendeu o telefone em nossa casa, o telefone sobre a mesinha da entrada a que a mãe limpava o pó todos os dias, a mesinha com os pés em ferro dourado por baixo do espelho com a moldura de madeira branca, um espelho bonito mas não como os que há neste hotel. A metrópole tem de ser toda como este hotel, o que hoje vimos antes de aqui chegar só pode ser um engano.

A metrópole tem de ser como este hotel, que até no elevador tem uma banqueta forrada a veludo. Portugal não é um país pequeno, era o que estava escrito no mapa da escola, Portugal não é um país pequeno, é um império do Minho a Timor. A metrópole não pode ser como hoje a vimos no caminho que o táxi fez, ninguém nos ia obrigar a cantar hinos aos sábados de manhã se a metrópole fosse tão acanhada e suja, com ruas tão estreitas onde parece que nem cabemos. As nossas malas e os sacos também não couberam no porta-bagagens e o taxista teve de prendê-los no tejadilho. Para o taxista os tempos não são conturbados como para a directora, são tempos bons, nem mais um soldado para as colónias, nem mais um caixão das colónias, camaradas. O taxista tratava-nos por camaradas e a mãe meteu na cabeça que ele nos estava a enganar e que nos levava pelo caminho mais longo. A mãe não pode saber, não conhece nada de Lisboa, só cá tinha estado um dia para embarcar no *Vera Cruz*. As estradas tinham tantos buracos e tão grandes que as malas abanavam nas barras do carro, foi aí que a mãe começou com a cisma de perdê-las. O taxista tentava sossegá-la, explicava que as tinha atado bem mas não servia de nada, outro buraco e a mãe recomeçava, ai que as malas se vão perder. Se caírem há quem as apanhe que não têm pernas, brincava o taxista, mas não há nada que distraia a mãe de uma cisma.

Não, a metrópole não pode ser como hoje a vimos. A prova de que Portugal não é um país pequeno está no mapa que mostrava quanto o império apanhava da Europa, um império tão grande como daqui até à Rússia não pode ter uma metrópole com ruas onde mal cabe um carro, não pode ter pessoas tristes e feias, nem velhos desdentados nas janelas tão sem serventia que nem para a morte têm interesse. Lá os velhos tinham dentes postiços muito brancos e andavam de um lado para o outro com chapéu na cabeça e os fatos dos trópicos engomados. Quando o pai via os velhos a comer marisco no Restinga dizia, aqui até os velhos fintam a morte. O pai sabia o que dizia, tinha ido para África para fintar a pobreza, em África fintava-se tudo, a morte, a pobreza, o frio e até a maldade, dizia-nos o pai, aqui há que sobre para toda a gente, não precisamos de arrancar os olhos uns aos outros por causa de uma sardinha. A mãe gosta de ouvir o pai, o vosso pai fala como um doutor e faz contas de cabeça melhor do que um engenheiro, mesmo os das barragens. Os engenheiros que a mãe mais admira são os das barragens, por causa da barragem de Cambambe. Havia sempre uma fotografia da barragem de Cambambe no calendário que a mãe pendurava na parede da cozinha e quando o pai prometia que um dia haveríamos de visitar a barragem a mãe olhava para o calendário sonhadora, um dia haveríamos de fazer um piquenique na barragem. Um dia veríamos com os nossos próprios olhos aquela obra grandiosa, desceríamos à sala das turbinas que fica cento e setenta e três metros abaixo do solo. Cento e setenta e três metros, metade da Sears Tower mas debaixo da terra, por isso a barragem de Cambambe é uma obra tão grande como o prédio mais alto do mundo.

Nunca fomos visitar a barragem de Cambambe, o pai nunca teve um dia de férias e esta é a primeira noite que dormimos num hotel. Não é um hotel qualquer, é um hotel de cinco estrelas com dois elevadores e outros dois de serviço, porteiros fardados com galões dourados e corredores mais compridos do que os do liceu de lá. Corredores alcatifados onde parece que não se anda no chão e paredes forradas a papel, embrulhadas como prendas, um sítio onde nunca sequer sonhámos estar. Deve ser por isso que não gosto de estar aqui. Mesmo que o pai chegasse e pudéssemos ficar aqui para sempre tenho a certeza de que continuava a não gostar de estar aqui. Se calhar tem de se sonhar com os lugares como a mãe sonhava com a barragem de Cambambe para se poder gostar deles. Não gosto de estar neste hotel. Odeio o preto que atendeu o telefone, o preto que está em nossa casa, odeio-o tanto que se o visse era capaz de o matar.

O taxista pediu à mãe para se acalmar, a funcionária do IARN também, ninguém tem culpa do que se passou, estamos aqui para prestar ajuda mas se se põe a gritar não vamos a lado nenhum. Alguém tem de ter culpa, continuou a mãe, alguém tem de ter. Por favor acalme-se, não adianta gritar, não é aos gritos que se resolvem as coisas, já viu a quantidade de gente que há aqui, a senhora não é a única com problemas. A funcionária do IARN não sabia pedir à mãe para se acalmar, a directora do hotel sim, nunca tinha ouvido ninguém a falar como a directora nem visto um escritório assim, com tantas voltas nos móveis e tantos candeeiros com vidro rendado. No IARN as secretárias eram velhas e sujas e as cadeiras onde os retornados se sentavam quando chegava a sua vez estavam desconjuntadas, tenho a certeza de que nem aguentariam um corpo pesado como o do pai. Estavam lá retornados de todos os cantos do império, o império estava ali, naquela sala, um império cansado, a precisar de casa e de comida, um império derrotado e humilhado, um império de que ninguém queria saber.

De repente a minha irmã diz, imitando a voz da directora, tempos conturbados, são tempos conturbados. E ri-se como se tivesse contado uma boa anedota. Não há nada por que nos rirmos mas se nos rirmos não estamos tão sozinhos. A maneira de a directora falar não dá vontade de rir, se não estivéssemos nesta situação não nos teríamos começado a rir. Tempos conturbados. Não conseguimos parar de nos rir, as gargalhadas pegam-se umas às outras, rimo-nos, alto, mais alto, não me lembro de nos termos rido tanto e tão alto. São tempos conturbados, se nos rirmos não estamos tão sozinhos e talvez consigamos adormecer.

A mãe ainda tem a comida toda no prato. Quase não come desde que chegámos cá. É verdade que a comida do hotel é outra vez má, as batatas encruadas e a carne cheia de nervos, mas a mãe podia fazer um esforço. Quando a minha irmã não queria comer o pai obrigava-a, não temos raízes no chão. Repito as palavras que o pai costuma dizer e peço à mãe que coma, não temos raízes no chão, os comprimidos no estômago sem comida são pior do que ácido, as palavras do pai sem o pai no restaurante do hotel.

Falo baixo porque as mesas estão quase coladas umas às outras. Tiveram de acrescentar mesas por causa das bichas que se fazem em todas as refeições, começam logo de manhã para o mata-bicho e todos reclamam do tempo que se tem de esperar em pé. O almoço começa a ser servido ao meio-dia e meia e às onze já há gente a guardar vez, gente encostada à parede a falar das coisas de lá, a minha casa isto a minha casa aquilo, deixei lá isto e aquilo, os tiros isto os morteiros aquilo. Com a televisão é a mesma coisa, horas antes do início a sala enche-se de gente e mais uma vez, a minha casa isto a minha casa aquilo, deixei lá isto e aquilo, os tiros isto os morteiros aquilo. Afinal a televisão, o cinema em casa da metrópole de que todos lá falavam é a preto e branco e pequenino, um rectângulo que mal se vê e que se ouve mal, um som roufenho como o do rádio do pai quando as pilhas começavam a ficar fracas. E não dá nada de jeito, só revolucionários sempre a dizer a mesma coisa da revolução.

Há muita gente de Moçambique aqui no hotel mas os de Angola quase não se dão com os de Moçambique. Os de Moçambique têm a mania que viviam na Pérola do Índico e usam palavras em inglês, chamam boys aos miúdos pretos e dizem que moravam em flats, falam de monhés e de chinas. A d. Suzete do 310 é moçambicana e está sempre a fritar chamuças no quarto, o corredor fica todo a cheirar a fritos, a directora qualquer dia expulsa-a. Às vezes os de Angola e os de Moçambique desentendem-se acerca de qual era a melhor colónia, as outras colónias quase não contam. Quando o pai chegar vai defender Angola tão bem que os de Moçambique nunca mais abrem a boca. Gosto de ouvir os de Moçambique falarem dos Dragões da Morte, das machambas, do ataque ao posto administrativo de Chai, do hotel Polana. Não consigo perceber por que é que discutem tanto qual era a melhor colónia se já perdemos as duas. Quer dizer, Angola ainda é nossa mas só até ao dia 11 de novembro.

A mãe brinca com o garfo, tem o olhar posto na cadeira vazia em frente dela. As mesas do restaurante têm quatro lugares e a cada refeição o lugar vazio lembra-nos que o pai ainda não chegou. Sentimos a ausência do pai em qualquer sítio mas à mesa é pior porque sabemos que estamos a pensar no pai e a sua ausência ainda dói mais. Mas daqui a uns dias o tio Zé já deve ter recebido a carta da mãe e diz ao pai onde estamos, daqui a uns dias o pai chega. Posso mandar nos meus pensamentos porque não tenho a cabeça fraca da mãe nem os demónios a rondar-me. Posso entreter a minha cabeça com o que quiser, quantas pessoas estão neste hotel, um problema bem melhor do que os da professora Maria José nas tardes de aritmética, tanques que se enchiam por um lado e se esvaziavam por outro, uma dor de cabeça que não servia para nada quando há problemas que podem resolver alguma coisa. Quantas pessoas estão neste hotel, a resposta certa é trezentas e trinta e seis pessoas, o hotel tem seis pisos, cada piso vinte e oito quartos, cada quarto é ocupado por duas pessoas. Um problema mais útil do que os problemas dos tanques ou das laranjeiras que em cada ano duplicavam a produção, um dia enganei-me e as laranjeiras passaram a dar metades de laranjas em vez de laranjas inteiras e a professora Maria José, o menino já viu uma laranjeira dar meia laranja, e eu esforçado sem saber como me livrar da laranjeira que no meu caderno não dava laranjas inteiras. Mas este problema sim, vale a pena. 336 pessoas. Se conseguisse entender sempre o que os problemas pedem e se me fosse dado tanto tempo para os resolver quanto o que passamos na bicha à espera de mesa fazia sempre tudo certo, nem precisava de lápis e papel. Tenho a certeza que a resposta é 336 pessoas mas no hotel estão 336 pessoas mais ou menos porque o piso dos hóspedes está quase vazio mas nos outros pisos há mais do que duas pessoas em muitos quartos. Pode não parecer que 336 pessoas são muitas pessoas mas são, especialmente quando estão tão perto e todas a quererem almoçar.

É fácil mandar nos nossos pensamentos mas não podemos mandar nos pensamentos dos outros e tenho a certeza que a mãe está a pensar, há pretos capazes de tudo, eles não são como nós, há histórias de brancos que foram apanhados pelos pretos e, os olhos da mãe muito abertos, quase podemos ver o corpo grande do pai a sobrar na cadeira, o corpo grande do pai sempre sobrou em todo o lado. Às vezes é pior quando não os matam. O pai está sentado mas não nesta cadeira. Às vezes é pior quando não os matam. Deve ser por isso que a mãe não come, deve ser por isso que olha para mim e para a minha irmã como se não compreendesse a nossa fome ou o que é que o pai pode estar a fazer numa cadeira que não é a cadeira em frente dela. Estou a inventar, tenho de estar a inventar, ultimamente não faço outra coisa. Deve ser por estar neste hotel que tem tantos quartos e corredores, que tem este restaurante com janelas enormes viradas para o mar onde já se fez o copo d'água do casamento de uma princesa, uma princesa a sério. Um hotel tão bonito como só a metrópole podia ter, o candeeiro do restaurante é ainda mais bonito do que o do escritório da directora, um candeeiro no centro do tecto com centenas de pingos de vidro, quando viemos ao restaurante pela primeira vez a minha irmã disse, brilha tanto que parece um sol. A mãe queria tanto um candeeiro de tecto para a sala, passava tardes no Quintas & Irmão a escolher candeeiros que o pai não comprava, para o ano que vem, dizia. O Quintas & Irmão não tinha armários como os que estão encostados à parede, nem pratos como os que os enfeitam, só tinha visto pratos como estes nos livros de história, pratos com caravelas desenhadas em mares tumultuosos. Mas o mais bonito do restaurante é a tapeçaria que está na parede do fundo, uma tapeçaria com índios e marinheiros a assistirem à primeira missa do Brasil, é o que está escrito na parte de baixo com letra do tempo dos reis, a primeira missa do Brasil, uma tapeçaria como nem as igrejas lá tinham.

Não há comida como a minha, diz a mãe. A mãe nunca gostou de comida que não tivesse sido feita por ela. Mesmo quando aos domingos íamos almoçar ao Vilela a mãe, não há comida como a minha, os olhos debaixo do pó azul e os lábios cor-de-rosa, não há comida como a minha. Não era verdade mas o pai não deixava que disséssemos à mãe que a comida dela era má, por isso nem eu nem a minha irmã a desmentíamos. O pai não está cá mas continuamos sem desmenti-la, o lugar vazio faz as vezes do pai. O lugar está vazio mas o pai vai chegar, se o pai não estivesse para chegar não estavam ali os talheres, o prato e o copo. O pai vai chegar a qualquer momento, vai dizer que está calor, que o verão da metrópole é quase tão quente como o de lá, vai sentar-se e pedir um canhangulo. Os empregados não nos querem cá e não gostam de nos servir. Acreditam que os pretos nos puseram de lá para fora porque os explorámos, perdemos tudo mas a culpa foi nossa e não merecemos estar aqui num hotel de cinco estrelas a sermos servidos como éramos lá. Os empregados preferem servir os pretos que nem nos talheres sabem pegar a servir-nos a nós, acham que os pretos são vítimas que ao fim de cinco séculos de opressão ainda tiveram de fugir da guerra. Deem-lhes de comer como nós demos, sirvam-nos e um dia vão ver, quando eles se revoltarem e quando lhes fizerem o que nos fizeram a nós, batem-lhes à porta e levam-nos de mãos atadas, vão levá-los e eu vou rir-me. Os de cá podem dizer o que quiserem que não vão mudar a minha opinião, os pretos não prestam. Também se riam para nós até terem uma catana na mão, os de cá ainda vão arrepender-se mas já vai ser tarde demais. E eu não vou ter pena nenhuma.

Mas quem os empregados gostam mesmo de servir são os hóspedes, os hóspedes normais, quando os há. Hóspedes que não se misturam connosco, hóspedes sentados nas mesas que lhes estão reservadas e onde não nos podemos sentar, ordens da directora, mesas ao pé da janela, postas com vários copos e um sem-fim de talheres. Os empregados parece que voam quando os hóspedes os chamam, até metem nojo com as suas bandejas e os seus fatos de pinguins, um sorriso exagerado como os dos bonecos animados. Não há muitos hóspedes normais, devem ter medo de vir para hotéis ocupados com retornados, para um país cheio de revolucionários. Quase todos os dias há maca mas os hóspedes estão protegidos, a directora diz, é proibido o acesso ao piso reservado aos hóspedes, é proibida a ocupação das mesas dos hóspedes, é proibido incomodar os hóspedes.

Hoje há um hóspede, deve ser um estrangeiro que veio ver a revolução. Um estrangeiro como os que trabalhavam nos navios que atracavam no porto, os navios de onde o pai nos trazia as surpresas, tenho uma surpresa, o pai com as mãos atrás das costas mas sem estarem amarradas como quando os pretos o levaram. Tenho uma surpresa, era tão bom correr para o pai nessas alturas, o pai trazia bonecas de Las Palmas para a minha irmã, bonecas que tinham um disco na barriga, mamã, papá, *yo soy una chica muy guapa*, e para mim trazia-me carros a pilhas. Durante uns dias, no bairro, deixávamos de ser os filhos da d. Glória que tinha aqueles problemas e passávamos a ser os que tinham brinquedos do estrangeiro, durante uns dias éramos os miúdos mais importantes do bairro, pelo menos eu era. Acho que a minha irmã nunca soube tirar partido das bonecas que falavam mas eu sabia tirar partido de tudo o que o pai me trazia, os outros miúdos, deixa-me brincar, só um bocadinho, não podia deixar que se fartassem, era esse o segredo, só um bocadinho, os miúdos às vezes chateavam-se, vou pedir ao meu pai que me compre um igual, mas havia sempre a resposta mágica, veio do estrangeiro, não está à venda em lado nenhum.

O pai também trazia à mãe perfumes franceses e caixas de pêssegos da África do Sul, pêssegos rosados deitados em palhinhas com que a minha irmã fazia as camas das bonecas, camas a cheirar a pêssegos. Não havia vizinha que não invejasse a mãe quando recebia os perfumes franceses e os pêssegos da África do Sul. Os outros maridos do bairro não traziam coisas do trabalho ou traziam porcarias como o da d. Alzira, que interesse pode ter tantos cinzeiros com o emblema da Cuca ou os restos de fazendas que o marido da d. Gilda que trabalhava na Gajajeira trazia, nem para panos de cozinha davam, era o mesmo que não trazerem nada. O pai trazia coisas boas dos navios estrangeiros, levava os camiões carregados de café e trazia-nos coisas tão boas que a mãe deixava de ser a d. Glória que tinha problemas e passava a ser a d. Glória que tinha os seus problemas, o que era completamente diferente de ter problemas, toda a gente tem os seus problemas, mesmo as vizinhas.

A mãe mostrava os perfumes franceses e as vizinhas, tem de pôr só umas gotinhas de cada vez, a mãe não as ouvia e encharcava-se com o perfume francês, um cheiro tão forte que nos dava tosse e nos punha tontos, ainda bem que os perfumes franceses eram pequeninos e se gastavam depressa. O pior era que quando a mãe voltava a cheirar à água-de-colónia Si Fraîche como todas as vizinhas passava a ser outra vez a d. Glória que tinha problemas ou mesmo a d. Glória que tinha aqueles problemas.

Quando os tiros começaram o pai já quase não trazia surpresas dos navios mas quando o pai chegar vai voltar tudo ao que era dantes, um dia destes o pai aparece aqui no hotel cheio de prendas como no dia em que trouxe o Rato Mickey que dançava e os walkie-talkies americanos. O Gegé e o Lee também tinham walkie-talkies mas os meus eram para profissionais, os espiões usavam walkie-talkies como os meus. O pai sempre tomou conta de nós, qualquer dia o pai aparece no hotel e vai tomar conta de nós outra vez, o pai não vai deixar que me aconteça o que aconteceu ao Hilário, que a mãe fique como a d. Eugénia, o pai sabe que a mãe já tem a cabeça fraca e que não se deixa tratar, nada nem ninguém consegue tratar a cabeça da mãe e muito menos tratar as outras coisas. Caixas de comprimidos deitadas para o lixo, tiram-me o sono, enjoam-me, dão-me tonturas, até o sr. Antunes da farmácia tinha pena, custa-me ver tanto dinheiro deitado à rua, o sr. Antunes da farmácia também deve ter vindo para a metrópole, um dia destes entramos numa farmácia e damos de caras com o sr. Antunes com a bata branca e os óculos pendurados na corrente de prata a dizer como lá, isso é tudo nervos, as doenças dos nervos são as mais ruins de curar.

A mãe pousa o garfo dando a refeição por terminada. Dantes o saco dos comprimidos estava sempre na bancada da cozinha e antes de cada refeição a mãe tinha o hábito de ordenar cuidadosamente aqueles que ia tomar. Agora já não há nada, nem saco, nem bancada, nem cozinha e a mãe faz o que lhe apetece. Como as mesas estão muito juntas umas às outras, baixo a voz e pergunto à mãe pelos comprimidos, aqui não preciso de comprimidos, diz a mãe sem baixar a voz, aquela era uma terra abençoada mas não para mim que fiz o meu corpo aqui. A mãe continua a ter duas terras, a metrópole onde nasceu e onde está protegida de tudo, até das crises, e a terra abençoada à qual o corpo nunca se habituou, um clima muito forte para os corpos que não se criaram lá. A mãe fala com o tom que usava com as visitas, uma terra abençoada, a mulher da mesa à nossa esquerda abana a cabeça concordante, deixava-se cair um caroço de manga na terra e no dia seguinte crescia uma mangueira, e logo o marido, uma terra rica, café, algodão, diamantes, petróleo. Os filhos deles calados como eu e a minha irmã. Uma terra tão farta onde nunca poderá haver fome, o homem da mesa que fica à nossa direita, aquilo é gente que não se sabe governar, vai haver fome e da que mata mais do que os tiros, sem os brancos lá aqueles desgraçados vão matar-se uns aos outros, o homem da mesa da direita, quem não quer uma boa mãe dá-se-lhe uma ruim madrasta. A mãe sorri, só falta o pai a beber Ye Monks e podíamos estar a receber visitas, ainda que esta não seja a nossa casa, ainda que o empregado se aproxime de nós com má cara e diga, têm de vagar a mesa que a bicha chega aos elevadores. E a mãe sem perder a voz que tinha para as visitas, com certeza o meu marido não demora.

O Mourita quer recuperar o que já lhe ganhei e propõe que subamos a aposta para dois e quinhentos. Já temos a pele das mãos engelhada por termos passado a tarde dentro de água. Aceito. Colocamo-nos em posição, as mãos presas na borda da piscina, o Paulo, o irmão do Mourita, conta, um, dois, três, dou balanço, o peito cheio de ar, nado para baixo, cada vez mais para baixo, a água azul, quase quente, tenho de aguentar mais tempo do que o Mourita, toco no fundo da piscina, o corpo do Mourita ao meu lado, toco no fundo da piscina como a mãe tocava no manto da Nossa Senhora na procissão do 13 de Maio e peço que o pai volte depressa, que responda às nossas cartas. Deixo-me estar debaixo de água, se for preciso deixo-me sufocar para que percebas que não estou a brincar. Sejas tu quem fores tens de me ouvir, não estou a brincar, tens de me ouvir e fazer o que te peço, se o pai não voltar depressa ou se não responder às cartas tens de te haver comigo. O Mourita ainda está ao meu lado, não quer perder mais dinheiro, não pode saber que lhe ganho sempre porque estou a apostar muito mais do que ele. O corpo do Mourita eleva-se, já está acima do meu, estou quase sem ar, a cabeça quase a explodir, o Mourita vai perder outra vez, sejas tu quem fores tens de trazer o pai de volta, o coração parece que salta do peito, se for preciso morro só para te provar que não estou a brincar.

O Rui ganhou outra vez, diz o Paulo, desiludido, quase se zanga comigo, o meu irmão costuma ganhar sempre. Costumava, corrijo eu, acabou, agora sou eu o rei da piscina. Guardo os dois e quinhentos, a tarde já deu para uns maços de cigarros sem filtro. Não há nenhuma cadeira vazia, deitamo-nos no chão ao sol, trouxemos as toalhas do hotel, é proibido mas que se lixe, a directora que venha reclamar, são tempos conturbados. A piscina está sempre cheia, ninguém no hotel tem nada para fazer e os dias de verão da metrópole também são quentes. Só que é um calor diferente, não nos deixa o corpo em água, o tio Zé tinha razão em queixar-se de que lá a pele podia apodrecer com tanta humidade, o calor da metrópole em vez de molhar-nos o corpo arranha-nos a garganta e os pulmões.

Veem-se as palmeiras do jardim do hotel e o ar sabe ao sal do mar que está do outro lado da estrada. Se em vez do Mourita e do Paulo fossem o Gegé e o Lee que estivessem comigo, era uma tarde quase como as tardes em que íamos à piscina de Alvalade. Também fazíamos apostas, quem demorar menos tempo a ir buscar a argola do cacifo ao fundo da piscina paga os pregos no polo Norte. A piscina de Alvalade já deve ter fechado. A Nun'Álvares também. Já deve estar tudo fechado, o cinema Avis, o Restinga, tudo. A mãe não devia estar tão preocupada por não ter notícias do pai nem do tio Zé, tenho-lhe dito que já não deve haver lá um carteiro branco e que os pretos não sabem ler bem e devem estar sempre a enganar-se. Além disso há a guerra, o pai e o tio Zé só não respondem às cartas que lhes escrevemos porque não as receberam, não aconteceu nada. A mãe também escreveu aos familiares da metrópole, que também ainda não responderam mas para isso já não tenho explicação, aqui os carteiros não são pretos nem há guerra, pelo menos por enquanto. O Pacaça diz que não falta muito para uma guerra civil, houve uma manifestação enorme contra os comunas mas os comunas estão a ganhar, fizeram barricadas à entrada da cidade e tudo. A sala da televisão está sempre cheia nas notícias, todos querem criticar o que os comunas andam a fazer, a reforma agrária, as nacionalizações, os comunas vão dar cabo de tudo, já deram cabo das colónias e agora vão dar cabo da metrópole, diz o Pacaça, mas que se lixe que o que tinha valor já se perdeu. O Pacaça é o porta-voz dos retornados e é o retornado mais retornado do hotel, nasceu em Angola mas vivia em Moçambique e por isso odeia em igual medida o Rosa Coutinho, que deu Angola aos pretos, e o Almeida Santos, que fez o mesmo em Moçambique. O Pacaça nunca diz estes dois nomes sem acrescentar, vis traidores ou coisa pior, e se está na rua cospe para o chão em sinal de desprezo.

Mas a cabeça fraca da mãe é difícil de convencer e quis enviar outra carta ao pai. A minha irmã armou-se em boazinha, vou com a mãe ao correio para lhe fazer companhia, como se eu não soubesse a verdadeira razão, como se não soubesse que foi mandar uma carta ao Roberto. Tem a mania que é esperta e pensa que não sei que o Roberto lhe deu a morada dos avós, pensa que acredito que está a escrever ao pai, horas e horas a escrever cartas ao pai, ninguém tem tanto que dizer a um pai, e logo a minha irmã, que tinha tantas queixas, não me deixa sair com os meus amigos, não me dá dinheiro para o vestido que vi na boutique dos Combatentes, não me compra um gira-discos melhor. A minha irmã envergonhava-se do nosso gira-discos que veio com o curso de inglês dentro de uma malinha. O preto que atendeu o telefone de casa já deve ter percebido que a malinha é um gira-discos, já deve ter ouvido os nossos discos todos, até os do Roberto Carlos que eram da mãe e em que ninguém podia mexer, já deve ter descoberto que o *La Décadanse* está riscado mas não deve saber que tem de levantar a agulha, os pretos só sabem acusar inocentes como o pai. A mãe já telefonou outra vez para casa mas o telefone já nem tocou, devem tê-lo partido, ou não pagaram a conta, ou os telefones já não funcionam lá. Os telefones do Gegé e do Lee também não dão sinal, nem o da d. Gilda, os números já não servem para nada, às vezes dá-me vontade de partir o telefone que está na mesinha de cabeceira ou pelo menos arrancar-lhe o disco redondo com os números.

A minha irmã deve estar a pensar que quando o Roberto receber a carta vem a correr visitá-la, as raparigas são tão parvas. O Roberto gostava da Lena Indiana mas a minha irmã andava sempre atrás dele, até metia raiva, a minha irmã podia ter os namorados que quisesse mas deve ter metido na cabeça que só queria o Roberto. Os rapazes de lá gostavam dela, os rapazes do hotel também se fartam de olhar, então quando a minha irmã está na piscina não tiram os olhos dela, deve ser do biquíni vermelho e do cabelo louro. Há quem não acredite que o cabelo da minha irmã não é pintado, ainda bem que o meu cabelo é bem mais escuro, ainda bem que o sangue dos celtas sabe que só as raparigas é que podem ter o cabelo tão louro. Não sei se a mãe ainda se lembra da história dos celtas, quando as pessoas se espantavam por sermos tão louros a mãe dizia logo, é por causa dos celtas. Os celtas tinham andado na aldeia da mãe e do pai aqui na metrópole antes dos romanos e se alguém se punha a desconfiar, isso já foi há tantos séculos, já nem uma gota de sangue deve restar deles, a mãe zangava--se, o nosso cabelo louro e os nossos olhos azuis vinham dos celtas e ninguém podia duvidar disso. A mãe não fala dos celtas há muito tempo mas não se deve ter esquecido. Às vezes a minha irmã fecha-se na casa de banho e ouço-a soluçar durante horas, sai com os olhos vermelhos e o nariz numa bola, diz que tem saudades do pai, que quer voltar para a nossa vida lá, para a nossa vida de antes de os tiros terem começado. A minha irmã pensa que não sei que também chora por causa do Roberto.

Vamos bazar, vamos ver os comboios, diz o Paulo, que nunca consegue ficar muito tempo no mesmo sítio. A metrópole tem comboios diferentes dos de lá, comboios onde as pessoas vão todos os dias para os empregos. Lá não havia destes comboios, só os de carga onde os pretos iam pendurados nas portas dos vagões. Gostamos de ir ver os comboios e de armar estrilho. Os de cá ficam furiosos connosco mas não queremos saber, de qualquer maneira os de cá não gostam de nós. Também é bom sair do hotel. Um hotel tão grande torna-se pequeno com tanta gente sem nada para fazer a não ser andar de um lado para o outro. Já conheço o hotel de trás para a frente e já conheço toda a gente.

O Mourita e o Paulo estão no 437 com a mãe, o pai e a avó, que se chama d. Cremilde, a avó tem uns olhos tão fundos que parece que já nos veem do outro mundo. Os quartos do quarto piso são maiores do que o nosso mas não deixa de ser muita gente para um quarto, o Mourita conta que a avó passa as noites a rezar para que a guerra lá acabe, o pai do Mourita, o sr. Acácio, ameaça que a põe na rua mas a avó continua a bichanar ave-marias pela noite fora e não os deixa dormir. O sr. Acácio pertence ao grupo da sueca do Pacaça e ao piquete dos contentores, está sempre a organizar manifestações, plenários e protestos contra os revolucionários e contra os comunas, sem esquecer o Bochechas que nos vendeu, o nosso maior inimigo. Mas do que o sr. Acácio gosta mais é de olhar para as mulheres, não há um rabo nem um decote que lhe escapem, aposto que já andou a olhar para a minha irmã e para a mãe, prefiro não saber, que se o apanho há maca feia. O Mourita e o Paulo riem-se de o sr. Acácio olhar assim para as mulheres, têm orgulho, o nosso velho não pode ver uma vassoura com saias sem a galar, ainda não se esqueceu do que é bom, está velho mas não está morto, no entanto devem ter um bocado de vergonha quando o sr. Acácio para os olhos de réptil no rabo das mulheres, especialmente quando está a enrolar cigarros e demora a língua pastosa na mortalha, o cachucho de ouro com o brasão do Brasil apertado no dedo mindinho, nessa figura o sr. Acácio fica mesmo nojento. A mãe do Mourita e do Paulo, a d. Ester, costuma estar na sala de convívio a fazer croché com as pernas inchadas em cima de uma banqueta, estas pernas apanharam lá tanto calor que ficaram assim, nunca mais vão ao lugar, é como se tivessem perdido a forma, queixa-se a d. Ester, como se as pernas inchadas fossem o seu único problema, como se não tivesse perdido tudo lá, como se o marido não estivesse sempre a olhar para as mulheres.

O Mourita convidou o Ngola e a Rute para irem connosco ver os comboios, é mais giro quando o grupo é maior, podemos gozar mais com os de cá. Guardo o dinheiro que ganhei ao lado do isqueiro do pai, um bolso secreto que a mãe mandou a modista de lá fazer nas La Finesse, assim nunca perdes nada. A Rute pede à mãe que a deixe vir connosco, a d. Rosa diz, só vais se for outra rapariga, parece mal uma menina ir sozinha com tantos rapazes. Invento uma mentira, a minha irmã está à nossa espera, a d. Rosa satisfeita, o pescoço de peru para cima e para baixo, assim está bem, e vira-se para o Pacaça para continuar a conversa, a nossa desgraça foi a sorte de muitos, veja o caso da directora, que bem enche a mula à nossa custa. Não gosto muito da Rute mas já a apanhei várias vezes a olhar para mim, acho que a Rute me grama, deve ser por isso que se esforça tanto para ser amiga da minha irmã, está sempre, ó Milucha isto ó Milucha aquilo, mas a minha irmã não lhe liga, também a deve achar uma chata com o sonho que tinha de ser Miss Angola. Mesmo que tivéssemos ficado lá, não acredito que a Rute conseguisse ser Miss Angola, a Rute está bonita na fotografia que lhe tiraram quando ganhou o concurso de Miss Samba mas não é bonita que chegue para ser miss a sério como a Riquita. Deixei lá o meu poster da Riquita, tanto cuidado a dobrá-lo e não o trouxe, se o tio Zé não se tivesse posto aos gritos nunca me teria esquecido do poster da Riquita. Tinha um autógrafo e tudo. A Rute não se importava de ser Miss Portugal mas também não pode, os revolucionários acabaram com os concursos das misses e as mulheres têm de queimar os sutiãs e de ir deitar panelas fora nas manifestações para não serem acusadas de reacionárias. A Rute gostava de viver na América, na América as mulheres também queimam sutiãs mas continua a haver concursos de misses, ninguém manda em ninguém. Se a metrópole seguisse a América em vez da União Soviética a Rute podia ser Miss Portugal.

Tenho andado com o Mourita, o Paulo e o Ngola mas nenhum deles é como o Gegé e o Lee, então o Ngola nem pensar, o Ngola é mulato e está sempre a armar-se, os mistos têm o melhor das duas raças, basta comparar um rafeiro e um cão puro. A Pirata era rafeira mas não percebeu que não era para correr atrás do carro quando nos viemos embora, não percebeu que não estávamos a brincar. Se calhar eles soltaram logo o pai e o pai encontrou a Pirata na avenida e tem-na com ele. O Mourita e o Paulo podiam ter sido meus amigos lá, chegámos à conclusão que fazíamos as mesmas coisas e até andámos durante uns anos no mesmo liceu, só não nos conhecemos por acaso. O Mourita e o Paulo também viram a *Emmanuelle* com binóculos de casa de um amigo, a *Emmanuelle* e outros filmes que eram proibidos a menores, até viram aquele filme *Helga* qualquer coisa, eu e o Gegé não conseguimos ver esse mas o Lee viu e disse que era uma gaja a ter um filho, nada de especial. O Mourita e o Paulo tinham uma mini Honda, o sr. Acácio não aprendeu o livro da vida do pai, se há-de um pai chorar mais tarde que chore agora o filho. Se o pai não tivesse essas manias eu também tinha tido uma mota, por isso não tem mal dizer que tinha. Só tenho medo que a minha irmã me desminta, mas a minha irmã nunca fala com os meus amigos, são uns estúpidos, sejam quais forem os meus amigos a opinião da minha irmã é sempre a mesma, uns estúpidos e uns besugos.

Não sabia que os dias podiam ser tão compridos como os dias de aqui são, o sol fica tempos e tempos a ameaçar que se vai embora e não vai. Se lá os dias fossem assim teria dado jeito, eu, o Gegé e o Lee podíamos ter ido nas bicicletas ver as raparigas ao bairro novo mesmo quando saíamos das aulas às seis e meia. E a Paula tinha tido menos desculpas, os meus pais só me deixam ficar na rua enquanto for dia, tinha sempre de anoitecer quando a Paula estava quase quase a deixar-me desapertar-lhe o sutiã, horas a dar-lhe beijos de língua para a Paula deixar-me abrir-lhe o sutiã e nada. A Paula tinha a mesma vozinha sonsa da minha irmã, já é de noite, tenho de ir para casa para não ficar de castigo, devia ter a mania que era a Cinderela ou lá quem é que morre quando fica noite, a minha irmã gostava dessas histórias mas eu não. O preto que atendeu o telefone já deve ter visto os nossos livros todos, até as fotonovelas de luxo da minha irmã. A Paula também gostava de fotonovelas, às vezes pedia-me para eu ir à papelaria do sr. Manuel buscar as que tinham saído, eu nunca queria ir, já sabia que o sr. Manuel, então agora andas a ler fotonovelas. Não podia explicar ao sr. Manuel os beijos de língua que a Paula me dava para pagar os favores que me pedia, às vezes até penso que a Paula pedia esses favores só para ter pretexto para dar aqueles beijos, a Paula com a língua às voltas na minha boca, quase ficava tonto, ou então a puxar-me a língua como se ma quisesse arrancar, a Paula não tinha jeito para dar chochos, foi o que o Gegé e o Lee disseram quando lhes expliquei os beijos da Paula, uma rapariga que desse voltas com a língua ou que nos puxasse a língua não sabia dar chochos. A Fortunata não dava beijos. Nem sequer o cigarro apagava. Se calhar a Paula está num destes hotéis e qualquer dia vejo-a no jardim do Casino, se calhar aqui na metrópole a Paula já não tem a vozinha sonsa e já aprendeu a dar beijos como a Anita. O Gegé dizia, pode ser uma galdéria mas dá beijos que nos levam ao céu, das coisas de que me arrependo mais é de não ter dado um beijo à Anita, não sei o que andei a fazer atrás da Paula se agora nem saudades dela tenho.

Tenho mais saudades da Fortunata do que da Paula. Nunca pensei que ia ter saudades da Fortunata, que gostava tanto de fazer porcarias com os rapazes brancos, era a Fortunata sempre a aviar, como o Lee dizia. Mas o que quero agora é conhecer as raparigas da metrópole, as raparigas dos brincos de cereja. Ainda não vi nenhuma que fosse linda como as das fotografias mas tem de haver, não as inventaram só para a fotografia. Podia ir à praia, há raparigas bonitas na praia, mas a água da metrópole é tão fria que nem consigo mergulhar, parece que os óssos estalam. Nem os que estavam habituados a este mar antes de terem ido para lá conseguem tomar banho, o ladrão do corpo habitua-se ao que é bom e agora só quer é água quente, disse o Faria no único dia que fomos à praia, os lábios e as pontas dos dedos arroxeados, o ladrão do corpo já se esqueceu deste gelo.

Quando começarem as aulas deve ser fácil conhecer as raparigas bonitas da metrópole, no liceu deve haver muitas. Lá, nunca queria que as aulas começassem mas aqui conto os dias para ir para o liceu. Se houver uma guerra civil espero que seja só depois de as aulas terem começado. Também espero que as greves e as manifestações que todos os dias os de cá fazem não impeçam as aulas de começar. São tempos conturbados. A directora anda sempre atarefada de um lado para o outro no hotel, o Pacaça diz que a directora anda com cara de traseiras de tribunal mas que faz bom dinheiro à nossa custa e que ainda vai fazer mais agora que deu o andar dos hóspedes às famílias que se amontoam no aeroporto, a directora chegou à conclusão de que não há hóspedes e de que o andar vazio está a dar-lhe prejuízo, a directora diz que não é por causa do prejuízo, que é para ajudar-nos, deve ser por isso que nos põe aos quatro e cinco num mesmo quarto e nos dá fruta podre de sobremesa. Quando começarem as aulas vou conhecer raparigas da metrópole. Espero que o sexto ano de ciências não seja difícil, a minha irmã não sabe se é, no ano passado quase não tivemos aulas e para além disso escolheu letras, como quase todas as raparigas fazem. A minha irmã vai acabar o liceu este ano e quer ser secretária. Pelo menos era o que dizia lá.

Tentamos atravessar o maior número de carruagens antes de o comboio arrancar, têm de ser carruagens de segunda porque as de primeira vão quase vazias e não tem piada, mas ao fim da tarde as carruagens de segunda estão cheias como um ovo e para passarmos de uma carruagem para a outra temos de dar cada grito e empurrão que os de cá até saltam, temos de sair, temos de sair. O que é bom é sair quando o comboio começa a andar. Fizemos mal em ter trazido a Rute, as raparigas não conseguem correr nem dar cotoveladas para afastar as pessoas, nem saltar quando o comboio já está a andar. Ainda por cima a Rute está sempre com aqueles risinhos e a falar comigo, se não me ponho a pau gasta-me o nome, ó Rui, olha como o mar está bonito, ó Rui, não queres ir até ao Casino, até enjoa. Gosto de ficar a olhar para o mar enquanto esperamos pelos comboios mas gosto de estar em silêncio. O mar da metrópole é tão azul como o mar era lá, um mar quase igual, talvez um bocado mais pequeno. Com o mar à frente o resto do mundo fica mais perto, parece que o Brasil ou a América estão logo ali, com o mar à frente o futuro pode ser como o do pai no *Pátria* há vinte e quatro anos, pode ser o que se quiser. Quando já não consigo olhar mais para o mar viro as costas e fico a ver o jardim do Casino cheio de retornados, todos os hotéis aqui à volta têm retornados e o jardim do Casino é um bom sítio para passar o tempo. A maior parte das vezes não se consegue encontrar um banco livre e é proibido sentarmo-nos na relva, na metrópole tudo o que é bom é proibido, até a Coca-Cola, os de cá até têm razão para serem tão embirrentos.

Se o Tozé Cenoura não tivesse vindo ter connosco, os cabrões de merda da metrópole não tinham apalpado a Rute. O Tozé Cenoura anda sempre pela estação a apanhar os bilhetes que não foram picados, traz miúdos do hotel com ele e dá-lhes ordens em quimbundo para os de cá saberem que é retornado. Não é preciso nada disso porque basta olhar para as roupas que tem, os de cá não mandam banga como nós e têm a pele branca como o leite ou cinzenta-esverdeada, uma pele de cor estragada. Os de cá são gente esquisita que nos topa à légua. Acho que o Tozé Cenoura fala quimbundo só para se armar, deve pensar que falar quimbundo é como falar inglês. Além do negócio dos bilhetes, o Tozé Cenoura também vende enciclopédias porta a porta com um fato que foi buscar à arca dos pobres da igreja, fica parecido com o Charlot mas não se importa. O Tozé Cenoura mostrou-nos os bilhetes que tinha apanhado, é fácil falsificar a data e depois é só vendê-los por metade do preço, no dia a dia não dá muito dinheiro porque temos de contar com a boa vontade dos tugas e não há muitos dispostos a comprar, mas quando há manifestações dos retornados ou distribuição da roupa isso sim já rende alguma coisa, toda a gente precisa de ir de comboio. Enquanto falava, o Tozé Cenoura não tirava os olhos da Rute, parecia um pavão com a cauda aberta. O Ngola fez algumas perguntas acerca do negócio dos bilhetes e depois disse, é uma ideia fixe, fazer dinheiro não é difícil desde que se tenha uma boa ideia, com uma boa ideia até se pode ficar milionário, que sim, dizia o Tozé Cenoura como se já a tivesse tido, uma tarde andava por aqui e vi tantos bilhetes no chão por picar que pensei, as datas falsificam-se facilmente, é só preciso um canivete, às vezes até aproveito números, o dia 3 pode facilmente passar a ser o dia 8, quando cheguei ao hotel contei a ideia ao meu pai e começámos nesse mesmo dia, agora já temos estes ajudantes todos, disse apontando para os miúdos. O Tozé Cenoura falava do negócio dos bilhetes com mais entusiasmo do que o pai falava dos camiões, enchia tanto o peito que parecia que ia sair dali a voar, a Rute estava agradada, que giro Tozé, disse naquela vozinha melada que só as raparigas sabem fazer, tiveste mesmo uma boa ideia. De certeza que a Rute mordisca os lábios para ficarem mais vermelhos, foi a Paula que me contou este truque, a Paula contou-me alguns segredos sobre as raparigas e este truque foi um deles, só não me disse que as raparigas gostam mais de rapazes que sabem ganhar dinheiro. O Tozé Cenoura sentia-se importante como o Pacaça quando fala nas reuniões gerais, vendemos os bilhetes todos que fazemos e mais tivéssemos mais vendíamos, até os dos outros hotéis nos encomendam bilhetes, a Rute enrolou uma madeixa de cabelo com o dedo indicador e o Tozé Cenoura, se quiseres um dia destes podemos ir passear até à cidade pago-te o bilhete, e a Rute toda dengosa, e vamos fazer o quê à cidade.

Quando o comboio entrou na estação despedimo-nos à pressa do Tozé Cenoura, vamos fazer quatro carruagens, gritou o Ngola, este vem bué cheio, o Tozé Cenoura chamou a Rute, ei garina, a Rute parou, a cabeça de lado como os retratos que estavam nas montras das fotografias, o Tozé Cenoura perguntou, qual é o partido do Adão e da Eva. Temos de correr bué, tornou a gritar o Ngola, mas a Rute ficou parada, se calhar a pensar na anedota parva do Tozé Cenoura, o cais encheu-se com os passageiros que saíram do comboio, gente vestida de preto e cinzento, de bege e castanho, vamos, disse o Ngola já chateado, mas a Rute não se mexeu, a parvinha à espera sei lá do quê em vez de vir connosco. Se tivesse vindo os cabrões da metrópole não a tinham apalpado. Eu passei por dentro de três carruagens e o picas estava numa delas, o picas tornava tudo mais perigoso porque podia puxar o alarme e mandar chamar a polícia, mas correu bem, saí já com o comboio em andamento e os braços levantados em V de vitória.

A Rute já estava a chorar e os cabrões da metrópole tinham bazado, ainda corremos atrás deles mas os cabrões levavam-nos avanço e entraram no machimbombo. Ficaram da janela a fazer-nos manguitos e gestos como se apalpassem a Rute outra vez, gostaste não gostaste, o machimbombo já estava a andar e os cobardes de merda na janela aberta, as retornadas vieram todas furadas pelos pretos. A Rute chorou ainda mais, nem sequer parou de chorar quando lhe perguntei, afinal de que partido são o Adão e a Eva.

A sociedade burguesa ainda não foi destruída nas suas raízes mais fundas, a besta fascista ainda é uma ameaça e a luta por uma sociedade sem classes ainda está longe do seu fim, abaixo os salários de fome, abaixo a exploração capitalista, viva a revolução. O representante do comité dos trabalhadores do hotel já está a falar há mais de meia hora. Quando se cala é um alívio tão grande que toda a gente bate palmas.

Gosto dos plenários. Muitas vezes dão discussão, demoram até às tantas, alguns duram a noite toda, toda a gente fica alvoroçada, nas votações nem se fala, chegam a ameaçar andar à tareia, parece que estamos a ver um filme. Com os maples arredados a sala de convívio nem parece a mesma, as cadeiras que se vão buscar à televisão dispostas em filas, as mesas de jogo juntas a fazerem a mesa grande retangular onde se sentam os representantes do comité dos trabalhadores, a directora, um representante do sindicato e mais três homens que não sei quem são e que não são do hotel, esses cada vez que falam dos fascistas juntam sempre palavras engraçadas como torcionários e sequazes, do nosso lado estão na mesa o Pacaça, o João Comunista e o Juiz.

O representante do comité dos trabalhadores do hotel é um dos que trabalham no economato e dá a ideia de que toda a vida foi náufrago numa ilha deserta, é um magricelas com a barba até à barriga e cabelo comprido mas só atrás porque em cima é careca. Dizem que é maoista. O sr. Acácio diz que os maoistas são piores do que os comunistas, ouviu dizer que estão treinados para tudo, até para dar um tiro na nuca de um velho sem mostrar qualquer piedade. A directora parece que não sabe o que é um plenário e está fina como se fosse para um casamento, o cabelo todo armado, não como as mises das vizinhas que estavam sempre acachapadas, mas como as dos posters da montra do salão da d. Mercedes onde a mãe ia. A directora tem um colar de pérolas de três voltas, um relógio de ouro e anéis com pedras, mesmo a pedir que lhe chamem burguesa reacionária e inimiga do povo. É a única que não fica mal na sala de convívio que tem reposteiros damasco, a única que está no lugar certo. Os trabalhadores do hotel e os retornados não ficam bem numa sala que tem uma lareira de pedra com o guarda-fogos dourado e pinturas nas paredes como os museus.

O Pacaça tem um fato de caqui e os sapatos brancos picotados que quase todos os velhos usam. Quando for velho nunca hei-de usar daqueles sapatos. Sem o lenço e o chapéu de caçador é como se o Pacaça estivesse à paisana, parece outra pessoa, mas aposto o meu poster da Brigitte Bardot que o plenário não acaba sem que o Pacaça conte como ganhou a alcunha, quatrocentas e sessenta e nove pacaças mortas à primeira e duzentas e cinquenta e sete com tentativas, a meta era chegar às mil mas o lá de cima quis outra coisa. Quando diz isto o Pacaça aponta para o céu, o lá de cima quis outra coisa, e dito assim parece que o lá de cima teve de escolher entre um golpe de Estado com descolonização e as duzentas e setenta e quatro pacaças que o Pacaça ainda queria abater. Não sei como o Pacaça não se cansa de contar a mesma história, especialmente a parte em que fala dos que têm a mesma alcunha mas são fraudes, borravam-se todos quando o bicho corria na sua direção, setecentos quilos é muito animal a correr, um comprimento de três metros e meio por uma altura de um metro e sessenta, um portento de força com cornos em gancho, uns cornos capazes de trespassar um homem como uma faca quente corta um pedaço de manteiga. Chegado aqui, o Pacaça descreve os pormenores de cada pacaça que abateu. Também matou javalis, bambis, leopardos e leões, matou de tudo menos elefantes, não se pode matar um animal que sabe quando chega a sua hora e se encaminha para um cemitério, um animal que é mais esperto do que nós. Matei de tudo mas nada se compara às pacaças que embalsamadas fazem cabeças muito lindas, tinha uma parede cheia delas, que pena, ficou tudo em Angola que em Moçambique não as havia, eram próprias de Angola, em Moçambique pacaça é uma árvore, querem ver, e mostra as fotografias que traz na carteira, uma carteira feita com a pele de um crocodilo também morto pelo próprio Pacaça. Tem fotografias de pacaças-árvore de Moçambique e de pacaças-animal de Angola e nunca se esquece de dizer que tanto é retornado de Angola como de Moçambique, ou melhor, não sou retornado de coisa nenhuma, que a bem dizer nunca aqui tinha posto os pés e já o meu avô tinha saído daqui com a jura de nunca mais cá voltar.

O João Comunista tem uma camisa às flores e o cabelo pelas costas que atira para trás com gestos bruscos para não parecer uma mulher a ajeitar-se. Acho que um comunista a sério não usa uma camisa às flores mas o João Comunista não é comunista, chamam-lhe assim por estar sempre a dizer que o império era uma vergonha, que devíamos ter vergonha por termos subjugado inocentes durante tantos séculos. Já houve macas enormes à conta disso, uma vez o sr. Serpa esteve para dar uns murros valentes ao João Comunista, que fugiu da sala de convívio como uma menina assustada, se não tivesse fugido não sei o que teria acontecido, o sr. Serpa só gritava, que os de cá digam isso é uma coisa mas você devia ter juízo e vergonha nessa cara.

O Juiz tem sempre a cabeça baixa como se no tampo da mesa se passassem coisas mais importantes do que as que se passam na sala. Toda a gente no hotel sabe que o Juiz nunca foi juiz, nem sequer empregado do tribunal, os que lá trabalhavam para o Estado não estão nos hotéis, têm a vida arranjada, foram colocados nalgum sítio ou reformaram-se, alguns até têm trabalho e reforma. São recompensados como se tivessem estado no inferno enquanto nós somos tratados como se tivéssemos de ser castigados. Os retornados que não estão nos hotéis evitam os retornados dos hotéis, acham que somos besugos, não vínhamos de férias à metrópole nem acautelávamos a vida cá, não fomos espertos como eles, ou melhor, eles não foram parvos como nós, não enterraram naquela terra cada tostão que ganharam. De certeza que lá o Juiz era outra coisa qualquer mas ninguém o desmente como também ninguém desmente os que se gabam das casas com piscina ou das fazendas com campos de algodão a perder de vista. Ninguém desmente porque não interessa, perdeu-se tudo, o muito e o pouco que se tinha. Até já ouvi a mãe dizer que tinha um aspirador, o jeito que aquela máquina me fazia.

O aspirador era um dos sonhos de que a mãe nunca se esquecia, nenhuma vizinha tinha nem queria ter um aspirador, vassoura e pá chegam bem para se limpar uma casa, vassoura, pá e uma preta, claro. Só que a mãe não queria ser uma dona de casa como as vizinhas, queria ser uma dona de casa como as do cinema, como as que tinham aspirador e aventais sem nódoas, que bebiam café sentadas em balcões altos de cozinhas imaculadas. A mãe também queria uma dessas cozinhas, cozinhas com janelas por cima dos lava-louças donde se viam relvados que os maridos aparavam aos domingos de manhã, queria mata-bichos com ovos e chouriço às tiras e aquelas rodelas de massa que pareciam deliciosas e de que a mãe não sabia a receita. Neste sonho tão completo o aspirador era a peça fundamental. O pai prometia-lhe a cada ano que o seguinte seria o ano do aspirador mas nunca era. Se a mãe o lembrava das promessas o pai contava das letras de mais um camião que acabara de comprar, do telhado de um armazém que tinha de ser reparado, fazia contas à renda da casa, à água e à luz, à comida, aos meus estudos e aos da minha irmã, explicava o dinheiro que não chegava para tudo e a mãe adiava por mais um ano o sonho de ser uma dona de casa como as do cinema. Aceitava ser uma dona de casa como as vizinhas e era por isso que a nossa sala não tinha papel de parede aos losangos e que a mobília de quarto da mãe e do pai não tinha uma cama de fórmica com as mesinhas de cabeceira pegadas, uma mobília de nave espacial como as americanas têm.

O Pacaça torna a recordar que se convocou o plenário para resolver problemas concretos, alguns deles já antigos, e passa a ler, quartos sobrelotados que não oferecem condições mínimas aos que neles têm de habitar, esperas para todas as refeições que chegam às duas horas e que além de agastarem quem nelas tem de permanecer de pé ocasionam distúrbios que põem em causa o clima pacífico que todos prezamos, a comida de péssima qualidade, prova da falta de consideração com que somos tratados. Lê agora os problemas mais recentes, um dos elevadores de serviço há mais de três dias avariado fazendo com que o pessoal tenha de usar os nossos elevadores tornando-os ainda mais insuficientes, a tendência crescente para o desleixo higiénico dos espaços comuns como a própria sala onde estamos pode comprovar, e por último a razão principal para a convocação do plenário, o esvaziamento da piscina sem ter havido sequer um aviso prévio, uma atitude abusiva que merece a nossa veemente condenação. Batemos palmas mais uma vez, o lado dos trabalhadores não se mexe. Está ainda o sr. Acácio a gritar de pé, apoiado, apoiado e já o maoista protesta porque a competência e o zelo profissional dos camaradas cozinheiros e das camaradas da limpeza tinham sido injuriados. A propósito disso o maoista fala uns dez minutos sobre a resistência que a força do trabalho dos camponeses, operários e assalariados deve exercer contra os agrários exploradores, o patronato chupista e os capitalistas cegos pela ganância. Acrescenta que a existência de elevadores de serviço é um atentado à revolução, que foi feita para acabar com essas diferenças, e lembra que noutras revoluções rolaram cabeças por semelhantes afrontas à igualdade. Sobre o esvaziamento da piscina apoia a decisão da camarada directora, a piscina é um símbolo dos hábitos da burguesia reacionária e mesmo vazia atenta contra os interesses legítimos dos trabalhadores, dos camponeses e da classe operária.

A directora pede a palavra. Diga o que disser será vaiada porque é sempre vaiada por nós e pelos trabalhadores. São tempos conturbados, a directora já não demora as palavras na boca, já não se sente o perfume caro que no primeiro dia me ficou na mão. Repete o que diz em todos os plenários. Deve ter aprendido com o Álvaro Cunhal que quando aparece na televisão põe todos a reclamar, lá está o Cavalo Branco do disco riscado, riem-se mas não tem mal que se riam sempre do mesmo porque o Cavalo Branco também diz sempre a mesma coisa, engoliu uma cassete. A sala de televisão fica cheia porque todos querem insultar o Rosa Coitadinho, o Cutelo, o Bochechas e os restantes traidores e ladrões. A directora lamenta-se, quer ajudar mas não pode dar o que não tem, não tenho mais quartos disponíveis, não tenho mais cozinheiros, não tenho mais empregadas de limpeza, não tenho mais elevadores, ajudo-vos em tudo o que posso e não me podem pedir mais. Sobre a piscina, a directora suspira sem disfarçar a maçada que os plenários são, ajeita o colar de pérolas de três voltas, mandei esvaziá-la e encerrá-la por razões de segurança, havia sempre mais pessoas do que o aconselhável, crianças sem vigilância, tinha receio de que acontecesse uma desgraça. A directora não convence ninguém porque não disse a verdade,

não falou das toalhas do hotel que todos levávamos indevida-
mente para a piscina, nem do grande churrasco na relva, o sr.
Norberto foi buscar o fogareiro e foi uma festa, fomos ao talho
comprar uns frangos, era como se estivéssemos lá, só faltava
o jindungo, umas Cucas e uns merengues, tínhamos um rádio mas só dava canções revolucionárias, os de cá estão sempre a ouvir canções revolucionárias, são canções tão más que
nem servem para dançar.

É sempre a mesma coisa, mete nojo ouvir esta cabra que
está a enriquecer à nossa custa, vamos mas é para o bar e voltamos para as votações, propõe o Mourita dando uma passa
tão grande que o faz tossir. Nós nem votamos, meu, vamos
mas é ver as garinas dos outros hotéis, diz o Ngola. Tenho os
pés rebentados de andar nas rochas, queixa-se o Mourita, vamos ao bar beber uma cerveja. Nunca sabemos o que fazer,
mas isso também acontecia lá com o Lee e o Gegé, nunca sabíamos aonde ir, era como se nunca estivéssemos bem em
lado nenhum. Não sei como o Mourita faz mas tem sempre
dinheiro para as cervejas e não é o sr. Acácio que lho dá. Acho
que o Mourita anda a vender liamba, o Mourita e o Paulo, que
tem muitas vezes os olhos brilhantes, o sr. Acácio já deve ter
dado conta.

Não gosto de fumar liamba. Lá ainda fumei uma vez, tinha
ido com o Lee e o Gegé à casa do Helder e ele ofereceu-nos,
têm de experimentar, não há nada mais fixe do que fumar isto.
Tínhamos medo de ficar uns drogados se tocássemos naquilo
mas o Helder garantiu que o irmão mais velho, o Vadinho, fumava todos os dias. O Vadinho não parecia nada um drogado
e namorava com a Carla, era tão linda, se a Carla não tivesse
vinte anos tinha-me apaixonado a sério, acho que ainda estive
apaixonado. Às vezes sonhava que estava no Mussulo com a
Carla, que nadávamos os dois nus, na manhã seguinte tinha
de tirar os lençóis da cama, transpirei muito, a mãe aceitava

os lençóis, não dizia nada ou concordava, as noites têm estado quentes. Acho que a mãe percebia mas preferia fazer de conta que não, o pai pelo contrário piscava-me o olho porque somos do mesmo clube. Aqui é tudo diferente. Com a minha irmã e a mãe tão perto nem me dá para sonhar, mas fico o tempo que quiser a tomar banho sem que a mãe ou a minha irmã refilem, devem saber que os rapazes têm de fazer porcarias como eu sei do que se passa com as mulheres. A minha irmã pensa que eu não percebia quando ela falava da chica com as amigas e a mãe pensa que não sei para que servem aquelas toalhas pequeninas que estão sempre a esconder nas gavetas mas estão enganadas. Nunca falo disso mas sei, a Fortunata às vezes dizia, estou com a pingadeira, mas nem assim nos mandava embora, era mesmo a Fortunata sempre a aviar. Depois de o Helder nos ter convencido que não ficávamos uns drogados só por experimentar, fumámos liamba, o Gegé e o Lee começaram a rir-se que nem uns doidos e não pararam mais. Comigo deu para o torto, comecei numa aflição inexplicável, vou morrer, vou morrer, o corpo dormente aos bocados, não sinto a perna, sinto a perna, já não sinto outra vez, queria gritar mas não conseguia, acho que até as paredes da casa se começaram a mexer. O Gegé e o Lee continuavam a rir-se, queria avisá-los que ia morrer mas não conseguia falar nem mexer-me. Quando aquilo passou o Helder, tiveste azar, deu-te para flipares, às vezes acontece, tens de experimentar outra vez. Nunca mais. Era o que faltava. A partir daí sempre que numa festa ou no liceu alguém me oferecia liamba, a mim dá-me para flipar, como se já tivesse tentado muitas vezes e o resultado fosse sempre o mesmo. O Mourita, o Paulo e o Ngola já me convidaram para fumar, estávamos no paredão, a mim dá-me para flipar, o Ngola ainda disse, nunca experimentaste, estás a bater couros, mariquinhas. Expliquei a dormência do corpo e as vozes que ouvia na cabeça, vozes que me mandavam fazer coisas,

97

mas o Ngola não desistia, que coisas, coisas horríveis, que coisas horríveis, atirar-me à linha do comboio ou matar quem está mais próximo de mim, o Ngola arrepiou-se todo, se flipas assim é melhor não fumares connosco e nunca mais insistiram para que fumasse com eles.

A televisão dá notícias sobre três bombas que os comunas fizeram explodir em Lisboa. O sr. Alcino diz, vai haver uma guerra civil, tão certo como chamar-me Alcino. Olhamos uns para os outros e começamos a rir sem motivo algum, o sr. Alcino enxota-nos com a mão, cresçam e apareçam, seus gandulos, na vossa idade já tinha comido o pão que o diabo amassou, e persegue-nos pelo corredor até à entrada. As pernas arqueadas e o nariz adunco do sr. Alcino ainda nos fazem rir mais, se os vossos pais não vos educam eu educo-vos à minha maneira. O porteiro Queine que faz sempre os turnos da noite sorri, o sr. Alcino cansa-se e vira as costas a praguejar, gandulos que não merecem o que comem, quase se cruza com a mãe e com a minha irmã que saem da sala de convívio. Vêm com a d. Suzete e com a cunhada dela, a Gigi, que apesar de ser muda diz umas palavras que ninguém percebe, a não ser a d. Suzete, e que começam sempre por rrrrrrr vindo da garganta como se fosse escarrar.

A mãe está a torcer as mãos nos bolsos do casaco que lá usava no cacimbo. Conheço aquele torcer de mãos, a mãe está a ficar pior, os demónios andam a rondá-la. Afinal a culpa não era daquela terra, a mãe aqui também não está a salvo das crises. O pai e o tio Zé ainda não escreveram e já não sei o que hei-de pensar, mesmo com a guerra, mesmo com os carteiros pretos. Continuo a dizer à mãe que não aconteceu nada mas já passou tanto tempo que até a mim me custa acreditar. Quem nos escreveu foram os familiares da metrópole, a minha irmã ficou tão contente quando o sr. Teixeira disse que havia correio para nós, até deu um pulo na recepção, as mãos na cabeça como fazem as raparigas sempre que se alegram, ai meu deus temos carta. Ficou tão desiludida quando viu que a carta era dos familiares da metrópole, ainda tentou convencer-se de que podiam ser boas notícias, se calhar escreveram a convidar-nos para irmos viver com eles. A minha irmã queria que nos acontecesse o mesmo que ao sr. Flávio do 211, que se foi embora com a mulher e a filha para viver com uns familiares que lhes ofereceram casa e comida. O sr. Flávio estava tão emocionado quando se despediu, as imbambas na entrada do hotel e o sr. Flávio, quem tem uma boa família não tem nada a temer no mundo. Ser retornado de hotel também é mau porque quer dizer que não há sequer um familiar que goste de nós o suficiente para nos querer em casa. Os nossos familiares da metrópole escreviam sempre aquelas mentiras das saudades, se vos pudesse dar um abraço, as saudades que vos tenho, mas agora que nos podiam dar todos os abraços que quisessem, temos muita pena do que vos aconteceu. Estava capaz de rasgar a carta, aqueles fuinhas de merda, temos a certeza de que tudo se vai compor, deus é grande, fuinhas de merda, espero que os pretos tenham apanhado o álbum das chinesinhas e o tenham rasgado de alto a baixo.

A minha irmã chama o elevador, a mãe cumprimenta-me como se não tivéssemos estado juntos no plenário, faz as apresentações, o meu filho, o meu filho Rui, e pergunta-me, conheces a d. Suzete e a cunhada. A mãe já não usa o pó azul nos olhos nem o batom cor-de-rosa nos lábios, já não cheira a Si Fraîche. A d. Suzete e a muda estão no quarto quase ao lado do nosso, no 310, como é que podia não conhecê-las se estamos há mais de um mês neste hotel sempre a ver as mesmas pessoas. A mãe está a ficar pior. Não ajuda nada o sr. Martins passar vindo da televisão a dizer, o Bochechas está a fazer frente aos comunas mas vai perder, não nos livramos de uma guerra civil. A mãe torce ainda mais as abas do casaco, se aqui também houver guerra vamos para onde. Não vai haver guerra nenhuma, falo tão alto que a d. Suzete até se assusta. A mãe sorri e concorda, não vai haver guerra nenhuma. A minha irmã boceja, o elevador está aqui. Tenho tanto medo que a mãe fique pior que estou sempre a ver ameaças nos gestos e nas expressões dela. A mãe não está pior e os demónios não andam a rondá-la. E também não vai haver guerra nenhuma, se houvesse os de cá fugiam para onde, não podem ir todos embora para outros países, mesmo que para sair daqui não sejam precisos aviões não podem ir todos a pé para Espanha. Nós é que não podíamos chegar aqui a pé, ainda bem que a América emprestou aviões, a América e os outros países, nos jornais dizem que é a maior ponte aérea que já se fez. O Lee sempre gostou de recordes e deve estar contente, a maior ponte aérea do mundo é uma coisa importante. Se houvesse guerra aqui sempre queria ver se os de cá se iam todos embora, se deixavam tudo ao deus-dará como nos obrigaram a fazer. O pai tinha razão, aquilo era a nossa terra, devíamos ter ficado lá, só um cobarde abandona a sua terra sem dar luta. O pai pode não ter sido esperto como o sr. Manuel mas o pai é que tinha razão, foram todos cobardes, e eu também, eu mais que todos.

O Pacaça discursa outra vez, o Juiz e o do sindicato já abandonaram a mesa e no resto da sala há muitas cadeiras vazias, a maior parte das pessoas está na varanda, as noites da metrópole também podem ser bonitas e cheias de estrelas. A voz do Pacaça na lenga-lenga do costume, estamos aqui por direito próprio, o IARN paga a diária como se fôssemos hóspedes, hóspedes normais, não se atulham quartos de hóspedes normais, não lhes é servida comida que nem para um cão é boa, alguém está a fazer dinheiro à nossa custa, diz o Pacaça com o punho erguido, já fomos roubados uma vez mas não nos deixamos roubar uma segunda, é vergonhoso que o hotel se esteja a aproveitar da nossa desgraça, a senhora directora diz que prescindiu de manter o último piso reservado aos turistas para ajudar mais famílias mas todos sabemos que não há turistas suficientes, só vinha cá um maluco ou outro, daqueles que não querem perder a oportunidade de ver uma revolução, desgraçados, bom proveito lhes faça esta revolução de pacotilha, a senhora directora quer convencer-nos que estão todos a fazer o melhor que podem para ajudar-nos mas a única coisa que temos a certeza é que nos estão a roubar o melhor que podem, queremos a piscina cheia porque os hóspedes têm direito à piscina cheia e nós não merecemos menos. O Pacaça dá um murro na mesa como há pouco o maoista tinha dado a propósito do pedido das horas extraordinárias, as palmas são tantas que parece que o hotel vem abaixo, o sr. Acácio põe-se de pé e o resto da sala imita-o, as províncias ultramarinas eram Portugal, continua o Pacaça, há discurso para mais uma hora. O Pacaça nunca se cala, como ele próprio diz, bem basta quando tiver a boca cheia de terra, aí nem um pio.

Voltamos a sair do plenário e pomo-nos a chutar de uns para os outros uma garrafa de plástico vazia que estava no chão, olha-me este toque à Cubillas, o Mourita exibe-se para duas empregadas da limpeza que passam vindas do plenário, faz uma finta e assobia-lhes, que belo mataco, era capaz de morrer por aquele mataco, tem ali um mataco que faz um homem sonhar acordado. Quando vamos para o paredão ou para o jardim do Casino dizemos estas coisas às raparigas da metrópole, que não percebem o que estamos a dizer mas sabem que são coisas porcas e alegram-se todas, ai que parvos, os retornados são tão parvos. A empregada vira-se para trás, vai dar maca, não sei porque é que o Mourita se meteu com ela, nunca nos metemos com mulheres mais velhas, o Mourita não aguenta a bebida, se bebe começa a estrilhar e não há quem o pare. O pai não havia de gostar de ver-me com o Mourita, acompanha com bom e serás melhor, como no livro da vida. Afinal a empregada da limpeza não diz nada, o Mourita suspira ao vê-las desaparecer, ando de olho naquela empregada há bué, que mataco tão redondinho aquele, nestas coisas é que se vê a mão de deus.

O bar ainda está mais cheio do que a sala de convívio. Além dos que já se fartaram de assistir ao plenário e que esperam pelas votações há os que vêm dos outros hotéis. Há sempre gente dos outros hotéis quando há um plenário, estamos todos metidos no mesmo barco, o que é mau para uns é mau para todos. Deviam ter pensado assim quando os tiros começaram mas em vez disso puseram-se a encaixotar as bicuatas, dias inteiros a martelar ripas de madeira à volta das tralhas, não descansaram enquanto os contentores não ficaram prontos e não os despacharam para a metrópole, pareciam meninas do liceu feminino em vésperas de passeio de finalistas, todos excitados com a mudança, vamos para a metrópole, vamos para a metrópole. Até eu apesar dos avisos do pai, na metrópole há cerejas, cerejas grandes e luzidias que as raparigas põem nas orelhas a fazer de brincos, raparigas lindas. Até eu. Os de cá deviam tratar-nos ainda pior, quem não luta pela sua terra não merece respeito algum. E agora não adianta dizer, a união faz a força, se ficarmos todos juntos não nos acontece nada de mal, é tarde demais, se nos tivéssemos unido antes nunca teríamos sido retornados, agora já não há nada a fazer. Os de cá chamam-nos entornados para gozar connosco, foram entornados cá, devem pensar que têm graça. Os retornados bem podem andar com cartazes nas manifestações que não vai adiantar nada. E os plenários também não.

O sr. António está de folga e é só o Vítor a servir no bar. O Vítor tem sempre umas trombas que até assustam e em dias mais movimentados como hoje não me admirava nada que pegasse numa arma e nos matasse a todos. Dizem que o Vítor não gosta de retornados por causa do irmão que foi fazer a guerra na Guiné e veio de lá maluco. Não sei como podemos ter culpa do que aconteceu lá aos soldados que iam daqui. Para mais o Vítor acusa-nos de termos andado a explorar os pretos mas defende o irmão e os outros soldados que andaram a matá-los. É mesmo esperto, explorar é mau mas matar já é bom. Claro que o Vítor começa com a cantilena, os soldados foram obrigados, não havia nenhum que quisesse ir para lá, blá, blá, blá. Se o Vítor tivesse ouvido as histórias da mãe, quando o vosso pai acabou a segunda classe já tinha as estradas à espera, o vosso pai dizia-me, se se soubesse o suor com que as estradas são feitas ninguém as pisava sem antes se benzer, a mãe do vosso pai teve nove filhos, nove bocas para comer e dezoito braços para trabalhar, só se deitava a conta aos braços, que às bocas podia roubar-se quase tudo, umas rodelas de cebola numa côdea de pão calavam os roncos das barrigas. Se o Vítor tivesse ouvido a mãe saberia que nada nem ninguém obriga mais do que a fome e que o pai embarcou no *Pátria* mais obrigado do que qualquer soldado.

No balcão do bar há bandeirinhas de quase todo o mundo, uma fila de bandeirinhas espetadas. Fecho os olhos e escolho uma às cegas, aquela em que tocar é a bandeira do país para onde vamos quando o pai chegar. Já fiz este jogo várias vezes e já me calharam quase todos os países, até a China. O nosso destino ainda não deve estar decidido, é por isso que não dá sempre o mesmo resultado. Quando o pai chegar logo decidimos mas tenho a certeza de que o pai não vai querer ficar nesta miséria, se antes de ter saído daqui o pai já não queria, muito menos agora. Fecho os olhos e vou tocar na bandeira da América. Errei, a Venezuela também não é má. Quando o pai chegar vai levar-nos para a Venezuela, e repito em voz alta, quando o meu pai chegar vai levar-nos para a Venezuela. O Mourita pede uma cerveja, o que é que o teu velho ainda está lá a fazer, aquilo agora é só pretos, se o teu velho não vem até à independência nunca mais de lá sai, eles vão fechar as fronteiras e os brancos que lá ficarem vão ser todos mortos, o teu velho só não baza se for muito estúpido ou se quiser esticar o pernil. O Mourita faz uma daquelas caras como se estivesse a morrer, costumo rir-me das caras que o Mourita faz, o Mourita todo desengonçado a fingir que cai, mas desta vez não me rio, agarro-o pelos colarinhos, se tornas a falar assim do meu pai dou-te uma sova que nunca mais te endireitas. Toda a gente olha mas não me importo, o Vítor põe o copo de cerveja do Mourita no balcão, por pouco não varro os copos e as garrafas do balcão, o meu pai teve de ficar lá a tratar de assuntos e se tornas a dizer isso rebento-te as trombas.

O porteiro Queine não pode saber que vim sentar-me cá fora por me ter zangado com o Mourita. Aproxima-se, o que foi rapaz. O pai costumava dizer-me, então rapaz. O porteiro Queine não é como o Vítor nem como os outros empregados. Estou farto de plenários, digo, não servem para nada. O porteiro Queine senta-se ao meu lado, a farda com os galões dourados de porteiro de hotel de cinco estrelas sem um único hóspede para receber. Nós não somos hóspedes. O porteiro Queine fica ao meu lado como dantes o pai. Pergunto-lhe, porque é que vocês não gostam de nós, não porque queira saber a resposta, pergunto por perguntar, quero lá saber se gostam de nós ou não. O porteiro Queine encolhe os ombros, tem sido difícil para todos, também tem sido difícil para nós, nunca se viveu bem cá e agora estão todos com medo que se viva pior, eu e a minha mulher chegámos a ter carta de chamada para Angola, se tivéssemos ido naquela altura agora também estávamos de volta, não calhou. Se pudesse contar a alguém que eles levaram o pai talvez conseguisse acalmar-me. O destino é uma carta fechada, diz o porteiro Queine, se tivéssemos ido naquela altura talvez nos tivéssemos conhecido lá, o porteiro Queine sorri e eu também mas, em vez de contar-lhe que eles levaram o pai ou que tenho medo que as crises da mãe voltem, minto, se nos tivéssemos conhecido lá tinha-o levado a dar umas voltas na minha mini Honda, é do que tenho mais saudades. O porteiro Queine nunca esteve em África, safou-se da guerra por ser amparo de mãe, não tem como saber que invento voltas impossíveis, falo-lhe do morro dos Veados, do Miradouro da Lua, e enredamo-nos em lembranças de vidas que nos escaparam.

Querido tio Zé, espero que esta carta o vá encontrar bem de saúde. Temos ido todos os dias à recepção na esperança de ter uma carta sua ou do pai mas nunca chega carta nenhuma. Já passou muito tempo e não sei o que pensar. É por isso que estou a escrever-lhe. Sei que o tio e o pai nunca se deram bem mas peço-lhe que nos escreva e que nos dê notícias. Eu não tenho boas notícias para lhe dar, a mãe está a piorar de dia para dia, se o pai não vier ter connosco ou não escrever não sei o que vai ser da mãe, não sei o que vai ser de nós. Aqui na metrópole não tenho só medo dos demónios que rondam a mãe, tenho medo de tudo. O dinheiro que trouxemos vai acabar em breve, por muito que o poupemos. Não sei até quando nos deixam ficar no hotel e se nos puserem na rua não sei para onde levar a mãe e a Milucha. Não sei como tomar conta da mãe e da Milucha, a sério que não sei. Quero convencer-me que sei mas não é verdade. Estou sempre a pedir a deus para que não nos ponham fora do hotel, apesar de ser horrível viver aqui. O tio pode não acreditar que é horrível viver num hotel de cinco estrelas mas é. Não é só estarmos todos no mesmo quarto, o hotel estar a abarrotar, a comida não prestar, não ter um sítio onde possa pensar nas minhas coisas, onde possa não ver ninguém. Não sei explicar-lhe. Ponho-me a andar de um lado para o outro, às vezes fico tão cansado que quase não consigo andar mas não paro. Por muito mal que estejamos aqui espero que nos deixem ficar até o pai chegar. A mãe está pior por não ter notícias do pai e por estarmos a viver assim. O tio sabe que as crises da mãe começam a notar-se muito tempo antes, como se lhe fossem tomando o corpo devagarinho. É por isso que sei que a mãe está a piorar. Acho que a mãe às vezes pensa que o pai morreu, porque fica pálida de repente como se tivesse visto uma coisa horrível. E a Milucha de vez em quando começa a tremer sem nenhuma explicação. Eu também tenho medo que o pai tenha morrido. Tento não pensar nisso mas penso. O tio tem de escrever-nos. Não conhecemos mais ninguém aí e aqui também ninguém nos pode ajudar, nem adianta escrever cartas ao presidente da República. A Milucha ainda escreveu uma carta a pedir ajuda a um general qualquer mas nunca teve resposta. Ninguém quer saber. Aqui no hotel nunca dissemos a ninguém que o pai tinha sido preso. Primeiro pensávamos que o pai vinha ter connosco logo a seguir e agora já não sabemos como dizer a verdade. Mas também não adiantava, ninguém daqui nos pode ajudar e ainda iam ficar a pensar coisas más do pai. Os jornais e a televisão dão notícias sobre o que se passa aí, dizem que eles estão a matar os brancos que aí ficaram e eu não consigo parar de pensar no que pode estar a acontecer. De certeza que nem os pretos acreditam que o pai é ou sabe quem é o carniceiro do Grafanil. O pai sabia outras coisas, conhecia a cidade como a palma das mãos, tinha orgulho de ter andado a tirar lama das lojas quando as calemas levaram tudo à frente, de ter visto as fundações dos prédios e a dificuldade que o asfalto teve em avançar, o tio com certeza que se lembra de ouvir o pai contar como a cidade crescia, parecia que a víamos crescer, o pai sabia estas coisas todas mas não sabia nada do carniceiro do Grafanil. Eu sei que o tio nunca se deu bem com o pai mas agora não é tempo de ajustar contas. O pai não me dava aqueles conselhos por mal e eu só não andava consigo porque não queria. Podia ter desobedecido ao pai. Agora com a distância percebo que o tio ficava triste por eu não querer ir consigo ao Baleizão ou à ponta da Ilha mas aí os dias passavam tão depressa que eu nem me apercebia disso. Aqui tenho tempo para pensar em tudo, até na sua tristeza cada vez que eu recusava um convite seu. Zango-me muitas vezes consigo por não nos dar notícias e quando me zango chamo-lhe nomes, digo aquilo que o tio e o Nhé Nhé são. Eu acho que o pai tem razão e que os homens não devem andar uns com os outros para fazerem essas coisas, não lhe vou mentir acerca disso. E nem percebo como é que o tio pode gostar de andar com outros homens se não há coisa melhor no mundo do que dar um beijo a uma rapariga. Mas não é por causa disso que lhe escrevo, tenho esta mania de me desviar sempre do que penso, escrevo-lhe porque preciso de saber notícias do pai e porque tenho medo. A Milucha deve ter ainda mais medo do que eu porque ainda me parece mais sozinha e as pessoas quanto mais sozinhas mais medo têm. Mas no hotel não há ninguém que não tenha medo. Todos tentam disfarçar, disfarçam tanto que a sala de convívio ou a da televisão chegam a parecer uma festa. Mas é uma festa de gente triste. Agora então que o verão acabou acho que a tristeza da metrópole entra em nós como se fosse o ar que respiramos. E o frio. Nunca pensei que o frio fosse assim. A noite passada sonhei que estava no Mussulo e que de repente o céu tinha ficado carregado de pássaros, gaivotas, andorinhas-do-mar, corvos-marinhos, o céu estava tão cheio de pássaros que não havia ar. E no entanto, apesar daquela aflição, eu estava contente porque pensava, pelo menos estou no Mussulo. Fiquei a repetir, pelo menos estou no Mussulo, os pássaros foram indo embora e eu fiquei a boiar na água quente do mar com os olhos nos coqueiros. Ainda não vi coqueiros aqui, não deve haver, a metrópole não tem quase nada mas isso o tio deve saber melhor do que eu. Ninguém aqui tem esperança de voltar um dia. Todos dizemos que sim, que um dia vamos voltar, mas ninguém acredita nisso.

É difícil acreditar no que quer que seja. Em coisas boas como na ideia de voltar e em coisas más como na ideia de que eles mataram o pai. Não se consegue acreditar em nada e também não se consegue ficar à espera para ver o que acontece. O tio Zé tem de me escrever e dizer o que aconteceu ao pai. Estou preparado para tudo menos para não saber o que aconteceu. Tenho medo que a mãe fique como a d. Eugénia dos ternos que nunca deixou de esperar o sr. Paulino que desapareceu quando moravam no vale do Loge. O tio deve lembrar-se quem eram, quando a mãe ficava pior comíamos muitas vezes de lá, sopa, prato e sobremesa, o que eu me pelava pelo pudim de manga. Quando o pai me pedia para ir buscar o terno na minha bicicleta nunca lhe disse que não gostava de ir lá por causa do lugar que a d. Eugénia tinha sempre posto na mesa para o sr. Paulino. O tio também a deve ter ouvido contar, o meu marido saiu para ir buscar farinha de mandioca e ainda não voltou. Repetia farinha de mandioca como se a chave do mistério estivesse aí, como se se o sr. Paulino tivesse saído para comprar feijão o resultado tivesse sido diferente. A d. Eugénia tinha de saber o que acontecia aos brancos que desapareciam. Mesmo antes de os tiros terem começado nunca houve mistério algum acerca disso. Eu também devia saber o que acontece aos brancos que desaparecem. E aos que são presos. E no entanto até os filhos da d. Eugénia repetiam, o meu pai foi comprar farinha de mandioca e nunca mais voltou. Eu, o Gegé e o Lee às vezes dizíamos ao Hilário, que era da nossa turma, os pretos apanharam o teu pai e mataram-no. Dizíamos por maldade, para o ver engolir em seco, o teu pai nunca mais volta. E no entanto o Hilário nunca deixava de andar atrás de nós. Tenho-me lembrado muitas vezes do Hilário, do que lhe via nos olhos quando lhe dizíamos, o teu pai nunca mais volta. Acho que só agora percebi. Como o tio vê não era só da sua tristeza que não me apercebia. E nem era por o tempo passar depressa aí que eu não percebia a maior parte das coisas. Não percebia porque não queria. Ou talvez não fosse capaz mesmo que quisesse. Ria-me do Hilário e achava-o tolo porque ele andava sempre atrás de nós. Quando a d. Eugénia nos ouvia dizer ao Hilário que o sr. Paulino nunca mais voltava, ameaçava-nos, se torno a saber que se metem com o meu Hilário dou-vos uma coça. Era o Hilário que nos procurava, dava-nos cromos do Capitão América, fazia tudo o que quiséssemos. Agora percebo. A nossa maldade não era nada comparada com a espera a que a d. Eugénia o obrigava, o vosso pai saiu para ir buscar farinha de mandioca e ainda não voltou. Não sei para que me ponho a pensar nestas coisas se não vou escrever nada disto.

Querido tio Zé, espero que esta carta o encontre bem de saúde.

Sundu ia maié, sundu ia maié, puta que a pariu. Vou dar pontapés em todas as portas até chegar ao pátio do recreio, a puta
da professora mandou-me para a rua com uma falta a vermelho mas eu vingo-me, quero lá saber que as contínuas refilem,
ó menino isto aqui não é a selva, não é como lá de onde vens,
aqui há regras, *sundu ia maié*, estamos a avisar-te menino, abro
o peito e dou um pontapé noutra porta, conhecem-me de algum lado, olho as velhas bem de frente para lhes mostrar que
não tenho medo, abro as narinas como o Pacaça diz que todos
os animais fazem antes de atacar, as velhas recuam com as ba-
tas cinzentas e as varizes enfiadas nas meias elásticas, lá podias
andar montado nos leões mas aqui tens de ter modos, as velhas refilam mas nem tentam impedir-me, têm medo de mim,
passo pela cantina e dou um murro no carro dos tabuleiros,
só me falta bater com a mão no peito para verem que acompa-
nhava mais com os macacos do que com leões, as velhas até
saltam com o estrondo que o carro dos tabuleiros fez, se querem dizer mal dos retornados vou dar-lhes razões.

A puta da professora, um dos retornados que responda,
como se não tivéssemos nome, como se já não bastasse ter-
-nos arrumado numa fila só para retornados. A puta a justi-
ficar-se, os retornados estão mais atrasados, sim, sim, devemos estar, devemos ter ficado estúpidos como os pretos, e os
de cá devem ter aprendido muito depois da merda da revolução, se for como em tudo o resto devem ter tido umas lindas

aulas. Ainda agora não há um dia em que não haja manifestações, bombas, ameaças, expropriações, ocupações, greves, há sempre comunicados na televisão, já não é só do MFA, do Conselho da Revolução, do Copcon, agora é das comissões, dos comités, das cooperativas, são cada vez mais, não sei onde vão buscar tantos revolucionários. Esta manhã não havia pão no hotel e a directora justificou-se, os padeiros estão em greve por não quererem trabalhar à noite. Que se fodam os padeiros e a directora, pontapé em cheio na porta para o pátio, as dobradiças chiam mais que as contínuas, um frio do caralho cá fora, fecho o blusão, acendo um cigarro, meto-me no meu canto, se as contínuas não querem maca nem se atrevam a passar por aqui.

Se não há pão deem-nos brioches, o sr. Acácio maldoso com os olhos nas mamas da d. Juvita. Dizem que o sr. Acácio e a d. Juvita têm um caso e que se encontram na casa das máquinas ao lado da piscina, o Mourita ri-se, o meu velho ainda sabe como mudar o óleo. Também dizem que a d. Ester encomendou um trabalho à preta Zuzu para que o sr. Acácio deixe de olhar para as mulheres. A preta Zuzu tem fama de fazer uangas e de lançar xicululos tão fortes que há gente que faz figas quando passa por ela. A d. Ester também pediu à preta Zuzu um trabalho para o Mourita ter cabeça para ser engenheiro e outro para o Paulo ter cabeça para doutor, é o que dizem. Se é verdade, a preta Zuzu não é grande feiticeira, o sr. Acácio continua a andar atrás das mulheres e o Mourita e o Paulo estão sempre a fugar às aulas, isso até se compreende porque também têm professoras más como a puta de matemática que acabou de me marcar uma falta a vermelho. As professoras fixes não podem nada contra as que nos tratam mal.

A puta de matemática pôs os retornados na fila mais afastada das janelas, nos lugares com menos luz, deve pensar que somos como as rosas da mãe que murchavam se não lhes dava o sol, deve ser isso. Um dos retornados que responda, a puta nunca diz os nossos nomes, um dos retornados que responda, era o que faltava, nunca abro a boca, o retornado da carteira do fundo que responda, insistiu a gaja, estava mesmo a querer farra. Custa assim tanto decorar o meu nome, se me chamasse Kijibanganga ainda tinha desculpa, mas Rui, porra, é um nome fácil e mesmo que me chamasse Kijibanganga a puta tinha obrigação de decorar. Mas não, o retornado aí do fundo que responda, é que nem que me tivesse arrancado as unhas e os dentes falava, nem que fossem buscar os da Pide que prenderam o pai do Helder, o sr. Moreira, que nunca mais foi o mesmo depois da prisão, coitado do sr. Moreira que ficou todo confundido, às vezes nem sabia o que dizia. O Helder dizia que o pai tinha ficado assim por causa da tortura do sono e por lhe terem batido com cabos de aço que levavam a pele agarrada, coitado do sr. Moreira, espero que esteja melhor.

A puta pensa que me importo com a falta a vermelho mas estou-me a cagar, prefiro estar cá fora, estou farto de ouvir aquelas merdas. A única coisa que chateia é o frio, o frio da metrópole consegue atravessar-nos até aos ossos, então quando o vento encana nos corredores que temos de passar ao ir de uns pavilhões para os outros até parece que gela o sangue. E nem no inverno estamos. Dizem que ainda vai ficar pior, não imagino como seja, já é tão mau, as mãos nunca aquecem, por muito que as esfregue, e tenho muitas vezes comichão nos dedos e umas manchas encarnadas horríveis que doem como se fossem queimaduras. A mãe diz que são frieiras, não conhecia a palavra, também não conhecia cieiro, que é quando os lábios se cortam e começam a sangrar quando nos rimos. Deve ser por isso que os de cá não se riem, quem é que pode ter vontade de rir quando sabe que vai sangrar dos lábios. E queixavam-se os que iam daqui para lá da matacanha e da filária, como se o cieiro e as frieiras da metrópole não fossem piores. Nas fotografias o inverno era bonito, com neve nas beirais dos telhados, famílias à volta das lareiras, gatos a brincarem com novelos de lã e crianças nos parques com gorros e luvas coloridas. Afinal o frio não é nada disso, é gente encolhida a esfregar as mãos, gente a bater com os pés no chão para os aquecer, gente triste com camisolas de borboto. Borboto é outra palavra nova que dizemos muitas vezes, as camisolas que nos dão nos sítios da roupa têm sempre borbotos. Não temos escolha, ou usamos as camisolas com borbotos ou andamos com o pijama por baixo das roupas antigas, as roupas de lá. Tanto faz. Ainda esta manhã, quando fomos ao mata-bicho, notava-se a camisa de dormir de flanela por baixo do vestido da mãe. Quando o frio começou tínhamos vergonha de andar com o pijama por baixo da roupa mas agora já nos habituámos.

A minha irmã às vezes olha-se ao espelho e fica com lágrimas nos olhos, lá gozava quando a via choramingar mas agora é diferente. Estar na metrópole ainda é pior para as raparigas, os rapazes de cá não querem namorar com as retornadas. Se for para gozar está bem mas para namorar não, os rapazes de cá dizem que as retornadas lá andavam com os pretos. E as raparigas de cá não querem ser amigas das retornadas para não serem faladas, as retornadas têm má fama, usam saias curtas e fumam nos cafés. A minha irmã não se devia importar que as de cá não a queiram como amiga, não vamos ficar na metrópole muito tempo, vamos embora logo que o pai chegue. Vamos embora logo que o pai chegue. O pai vai chegar. Não posso ter medo que o pai nunca chegue. O tio Zé continua sem responder às cartas que lhe escrevi, paneleiro de merda, não me responde e não responde à mãe. O paneleiro não diz nada mas o pai tem de estar bem, tem de estar bem e quase a vir ter connosco, a ponte aérea acaba no dia da independência. Falta menos de um mês. O pai tem de voltar antes, tem de voltar, tem de voltar, tem de voltar. Sejas tu quem fores, sabes o nosso acordo, sejas tu quem fores, sabes o que combinámos. Às vezes, quando estamos à mesa no restaurante, a mãe fala como se o pai estivesse à sua frente, acho que até as pessoas das mesas ao lado dão conta. Não podemos continuar à espera, qualquer dia a mãe está como a d. Eugénia, o pai tem de chegar depressa, já falta pouco para o dia da independência. E eu tenho tanto medo. Não quero ter medo mas tenho. Se o pai não chega até ao dia da independência é porque não chega mais, é porque está, porque está morto. Ouviste. Sejas tu quem fores desta vez é a sério, não é como os jogos que fazia antes. Se o pai não chega até ao dia da independência mataste o pai, se o pai não chega até ao dia da independência é porque quiseste mandar os cabrões dos pretos matar o pai. Sejas tu quem fores, tens de me ouvir, não estou a brincar. Não me vais deixar à espera para sempre. Não me podes fazer o que fizeste ao Hilário.

Está frio. Muito. Mas o que me faz tremer é o medo, cerro os dentes com muita força e tento não pensar no pai, tenho de pensar noutras coisas, nem que seja na puta de matemática que implica comigo desde a primeira aula. Logo na primeira aula, um retornado tão louro e com os olhos tão azuis, o que é que a puta queria dizer com isso, há retornados de todas as cores, em meio milhão de retornados deve haver retornados de todas as cores, até deve haver retornados verdes com pintas amarelas. Mas hoje a puta não desistia, responde ao que te perguntei, estou a falar contigo, quanto é a raiz quadrada de nove. Que pena eu e o Mourita não sermos do mesmo ano, a Rute é a única que é do mesmo ano que eu mas ficámos em turmas diferentes, ainda bem, já estou farto da conversa do concurso das Misses do Samba. Raiz quadrada de nove, os retornados da minha turma são uns choninhas, nunca desafiam as professoras, têm medo de quê, das faltas a vermelho, de serem expulsos da sala. Depois de tudo o que nos aconteceu não devíamos ter medo de nada, muito menos de sermos expulsos de uma sala, cambada de choninhas. A puta com a cara ao pé de mim a ver se me assustava, responde, uma boca pestilenta a cheirar a café, andam sempre a tomar café, os de cá andam sempre a pedir, um cafezinho, uma bica, e ficam contentes com as mixórdias que lhes servem e que sabem mal como tudo. E as gasosas, que gasosas tão más as da metrópole, é tudo mau. Raiz quadrada de nove, e eu, *sundu*, silêncio, *ia*, silêncio, *maié*, os outros retornados desatam-se a rir, a puta sem perceber, o que é que isso quer dizer, é a resposta em quimbundo, falas em português se fazes favor, aqui fala-se português, raiz quadrada de nove, *sundu ia maié*, foi assim que nos ensinaram lá, todos se riram, imediatamente para a rua com falta disciplinar, *alright*, a Teresa Bartolomeu com a cabeça baixa para não ser apanhada a rir. A Teresa Bartolomeu adora quando respondo mal às professoras. Daqui a pouco toca para o intervalo e a Teresa Bartolomeu vem ter comigo, ei Didja, gosto tanto que a Teresa Bartolomeu me chame Didja, só por isso não me importo de andar com este casaco branco todo malaico que me deram no sítio da roupa.

A Teresa é a rapariga mais gira do liceu e quando veste o casaco cor-de-rosa clarinho com carapuço que os pais lhe trouxeram de Paris podia ser miss no mundo inteiro. O Mourita não gosta das raparigas da metrópole, as gajas são umas sonsas, não querem ser vistas com retornados mas bem gostam de ir connosco para trás da cerca e são elas que nos põem as mãos dentro das camisolas e das cuecas, as gajas da metrópole são umas fingidas, estão sempre a dizer mal de nós mas só querem que as apalpemos. O Mourita tem razão mas a Teresa Bartolomeu é diferente, a Teresa Bartolomeu passa os intervalos connosco e nunca diz coisas estúpidas. As raparigas da metrópole são quase sempre estúpidas, se lhes pedimos um favor, pensas que sou preta, fazem-se muito esquisitas até irem para trás da cerca. Atrás da cerca nem parecem as mesmas, já nem pretas se importam de ser, vão buscar-nos cigarros, lanches, tudo o que lhes pedimos, até nos carregam os livros, e se lhes damos palmadas no rabo e lhes chamamos quitatas são só risinhos. A Gaby, uma a quem dei um beijo de língua logo no início do ano, disse-me que gostava de estar comigo, que quando estava comigo era como se estivesse no estrangeiro. E como é estar no estrangeiro, perguntei, a Gaby não sabia, nunca tinha saído da metrópole mas não achava estranho dizer, é como se estivesse no estrangeiro, é mesmo coisa de rapariga da metrópole.

Mas a Teresa é diferente, daqui a pouco toca para o intervalo e a Teresa vem ter comigo, ei Didja, a Teresa é a única pessoa que me chama Didja, não deixo que mais ninguém me chame. Quando me deram o casaco ainda perguntei o que é que aquilo queria dizer mas lá no sítio da roupa ninguém sabia. Deve ser uma coisa importante, ninguém ia escrever Didja com letras pretas e bem gordas nas costas de um casaco se não fosse importante. Daqui a nada toca e vamos para trás do pavilhão C. O Mourita diz que a Teresa Bartolomeu é uma drogada interesseira, a gaja só anda connosco para fumar liamba de graça, tens é inveja, a Teresa é uma garina muito gira, o Mourita não desiste, não te fies nisso, já viste a mãe dela, tem um rabo que parece uma prateleira, daqui a uns anos a Teresa está igual, quero lá saber do que o Mourita diz e de como vai estar a Teresa daqui a uns anos. A Teresa deve estar à espera que lhe peça namoro, vou convidá-la para ir às rochas, se aceitar é certo que quer que lhe dê um beijo, qualquer rapariga sabe o que significa o convite para ir às rochas. Para se chegar ao mar tem de se descer muitas rochas cheias de verdete, escorregadias à brava, as raparigas precisam sempre de ajuda, ou fingem que precisam, num segundo estamos de mão dada, da mão dada ao beijo é um instante. Isto para não falar da gruta do Gigante, que é um buraco nas rochas, não mete medo nenhum mas as raparigas assustam-se e temos de as abraçar, e quando se está abraçado tem de se dar um beijo, mesmo que a rapariga seja feia, se não dermos um beijo podem pensar que somos maricas. É por isso que eu nunca me aproximo da gruta do Gigante com uma rapariga feia, a Rosarinho está farta de tentar mas eu fujo sempre, era lá capaz de dar um beijo a uma rapariga que tem um nariz de um metro de comprimento, ainda me vazava um olho.

Acho que o Mourita tem inveja da Teresa e até o percebo, a Teresa vive num apartamento lindo perto do liceu, fomos lá durante uma borla, uma sala com maples redondos como os que a mãe pedia ao pai e um gira-discos estéreo, o que a minha irmã havia de adorar aquele gira-discos. A minha irmã nunca está no grupo dos retornas, anda sempre atrás de um grupo de besugos que se reúnem ao pé da sala dos professores, uns besugos com a mania que são bons, a minha irmã parece um cãozinho atrás deles, eu não ando atrás de ninguém, nem da Teresa, que é bonita como tudo e tem uma criada fardada que lhe traz o lanche no intervalo grande e pais que lhe compram presentes no mundo inteiro. Mas gosto da Teresa. Gosto por ser bonita, quase tão bonita como as raparigas dos brincos de cerejas. Afinal não há assim tantas raparigas bonitas na metrópole, em geral até são feias, muito mais feias do que as de lá, têm o cabelo oleoso a escorregar-lhes pelas costas que é um desgosto e os dentes encavalitados com sarro de leite, parece que nem os lavam, cheiram como lá cheiravam os sacos dos lanches que ficavam ao sol, um cheiro avinagrado que fica no nariz e dá vontade de coçar. Mas a Teresa é diferente. E também gosto dela por não se importar de ter os dedos sempre sujos de tinta da esferográfica, dedos gordinhos com as unhas roídas. E por comer bolos sem limpar logo o açúcar dos cantos da boca com os dedinhos em pinça e a boca em ovo, como fazem as outras raparigas. E por não dar gritinhos quando leva com a bola no jogo do mata. O Mourita pode achar que sou parvo por gostar da Teresa mas acho-o mais parvo por andar atrás da Rute, que fuga às aulas para ir com tugas mais velhos que a passeiam de carro e lhe dão prendas. A minha irmã fica a olhar para a roupa bonita da Rute. Um dia vou comprar uma loja inteira de vestidos para a minha irmã e a minha irmã vai ser a garina mais gira do liceu.

Ainda bem que o meu casaco é quente, o Mourita teve mais azar, só conseguiu arranjar uma gabardine fria, cor de caca, quando a usa parece um detective dos filmes antigos, o Ngola tem um casaco cheio de franjinhas à Elvis e o Paulo um que era dos bombeiros, parecemos uns palhaços. Então se usamos as calças e as camisolas de lã quatro ou cinco números acima nem se fala. Nos sítios da roupa quase só nos dão números grandes, dizem que a roupa quente vem da América, do Canadá, da Alemanha e que lá as pessoas são grandes, mas nós sabemos que os de cá nos roubam as roupas melhores, no estrangeiro não pode haver só gigantes, também tem de haver gente do nosso tamanho. Da próxima vez que houver distribuição de roupa vou de véspera e vão ter de me dar roupa boa, senão vai haver maca. A minha irmã precisa de roupas quentes para que as professoras parem de escrever recados, a aluna tem muito frio, a aluna está sempre a tremer nas aulas, a aluna tem de vir mais agasalhada. Nunca mostramos à mãe os recados que as professoras mandam e falsificamos-lhe a assinatura, a mãe já anda tão nervosa, já quase não come nem dorme, se algum dia pensei ter de mandar os meus meninos à escola com frio e sem livros, se algum dia pensei que isto nos podia acontecer, tanto o vosso pai trabalhou, anos e anos de trabalho sem um único dia de férias para agora não termos um tostão. Era o que faltava mostrar os recados das professoras à mãe.

A minha irmã tem vergonha de ser retornada, finge que é de cá e esconde o cartão que tem o carimbo vermelho, aluna retornada, o cartão que dá direito a um lanche na cantina. A minha irmã cheia de fome mas sem coragem de ir à cantina para que os de cá não vejam o cartão, aluna retornada. A minha irmã a achar que pode não ser retornada apesar das roupas grandes, da pele ainda queimada pelo sol de lá, de se rir sem medo que os lábios sangrem, um sorriso bonito, a minha irmã a fingir que não é retornada, a dizer pequeno-almoço, frigorífico, autocarro, furos, em vez de mata-bicho, geleira, machimbombo, borlas, a minha irmã a não querer ser retornada e quando acorda, hoje sonhei que estava a comer pitangas, a minha irmã tão triste que já nem discute comigo nem me chama estúpido. Quando nos formos embora daqui a minha irmã vai voltar a ser como era, vai zangar-se comigo outra vez por tudo e por nada, seu estúpido, aleijaste-me, seu estúpido, estragaste-me o livro. Quando estivermos no Brasil a minha irmã vai gostar outra vez de esticar os caracóis e de se pôr bonita para ir às festas, de ler fotonovelas, no Brasil não há frio e há frutas como as de lá, a minha irmã pode comer as pitangas que quiser. Será que a nossa pitangueira continua a dar pitangas, a mãe diz que tem a certeza que as roseiras morreram de tristeza, que perderam as pétalas uma a uma até ficarem com o coração à mostra. Nunca nos deixava tocar nas rosas, as coisas que morrem não se devem tocar, a mãe sempre disse coisas esquisitas. Um dia fomos passear à barra do Cuanza, a mãe não tirava os olhos do mato que ficava para lá das bermas do asfalto e disse, gostava de ir ao coração desta terra, ao sítio de onde os pássaros gritam, um mato tão fundo onde nem sequer a luz do sol consegue entrar, gostava de sentir a sombra escura desta terra. Não sei onde é que a mãe vai buscar estas coisas, às vezes tenho medo que sejam os demónios que a façam dizer essas coisas e o meu coração bate mais depressa. Mas nesse dia a mãe estava calma e falava devagar, não acredito que fossem os demónios a falar por ela, uma sombra tão escura e tão espessa que as árvores podem existir com as raízes de fora, esta terra não nos pertence enquanto não lhe conhecermos o coração, enquanto não lhe conhecermos o coração esta terra não guardará as nossas marcas nem reconhecerá os nossos passos.

Daqui a nada toca para o intervalo, a Teresa Bartolomeu vem ter comigo e o pátio enche-se de gente. Deixa de estar tanto frio e o medo também se vai embora. Ou pelo menos não me faz tremer.

O pai morreu.

A sala de televisão está cheia, há gente sentada no chão, nas cadeiras, de pé junto à porta, encostada à parede, encavalitada no parapeito da janela, tanta gente que a sala ainda fica mais pequena e mais escura. O candeeiro dos cristais apagado, só os candeeiros foscos da parede e a luz que vem da televisão a aclarar os que estão mais próximos, o cabelo da Goretti azulado, a cara do Francisco desbotada, o sr. Campos com clarões nas orelhas. É hoje. Hoje é o dia da independência de Angola. Angola acabou, a nossa Angola acabou. Não sei para que estou a olhar para a televisão, não sei por que estou aqui.

Os homens têm os fumos por cima dos casacos, uma ideia do Pacaça que diz, estou de luto, hoje morreu-me a minha terra, hoje tornei-me um desterrado, vivemos na certeza de que as terras não morrem, vivemos na certeza de que a terra onde enterramos os nossos mortos será nossa para sempre e que também nunca faltará aos nossos filhos a terra onde os fizemos nascer, vivemos nessa certeza porque nunca pensamos que a terra pode morrer-nos, mas hoje morreu-me a minha terra, hoje morreram os meus mortos e os meus filhos perderam a terra onde os fiz nascer, os meus filhos desterrados como eu. O Pacaça cala-se e começa a falar o sr. Belchior, estou de luto pela terra onde fui gente, antes de ir para lá era uma barriga inchada de fome e uma cabeça cheia de piolhos.

Nem todos os homens têm fumos. O João Comunista não tem, aquelas terras não nos pertenciam, é justo que tornem aos que foram roubados, e na televisão um dos revolucionários, o império está a chegar ao fim, a nossa vergonha está a chegar ao fim, hoje podemos dizer que temos orgulho de Portugal, viva Portugal.

Eu não tenho fumo, não sei o que é justo, não tenho orgulho, não tenho vergonha, e nem sei do que falam. A única coisa que sei é que mataram o pai. Mais ninguém sabe, a mãe que está sentada na cadeira da terceira fila não sabe, a minha irmã que está sentada no chão não sabe. Não consigo viver à espera que o pai chegue. Ninguém consegue viver sempre à espera de uma coisa assim. Sejas tu quem fores, tens de existir para que eu não espere mais. Sejas tu quem fores, existes e eu não espero mais. Sejas tu quem fores escolheste matar-me o pai.

O pai morreu.

Sei as palavras, tenho a certeza que sei as palavras, nunca as digo, tenho medo delas, nem em pensamentos as digo mas tenho a certeza que as sei.

Já conhecia aquela picada. Os faróis do carro só iluminavam o capim que cobria as bermas. Para além das bermas e do capinzal não se conseguia distinguir nada. Talvez fosse lá dentro que estivesse guardado o coração da terra de que a mãe às vezes falava. Era difícil passar a picada mas o pai era bom condutor, não se tem onze camiões sem se saber conduzir bem. Se até para o céu o pai era capaz de levar o carro, quanto mais para o inferno. Íamos a caminho do inferno. A mãe ia ao lado do pai, direita, o pescoço duro e o corpo teso, uma rigidez de boneca de plástico. Não era a mesma mãe dos passeios à ponta da Ilha, a mãe que ao domingo usava um vestido novo e punha mais pó azul nos olhos, a mãe que nos fazia tossir com os perfumes franceses.

A mãe que ia no carro ao lado do pai era a mesma que está agora encostada à parede do corredor na bicha para o jantar, eu de um lado, a minha irmã do outro, e esta gente toda à volta, é a mãe que tinha a doença que não era de médicos, a doença de que nunca falávamos. A mãe podia tomar comprimidos e mais comprimidos que não adiantava nada, a doença não se curava com comprimidos, os médicos não podiam curar a doença, não era uma doença normal, nem sequer era uma doença. Eram demónios. Eram demónios que tomavam conta do corpo da mãe e que tinham de ser expulsos nos ajuntamentos. O pai aprendeu a expulsar os demónios do corpo da mãe, sabia dizer as palavras que têm de ser ditas quando eles tomam conta da mãe. Mas o pai não está aqui, nem o sr. José, não há ninguém para ir buscar a mãe às trevas para onde os demónios a estão agora a levar.

A minha irmã também sabe o que vai acontecer e está assustada. Crescermos juntos pode não nos ter deixado muito próximos um do outro mas conheço-lhe os medos e o que a faz sofrer. Sabemos o que vai acontecer e temos medo. Por enquanto a mãe está calada mas vemos-lhe o peito debaixo do vestido, para cima e para baixo, para cima e para baixo, a respiração desacertada, os olhos atormentados de quem está a ver coisas horríveis. Depois dos ataques a mãe nunca se lembra do que aconteceu, não sabemos o que se passa com a mãe enquanto tem os ataques mas o sr. José dizia que a mãe vê os demónios que lhe querem entrar no corpo. O corpo da mãe como o das bonecas de Las Palmas que o pai trazia dos navios para a minha irmã, só que, em vez de dizer mamã e papá, a mãe diz coisas terríveis com uma voz que não é a dela, às vezes nem se percebia o que a mãe dizia e o sr. José explicava que a mãe estava a falar noutra língua, que há demónios de todas as línguas e feitios. A mãe sempre disse que a culpa dos ataques era daquela terra, que os demónios não entravam no corpo dela antes de ter ido para lá, que na metrópole tinha o corpo fechado como as outras pessoas. Pode ser que seja verdade e que agora os demónios estejam a rondar a mãe mas não consigam entrar.

A mãe nunca queria ir aos ajuntamentos nem a casa do sr. José mas o pai levava-a, o pai nunca desistiu de tentar resgatá--la dos demónios que a faziam espernear e gritar, que a faziam querer pegar em facas e ameaçar que nos matava. Os médicos diziam que eram crises dos nervos e da cabeça fraca mas afinal, a doença da sua mulher não é coisa de médicos, disse um dia um dos porteiros do hospital quando a mãe saía de lá apoiada no pai, conheço um sítio onde a pode levar. E o pai passou a levá-la também aos curandeiros. Primeiro aos curandeiros brancos e depois aos curandeiros pretos.

O corredor está cheio de gente até aos elevadores, uma bicha enorme para o jantar, não quero que ninguém veja o que vai acontecer mas não posso impedir. Nos ajuntamentos também havia muita gente, só que muitos eram como a mãe, aqui só há a mãe para os demónios entrarem e nem o sr. José nem o pai estão cá. Tenho a certeza de que sei as palavras, mas não sei se sei dizê-las, e tenho medo do que acontece se não as disser bem. O sr. José explicava que alguém tinha feito um feitiço à mãe, ou talvez tivesse sido só mal de inveja, que era o pior, ou mau-olhado, há pessoas que deitam mau-olhado sem se aperceberem. O pai não acreditava, não acreditava nos curandeiros nem nos médicos, mas levava a mãe a todos os médicos e curandeiros que podia. Não sei a quantos sítios o pai levou a mãe e os seus demónios, quantas caixas de medicamentos e de mezinhas comprou. Os demónios da mãe ganhavam sempre, a prova disso são os esgares que a mãe está a fazer encostada à parede. A d. Rosa já se apercebeu que alguma coisa não está bem e disse, este hotel enlouquece qualquer pessoa, o sr. Daniel concordou, em vez de nos tratarem bem por termos perdido tudo fazem-nos isto. Por enquanto a mãe só está a ter um comportamento estranho, as pessoas ainda não podem saber que os demónios vão tomar conta dela e que eu não sei como expulsá-los. Era o pai que fazia isso, o pai ou o sr. José, que era preto e que sabia falar com os demónios brancos e com os demónios pretos. Era o melhor curandeiro mas nem ele conseguiu curar a mãe.

Nunca falávamos na doença da mãe mas sabíamos que no bairro todos falavam, a mãe era a d. Glória que tinha problemas ou, quando as vizinhas estavam mais corajosas, a d. Glória que chama os demónios. As vizinhas benziam-se sempre que falavam nos demónios que atacavam a mãe, tinham medo que as palavras os atraíssem, descansem em paz, diziam as vizinhas mas o sr. José mandava os demónios para as profundezas do mar do inferno. Sempre nos conheci a irmos aos ajuntamentos, chegava a haver mais de cem pessoas debaixo de um embondeiro. Os ajuntamentos eram proibidos e tinha de se estar sempre a combinar sítios diferentes para não sermos apanhados pela polícia, pensam que são reuniões contra o Salazar, dizia o sr. José, mas eram só reuniões para expulsar demónios das pessoas que tinham os corpos abertos como a mãe. Por muito que os ajuntamentos mudassem de sítio, o pai nunca se enganava nas picadas. Não podíamos ir com a luz do dia, não sei se por causa da polícia ou dos demónios. Tantos carros estacionados no meio de nada ao amanhecer, ao pé de um embondeiro.

Às vezes também íamos a casa do sr. José, que ficava depois da Cuca, não sei se era onde o sr. José morava, um barracão quase vazio. Cada um levava a sua cadeira de abrir e mantas como para um piquenique, as cadeiras tinham de ser dispostas em filas em meia-lua, como nas salas de cinema, o sr. José à frente a dominar os demónios da mãe e das outras pessoas. A mãe era das que mais gritavam, o corpo aos estremeções, a cara irreconhecível, a mãe gritava até o sr. José erguer a mão, expulso-vos em nome de deus todo-poderoso. São estas as palavras, expulso-vos em nome de deus todo-poderoso.

Não podíamos contar a ninguém dos ajuntamentos. Acho que o Gegé e o Lee desconfiavam mas não diziam nada, no bairro era impossível não saberem, havia sempre vizinhos que viam o pai a levar a mãe à força para o carro ou a levantar a mão e a dizer, expulso-te em nome de deus todo-poderoso. Eu e a minha irmã queríamos que fosse tudo culpa dos nervos, eram os nervos que se apoderavam da cabeça fraca da mãe e não os demónios que lhe entravam no corpo aberto. Por nossa vontade nunca íamos aos ajuntamentos mas o sr. José dizia ao pai, a família tem de ser benzida, e o pai tinha medo que os demónios passassem da mãe para nós. A mãe também nunca queria ir, o sr. José dizia que eram os demónios que a faziam recusar. Mesmo não estando dentro dela os demónios comandavam a mãe, os demónios sabiam quase tanto e eram quase tão poderosos como deus. Deus acabava por ganhar mas era preciso ser muito vigilante, que os demónios aproveitavam qualquer fraqueza. A mãe nunca gritava com o pai a não ser para recusar-se a ir aos ajuntamentos ou quando os demónios estavam dentro dela, chegava a implorar, por favor meu amor não me leves mais, o sr. José também dizia que eram os demónios que a faziam implorar e chamar ao pai meu amor, os demónios eram falsos, o sr. José sabia tudo dos demónios e dizia que via o futuro, dizia que via o futuro como se estivesse a ver um filme. Devia ter-nos avisado dos tiros e da prisão do pai.

Está a acontecer. A mãe não tem razão e a culpa não era daquela terra. Os demónios tomaram conta da mãe. A bicha desfaz-se e ficam todos à volta do corpo da mãe aos estremeções na alcatifa azul do corredor do hotel, os gritos da mãe tão altos que até os que estavam no restaurante vieram ver, ninguém diz nada, ao princípio ficaram surpreendidos, depois assustados, a mãe com as feições mudadas, as pernas abertas sem vergonha de mostrar as cuecas, logo a mãe que ralha sempre que a minha irmã traça a perna sem ter cuidado, mas a mãe no chão não é a mãe, são os demónios. As pessoas começam a falar todas ao mesmo tempo, o que é que lhe deu, será dos nervos, pode ser epiléptica, nunca vi nada assim, um esgotamento, a d. Rosa benze-se e reza uma oração, não adianta, a mãe aos pontapés ao Faria que tenta segurá-la, mais pessoas a benzerem-se e a dizerem orações, alguém vai chamar a preta Zuzu e a preta Zuzu sem tirar o cigarro da boca, são os espíritos que a tomaram, mas não faz mais nada, fica a ver como os outros.

O pai sabia dizer as palavras que arrancam o corpo da mãe aos demónios e sabia não ter medo das ameaças que os demónios lhe faziam através da mãe, vou matar-te, ou a caminho dos ajuntamentos, vou fazer com que atires o carro à Baía. O pai enfrentava os demónios que queriam levar a mãe, levantava a mão, em nome de deus todo-poderoso, não se pode vacilar senão os demónios atacam-nos, não se pode ter pecados e eu tenho pecados, tenho medo, os demónios aproveitam todas as fraquezas. O sr. José mostrava cicatrizes pelo corpo todo de centenas de lutas que tinha travado com os demónios, eu tenho pecados, faço aquilo quase todos os dias, ando à pancada quando calha, insulto as professoras e alguns besugos de cá, sou muitas vezes mau, utilizo o nome de deus em vão. A mãe no chão e tanta gente à volta, o Pacaça, o sr. Acácio, a preta Zuzu, o João Comunista, a minha irmã ao meu lado a chorar, encho o peito, vou levantar a mão e repetir as palavras, não posso ter medo, vou levantar a mão, não vou ter medo, não há mais ninguém para salvar a mãe, tenho de ser eu, levanto a mão, e se a voz não me sai, se tremo, tenho o braço esticado em direcção à mãe, a mão toda aberta, a mãe grita ainda mais alto, toda a gente deu conta da minha mão levantada, não vou ser capaz, sei as palavras, não vou ser capaz, sei as palavras, tenho de dizer as palavras, tenho de dizer, expulso-te em nome de deus todo-poderoso, expulso-te em nome de deus todo-poderoso. Expulso-te em nome de deus todo-poderoso. Tenho a mão levantada e reconheço a minha voz. A mãe sossega. Agora é só esperar que a mãe venha a si, que pergunte confundida o que aconteceu, que componha o vestido e que aceite a minha mão para a levar daqui.

Um quarto pode ser uma casa e este quarto e esta varanda de onde se vê o mar é a nossa casa. A mãe e a minha irmã não pensam assim e por isso se estamos na rua nunca dizem, vamos para casa. Dizem sempre, vamos para o hotel. Às vezes, a mãe põe os olhos lá longe no mar e suspira, não há lugar como a nossa casa. O mesmo que dizia quando regressávamos no Kapossoca depois de termos passado o dia na praia. Só que agora nunca mais podemos regressar e não adianta ficar a olhar para o outro lado do mar. Mas se contrario a mãe e digo, nunca mais podemos voltar, a nossa casa já não existe, a mãe fica zangada, estás a arreliar-me, e eu, a nossa vida lá acabou é melhor esquecer a casa e as saudades que tem da casa, tem de se esquecer de tudo, a mãe cada vez mais zangada, eu insisto, temos de esquecer, a mãe manda-me calar, a falta que o teu pai cá faz, tornaste-te muito desrespeitador, a falta que um pai faz. Sobre o pai não digo uma palavra. O tempo acabará por fazer com que a mãe e a minha irmã saibam o que aconteceu. E por fazer com que as saudades que tenho do pai não me façam chorar quando estou sozinho.

Agora o que preciso de fazer é arranjar uma maneira de irmos para a América. O destino é uma carta fechada, como diz o porteiro Queine, mas de certeza que na América é tudo mais fácil. Já pedi um dicionário de inglês na biblioteca e vou decorá-lo inteirinho, vou começar na letra A e sigo por ali adiante até ao fim, quando tiver as palavras todas decoradas sei falar inglês para trabalhar na América e posso sustentar a mãe e a minha irmã. Era este o meu plano de emergência caso o pai morresse. O livro que vinha com os walkie-talkies profissionais que o pai me trouxe do navio estrangeiro dizia que qualquer espião devia ter pelo menos um plano de emergência. Eu tenho vários, se o plano da América não resultar tenho outros planos.

Enquanto não vamos para a América, temos de aceitar este quarto e esta varanda de onde se vê o mar como a nossa casa. É a única maneira de seguir em diante. O pai dizia, o sol pode cegar-te mas não te importes, se lhe voltas as costas a tua sombra esconde o que procuras. Ou então fui eu que inventei que o pai dizia isto numa das tardes do terraço. Gosto de ir para o terraço, de passar lá as tardes. Descobri uma maneira de forçar a porta que está no cimo das escadas de serviço e vou para lá muitas vezes mas nunca contei a ninguém para não perder o único sítio onde posso ficar sozinho. Agora com a bicicleta que o porteiro Queine me arranjou vai ser diferente. Fiquei tão contente quando ele me falou da bicicleta que o vizinho ia deitar fora. É mesmo fixe, o porteiro Queine. E a mulher dele também. Já a tinha visto aqui no hotel, o Mourita até se meteu com ela. Eu nem sabia que o porteiro Queine era casado.

Agora com a bicicleta já posso ir para longe. Aqui no hotel há sempre gente à volta. É difícil pensar com tanta gente à volta. Mesmo estando calado é como se estivesse a falar com os outros ou como se os outros vigiassem os meus pensamentos. Quando estou sozinho penso de forma diferente. Isso é bom só que às vezes assusta. Mas também não consigo ficar muito tempo na rua por causa do frio. Não consigo aguentar o frio durante muito tempo. Nem o frio, nem as coisas em que penso.

Não gosto do frio da metrópole mas gosto da mudança de estações, lá só havia o cacimbo e as chuvas e mesmo assim era quase igual. Aqui não, está sempre tudo a mudar. O mar do outono é mais assustador do que as calemas, as ondas dobram-se escuras e pesadas sobre si mesmas, arrastam limos, conchas partidas, pedaços de madeira, a espuma suja vai de rojo pela areia, galga o paredão e chega ao asfalto. É assustador o mar fora do sítio. E o sol de outono é mais dourado. Debaixo deste sol ainda gosto mais da bicicleta, só me falta arranjar o selim, deu-me muito trabalho mas está uma bicicleta quase nova.

Um quarto pode ser uma casa e este quarto e esta varanda de onde se vê o mar é a nossa casa. A prova disso é que a mãe está lá dentro a fazer naperons e a minha irmã está a estudar para o ponto que vai ter na quarta-feira. Pela porta aberta da varanda chega-nos o som do rádio que o Juiz tem ligado no quarto, não dá nada de jeito mas entretém, não percebo como é que os de cá ainda não estão fartos das canções revolucionárias. A mãe já devia ter percebido que não vale a pena cansar-se a fazer croché, nunca consegue vender os naperons às famílias da metrópole. A mãe e a minha irmã a mostrarem jogos de quarto e de cozinha aos que vão passear ao paredão e nada, tentam vendê-los nos domingos de sol quando as pessoas estão mais bem-dispostas mas as famílias da metrópole, se tivessem uns dentes de marfim ou umas estatuetas ainda podíamos estar interessados, croché temos cá muito. A minha irmã conta-me que a mãe responde, tínhamos isso e muito mais mas ficou lá tudo. A mãe não devia dizer estas coisas, nunca tivemos estatuetas nem dentes de marfim e ainda por cima as famílias da metrópole ficam satisfeitas com o castigo que se abateu sobre os exploradores dos pretos. Tínhamos naperons de croché que a mãe fazia com as vizinhas nas tardes longas do bairro, como agora faz nas tardes longas do hotel, nisso não há muita diferença.

A minha irmã também me contou que a mãe quis vender a toalha de linho do enxoval aos ricos da casa verde que fica ao lado do hotel. A d. Rosário tinha-lhes vendido um serviço de porcelana da China, são pessoas que compreendem as dificuldades por que estamos a passar, tive pena de desfazer-me do serviço mas que se vão os anéis e fiquem os dedos. A mãe e a minha irmã bateram à porta dos ricos da casa verde mas não tiveram a sorte da d. Rosário, que se deve ter posto a contar as doenças que tem, só do estômago tiraram-me um caroço do tamanho de uma noz, isto para não falar do mal que tenho na espinha. As doenças das outras pessoas não são como a da mãe. Ninguém fala da doença da mãe e nós também não, ninguém disse uma palavra sobre o que aconteceu no outro dia à mãe quando estávamos na bicha para o jantar mas tenho a certeza de que se fartam de comentar nas nossas costas como as vizinhas faziam lá, olha-se para ela e vê-se que tem problemas, só tenho pena dos miúdos, com uma mãe com ataques daqueles muito bons são eles. A mãe não voltou a ter mais ataques. Parece mais calma. Mas não gosto de pensar no que aconteceu, tenho medo de chamar os demónios.

As doenças da d. Rosário são doenças de que todos gostam de ouvir falar, são doenças de médico que qualquer corpo pode ter, hoje és tu amanhã sou eu. É por isso que trazem benefícios à d. Rosário, por causa do caroço que lhe tiraram do estômago a d. Rosário tem direito a comida especial, a espinha torta dá-lhe direito à roupa lavada e engomada e também pode beber café de graça no bar para não desmaiar das tonturas, caio redonda no chão, queixa-se, não se sabe se as tonturas vêm do caroço que lhe tiraram do estômago ou da espinha torta ou doutro problema. A d. Rosário já teve tantos problemas que uma vez os médicos do hospital universitário avisaram-na, vamos dar-lhe uma injecção que vai salvá-la ou matá-la, o médico deu-me a injeção e eu senti um calor, até parece que o sangue borbulhava e vi a minha vida acabar ali mesmo, mas não morri e ainda aqui estou, abençoada injecção. A d. Rosário deve ter contado isto tudo e muito mais aos ricos da casa verde, se calhar até lhe compraram o serviço de porcelana da China para a calarem. Mas a doença da mãe não é doença de se falar e a rica da casa verde não quis saber da toalha da mãe, dessas temos muitas, e fechou a porta, a mãe e a minha irmã ainda a ouviram dizer, outra vez retornadas, estas queriam vender uma toalha das que há cá aos pontapés, ainda por cima mal bordada.

Um quarto pode ser uma casa e este quarto e esta varanda de onde se vê o mar é a nossa casa. A casa do porteiro Queine também não é uma casa como as outras. O porteiro Queine podia ser um dos nossos, se fosse como os de cá não se tinha lembrado de mim quando soube que o vizinho ia desfazer-se da bicicleta, está velha e enferrujada mas talvez te dê jeito, não é uma mini Honda mas dá para andares de um lado para o outro. Vai ser bom poder dar grandes passeios e ir para o liceu de bicicleta. A Teresa Bartolomeu ainda vai gostar mais de mim quando me vir fazer um cavalo ou quando lhe der boleia como dava à Paula, a Paula sentada no guiador e eu a pedalar estrada fora com os cabelos dela na minha cara.

A casa do porteiro Queine fica muito longe. O porteiro Queine deu-me boleia no dia de folga dele e mesmo de carro parecia que nunca mais chegávamos, andámos, andámos, andámos, o carro do porteiro Queine subia tão devagar que se fôssemos a pé íamos mais depressa. O carro é pequeno e velho, até no tabliê tem ferrugem. O porteiro Queine desculpou-se, tivemos de comprar um terreno cá para cima, quanto mais perto do mar mais a terra vale. O terreno do porteiro Queine não deve ter custado um tostão porque não deve haver sítio mais longe do mar e mais desalentado do que aquele, deve ser aquela a metrópole de que a mãe e o pai falavam, a metrópole das estradas por asfaltar. A estrada foi sendo cada vez mais estreita e tendo cada vez mais buracos, até que o porteiro Queine parou o carro e disse, é aqui. Uma casa com o cimento à mostra, porta e janelas de chapa cinzenta e um jardim de terra preta, nem uma flor sequer, de um dos lados uma corda cheia de roupa estendida que se enrodilhava por causa do vento. Estava tanto vento que o porteiro Queine tinha de gritar e mesmo assim era difícil ouvi-lo, guardei a bicicleta na arrecadação, vou buscá-la. O porteiro Queine afastou-se e desapareceu atrás da casa. Não havia mais casas por perto e as que se avistavam ao longe pareciam ainda mais pequenas e mais pobres, a estrada estreita dividia campos de capim alto que o vento deitava ora para um lado ora para outro, ao fundo duas árvores altas e estreitas que o porteiro Queine disse serem ciprestes, nem os embondeiros mais secos conseguiam ser tão solitários como aquelas duas árvores escuras contra o vento.

Ouvi o barulho do carro, disse a Silvana, abrindo a porta e quando deu conta que eu estava ali, então és tu o amigo do Queine. Disse mais qualquer coisa sobre mim e sobre o hotel que não consegui ouvir, o vento além de enfunar os casacos empurrava as palavras em sentido contrário. Não sabia o que dizer mas a Silvana não parecia atrapalhada, tinha um avental às flores e umas botas de borracha, as pernas a sobrarem nas botas apesar das meias de lã grossa e o vento sem descanso a mudar-lhe o rabo de cavalo de um lado para o outro do pescoço como se fosse um chicote. No sítio da roupa deram umas botas parecidas à minha irmã, chamam-se galochas, é outra palavra nova da metrópole, lá nem a filária nos fazia andar calçados, chapinhávamos descalços nos charcos e se o arco-íris aparecia, está a chover e a fazer sol estão as bruxas a fazer pão mole.

Não devo ter conseguido disfarçar a minha desilusão quando o porteiro Queine apareceu das traseiras da casa com uma bicicleta velha e enferrujada, a sorte foi que a Silvana disse, vamos para dentro senão ainda levantamos voo. Por dentro a casa também está em cimento, a única diferença é que o cimento não está manchado com o verde pegajoso da chuva e do frio como está por fora. Ficámos na cozinha, eu e o porteiro Queine sentados à mesa coberta por um oleado com frutas desenhadas e a Silvana no lava-louça a passar uns pratos por água e a pô-los com cuidado no escorredor de plástico azul. A cara da Silvana não me era estranha mas nunca teria conseguido lembrar-me que era a empregada da limpeza com quem o Mourita se meteu num dos dias de plenário. A Silvana acabou de passar os pratos por água, sabes porque é que toda a gente lhe chama Queine, perguntou-me, fazendo uns gestos engraçados como se estivesse a lutar, chamam-lhe Queine por causa da série da televisão, lembras-te. Não me podia lembrar porque lá não havia televisão e aqui quase não vejo. O Artur meteu na cabeça que podia aprender a lutar só por ver o tal Queine na televisão, explicou a Silvana tapando a louça que estava no escorredor de plástico azul com um pano.

Só percebi que a Silvana era a mulher da noite do plenário quando me perguntou, explica-me lá então o que é um bom mataco. Devo ter corado tanto, que vergonha. Também tive medo que o porteiro Queine se zangasse comigo, fiquei furioso com o Mourita que às vezes consegue ser tão estúpido. Não respondi mas a Silvana não desistiu, não precisas de dizer o que é porque eu sei o que é, só não sei se concordas com o teu amigo. Não sei como não morri ali mesmo, acho que se me picassem não saía uma gota de sangue. Quando a Silvana e o porteiro Queine se desataram a rir passou-me pela cabeça que aquilo tudo era uma cilada, que o porteiro Queine me tinha levado ali para ajustar contas comigo. Mas o porteiro Queine agarrou-se à Silvana e deu-lhe uma palmada no rabo, que belo mataco, deixa lá o rapaz. Riram-se outra vez e eu também. O porteiro Queine e a Silvana são tão simpáticos que nem parecem da metrópole. Queres tomar alguma coisa, perguntou a Silvana. As pessoas oferecem por gentileza, aceitas um copo de água que também fica mal não tocar em nada, pode dar a impressão que temos nojo, ensinou-me a mãe. A Silvana trouxe-me um copo cheio de água escura, é água do furo, aqui temos depósito. Não sabia do que é que a Silvana estava a falar mas não fiz perguntas, a água sabia a terra mas bebi na mesma. Apesar de a casa do porteiro Queine e da Silvana ter torneiras não deve ser muito diferente da casa onde a mãe vivia antes de ir para lá. Não, mesmo assim é diferente, a casa onde a mãe vivia não tinha fogão nem geleira nem lava-louça e esta tem. A mãe dizia muitas vezes, a cozinha era só o escano e um lar, dois armários e uma bacia. Ficámos sentados à mesa, o porteiro Queine a falar da casa, talvez para o ano tenhamos dinheiro para a pintar, mas sabe-se lá o que vai acontecer, diziam que ninguém ia poder ser dono de nada, que a reforma agrária e as nacionalizações eram só o começo, que a revolução ia avançar e que não podia haver proprietários mas agora parece que já não é assim, parece que vai voltar tudo para trás, eles lá sabem o que andam a fazer.

Gosto de ver os navios que passam lá longe. Não vamos poder ficar para sempre neste quarto com esta varanda de onde se vê o mar e por isso a mãe e a minha irmã têm razão, este quarto com esta varanda de onde se vê o mar não é uma casa. Muito menos a nossa casa. Se fosse a nossa casa devia ser bom fumar aqui um cigarro. Seria só fumar o cigarro como quando fumava no muro da tabacaria do sr. Manuel. Mas assim é diferente, assim é fumar um cigarro num sítio a que não pertenço e a que nunca pertencerei. O porteiro Queine disse, quanto mais perto do mar mais a terra vale, e nós nem sequer temos o tostão com que o porteiro Queine comprou o terreno deles lá no fim do mundo. Daqui a nada tiram-nos daqui e sabe-se lá para onde vamos. Por isso fumar um cigarro aqui não é só fumar um cigarro em frente ao mar. Não sei quando é que deixei de sentir uma coisa de cada vez. Fumar um cigarro devia ser só fumar um cigarro. Acender um cigarro com o isqueiro Ronson Varaflame do pai também devia ser só isso. Não me devia pôr a pensar que é o isqueiro com que o pai queria atear fogo às nossas coisas lá. Não me devia pôr a ver as nossas coisas a arderem. Tenho saudades do tempo em que fumar um cigarro era só fumar um cigarro. Mais nada. Tenho de ser capaz de tornar a pensar e a sentir uma coisa de cada vez. Um quarto pode ser uma casa e este quarto com esta varanda de onde se vê o mar é a nossa casa enquanto não vamos para a América.

A sala de espera da casa dos penhores é pequena, tem cadeiras encostadas às paredes, uma mesa com jornais velhos ao centro, a janela tapada por cortinas de veludo escuras e o chão de madeira aos quadrados como um tabuleiro de damas. Num dos cantos há uma árvore de Natal de plástico com uma estrela dourada no topo e uma cabana com um Menino Jesus deitado numas palhas de barro, uma nossa senhora e um S. José. O nosso presépio lá tinha os reis magos com as oferendas, pastores, ovelhas, burros e vacas e um rio que a minha irmã estendia, um rio amarrotado e colorido feito com as pratas em que os chocolates vinham embrulhados. Eu fazia as montanhas em cartolina verde, uns triângulos recortados com algodão no cimo para imitar a neve, e colava areia da praia num chão que era de cartolina castanha. Sabíamos que o menino Jesus não tinha nascido lá porque lá não havia neve, só calor, muito calor. Era como se lá o Natal fosse uma mentira, ninguém acredita num Natal que se pode passar na praia. Aqui o Natal é de verdade. A rapariga que nos mandou esperar pediu desculpa, o meu avô está um bocadinho demorado, uns dez minutos, podem aguardar aqui, estejam à vontade, um sorriso tranquilo como se não tivesse reparado nos olhos desassossegados da mãe, como se não soubesse o que íamos ali fazer.

Já aqui estamos à espera há mais de meia hora e a mãe ainda não se calou, o Zé Viola não fez bem mas a directora e o comité dos trabalhadores ainda agiram pior, ninguém gosta de ser acusado injustamente, a directora não podia ter acusado o Zé Viola de ter destruído a tapeçaria da primeira missa do Brasil sem ter provas, é muito grave fazer uma acusação sem provas, o Zé Viola já não é um garoto, tem mulher e dois filhos, e nem um garoto gosta de ser acusado injustamente, não sei como é que o do comité dos trabalhadores jurou que tinha visto o Zé Viola de navalha na mão a cortar a tapeçaria de alto a baixo, se não tivesse conseguido provar que nesse dia estava fora do hotel o Zé Viola estava metido num bonito sarilho, a directora podia expulsá-lo e para onde é que o Zé Viola ia com mulher e dois filhos pequenos, o que seria daquela gente sem um tecto e sem comida, a directora também tem razão quando diz que não é a partir cadeiras e mesas que se resolvem as coisas, nisso a directora e o comité dos trabalhadores têm razão, por muito zangado que o Zé Viola tivesse ficado não devia ter partido a mesa de jogo nem as cadeiras, ainda bem que ninguém se magoou, gostava era de saber quem terá dado a navalhada na tapeçaria, deve ter sido um homem que uma mulher não teria força para tanto, uma navalhada de cima a baixo numa tapeçaria tão grossa, não se percebe como é que alguém conseguiu fazer aquilo, ainda por cima com o restaurante sempre fechado fora do período das refeições, a tapeçaria não fazia mal a ninguém, era tão bonita, mas a culpa é da directora, se nos tratasse melhor estas coisas não aconteciam, o que eu dava para sair daquele hotel, se conseguisse arranjar um trabalho, nem que passasse o dia todo a lavar chão, nunca tive medo ao trabalho e já lavei muito chão, a minha mãe ensinou-me logo de pequenino, o trabalho de um menino é pouco mas quem não o aproveita é louco, parece que nesta terra já nem chão há para lavar, haver há só que não no-lo dão, até parece que temos lepra, que raio de gente esta.

A mãe dobrou o lenço encarnado que trouxe no cabelo e pô-lo no colo. Retirou a pulseira de prata da malinha de mão, o teu pai deu-me esta pulseira quando fiz trinta e dois anos, ainda te lembras, foi um dia tão bonito, fomos buscar um bolo à Riviera, tinha dito ao teu pai que queria uma pulseira com o nome gravado, como a que a d. Amália tinha, ainda te lembras da d. Amália, era aquela que vivia na casa azul ao pé do talho, a que tinha o laguinho com o repuxo no jardim, o teu pai só não me dava a lua porque não podia, as saudades que tenho dele, tenho a certeza que a primeira coisa que o teu pai faz quando chegar é tirar-nos daquele hotel, nem bichos conseguiam viver naquelas condições, e ainda se queixa a directora que o hotel está todo estragado, não sei do que estava à espera, aceitou três vezes mais pessoas do que o hotel leva, às vezes até dá a ideia de que o hotel vai rebentar tão cheio está, mesmo uma criança via que não podia ser, é verdade que as pessoas também não precisavam de ser tão más, aqueles maples da sala de convívio todos queimados com as pontas dos cigarros, maples tão caros, até faz doer o coração, as alcatifas cheias de chuingas, aquilo nunca mais sai, imagino o que vai para os quartos, as empregadas recusam-se a entrar em certos quartos, nem quero pensar como está o quarto da d. Suzete todos os dias a fritar chamuças, que enjoo aquele cheiro a fritos todo o santo dia, a nossa roupa cheira sempre a fritos, a directora deve ter-se arrependido do que fez, foi por isso que veio com a conversa da festa da passagem de ano, não precisamos de festas, precisamos é que nos trate melhor e que pare de nos chamar vândalos, coitado do Zé Viola, que nem no hotel estava quando destruíram a tapeçaria, um destes dias acontece uma desgraça, um destes dias alguém perde a cabeça e depois quero ver, não sei por que não nos chamam, já estamos aqui há tanto tempo.

Esta casa não é como a do porteiro Queine. É uma casa perto do mar com uma porta com quadrados de madeira, uma porta chocolate com um puxador que é uma cabeça de leão em ferro. Antes de tocarmos à campainha a mãe ajeitou o cabelo por baixo do lenço encarnado que lá usava nos dias de vento, compôs as pregas do vestido azul do cacimbo, verificou se a pulseira de prata estava na carteira e ensaiou o sorriso, temos tudo. Agora que a rapariga nos disse que o avô já nos pode receber, a mãe compõe outra vez as pregas do vestido azul do cacimbo, ajeita o toutiço que o lenço encarnado tapava, só se esquece de ensaiar o sorriso. A rapariga é mais nova que eu, tem o cabelo atado com uma fita lilás, os olhos ainda ensonados e chinelos de andar por casa. O corredor é escuro e comprido com portas de um lado e do outro, a rapariga guia-nos sem qualquer hesitação, um gato junta-se a nós, deve ter saído de uma das portas por onde passámos, um gato branco com um pelo comprido a arrastar no chão. Nem os chinelos da rapariga nem o gato fazem barulho, só os meus passos e os da mãe. A rapariga abre uma das três portas do fundo do corredor, façam favor, e deixa-nos com o avô, um velho que está sentado a uma secretária numa sala pequena.

O velho mantém-se sentado e ficamos sem saber se havemos de estender-lhe a mão. Com um gesto pede que nos sentemos, há duas cadeiras em frente da secretária, a mãe numa cadeira e eu na outra, muito direitos, como se a maneira de nos sentarmos pudesse vir a decidir qualquer coisa. Foi o sr. Teixeira que nos indicou a sua casa, estamos lá no hotel, diz a mãe estendendo ao velho um papel. O velho olha para o papel em que o sr. Teixeira nos recomenda mas não mostra qualquer interesse. Atrás dele há armários cheios de taças, salvas de prata como as das igrejas, cristos de vários tamanhos mas todos pendurados na cruz, binóculos, relógios de cuco que fazem tic-tac. Não dou logo conta do barulho dos relógios. Tic--tac. A persiana entreaberta faz pequenas ovais de luz como as que pousavam nos azulejos da cozinha à hora de almoço, quem será que está agora sentado na sombra fresca da nossa cozinha. O pó brilha no ar ao ser apanhado pelas pequenas ovais de luz, lá fora as nuvens devem estar a tapar e a destapar o sol porque as pequenas ovais vão aparecendo e desaparecendo.

A mãe está nervosa, tem gotas de suor na testa apesar de a sala estar fria. Já tirou a pulseira da carteira e tem-na na mão que fecha com força. A mãe de repente tão cansada, com o cabelo preso num toutiço como as velhas de cá, a mãe sem reparar nas pequenas ovais de luz que lhe pousam no corpo. Por fim o velho diz, em que posso ajudá-los, o velho afundado na cadeira preta de cabedal, uma voz inesperadamente segura num corpo tão fraco. A mãe estende a mão e abre-a, quase o gesto de uma criança, quero vender esta pulseira. O velho recebe a pulseira de prata, a ponta da pulseira que tem a chapa com o nome da mãe inscrito escapa à mão do velho, Glória, o nome da mãe baloiça, letras pequeninas que só se leem ao perto mas sei que estão lá, Glória. O velho atira a pulseira para o prato de uma balança, a pulseira tilinta ao cair no prato, uma balança com pratos de cobre, pequenina, diferente de todas as balanças que já tinha visto, o velho ajusta os pesos, para uns instantes mas os relógios, tic-tac, tic-tac, as gotas de suor na testa da mãe, duzentos e setenta e cinco escudos, diz o velho olhando para a mãe e a mãe em vez do sorriso ensaiado um trejeito de desespero. O gato branco salta para cima da secretária, senta-se cerimonioso ao lado da balança e o velho distrai-se.

A mãe engoliu em seco mas nem por isso a voz lhe saiu melhor, foi uma prenda do meu marido. Cara senhora, diz o velho pacientemente, eu compro ao peso, não pago os feitios das peças nem o valor estimativo. A mãe torce as mãos, perdemos tudo, tenho dois filhos, este e uma rapariga que acaba este ano o liceu, o senhor deve saber a dor que é não podermos cuidar dos nossos, só nos deixaram trazer cinco contos por pessoa, já estamos cá há muitos meses, o dinheiro está a acabar, o senhor sabe que ninguém pode viver sem dinheiro e não consigo arranjar trabalho, ou não o há ou não mo dão, o meu marido trabalhou a vida inteira, não tivemos culpa. O velho interrompe a mãe, cara senhora, sou só um homem com uma balança, só sei pesar o que a balança pesa, peço desculpa.

A mãe inclina-se para trás, as costas bem encostadas à cadeira, como se isso pudesse ajudá-la a perceber. Cara senhora, não precisa de decidir agora, há acima de tudo paciência na voz do velho, se quiser pode ir lá fora pensar um pouco, pode voltar noutro dia, estou sempre aqui. A mãe diz, o meu marido ficou lá e ainda não tive notícias dele, não sei quando poderá vir ter connosco, o gato mais atento ao que a mãe diz do que o velho, cara senhora, não há um dia que não venha cá alguém vender ouro e prata, cada um tem a sua história, alguns contam-na outros não, nunca me neguei a ouvir uma pessoa e nunca me nego a comprar a preço da lei tudo o que me trazem, mais do que isso não posso fazer. A mãe levanta as mãos muito devagarinho, a cabeça fraca da mãe vai traí-la à frente do velho, a mãe vai começar a gritar ou a dizer coisas estranhas. Mas não. Devagarinho a mãe leva as mãos ao pescoço e o velho num entendimento qualquer com a mãe tira a pulseira da balança, a mãe desprende o fecho do cordão de ouro, o medalhão onde está a fotografia do rapaz com que a mãe casou desliza pelo vestido azul do cacimbo. O rapaz que casou não, o rapaz que existiu antes do homem com quem a mãe casou, o rapaz que nem sequer estava no cais quando a mãe desceu do *Vera Cruz*, os gestos da mãe tão lentos, podia tentar impedi-la, a mãe talvez pressinta o que penso, olha-me e diz, não tem importância, e os relógios não param, tic-tac, tic-tac, o gato entretido a lamber uma pata até que o cordão cai no prato da balança. O velho torna a pôr os pesos, as nuvens tapam e destapam o sol, fazem e desfazem as ovais de pó brilhante sobre a secretária, escangalham o tempo certinho dos relógios, tic-tac, o gato parado com a pata no ar, à espera, três mil e novecentos escudos, a mãe muito baixinho, custou mais de vinte contos, e o velho, não duvido, cara senhora, mas como lhe digo eu sou só um homem com uma balança que compra ouro e prata ao preço da lei.

As lágrimas não podem estar a correr pela cara da mãe porque não se ouve um único soluço. As lágrimas não podem estar a correr pela cara da mãe com este velho e este gato a olharem para ela. Era capaz de matar este gato que tem os olhos vidrados na mãe, era capaz de lhe pôr as mãos à volta do pescoço e de o apertar até ouvir os ossos a estalarem como os rapazes de cá fazem aos pombos à frente do liceu, rodam-lhes a cabeça para os verem andar às voltas no passeio, os pombos dão tantas voltas até morrerem que os rapazes cansam-se de ficar a vê-los e vão-se embora. Não é assim que se matam os gatos. Eu sei como se matam os gatos. Nunca matei nenhum mas vi muitas vezes a d. Arminda enfiá-los nos bidões cheios de água, às vezes até era água da chuva. Quando eram acabados de nascer o bidão nem se mexia mas se eram maiores a d. Arminda tinha de chamar um de nós para nos sentarmos em cima da tampa porque os gatos estrebuchavam, um barulho enorme que não era este tic-tac do relógio e a d. Arminda, dizem que têm sete vidas mas mais parecem ter vinte. Eram os mesmos bidões que o marido, o sr. Delfim, levava cheios de gasóleo nas viagens pelo mato até à fazenda. Eu gostava de ir ajudar o sr. Delfim a preparar os bidões, o Gegé e o Lee também, os bidões tinham de ser esvaziados, limpos e secos ao sol para que o sr. Delfim os pudesse encher novamente de gasóleo. Também gostávamos de nos meter nos bidões vazios e pô-los a rolar, não se podia deixar que apanhassem a descida, apesar da falta de ar, do escuro e dos encontrões nas pedras era giro ir dentro dos bidões, o sr. Delfim zangava-se connosco se nos via, ainda se matam contra um carro, nós ríamos, não tínhamos medo nenhum, antes de os tiros terem começado não tínhamos medo de nada.

O gato deve ter lido os meus pensamentos porque dá um pulo para o chão, a mãe tira o cordão de ouro da balança, não consegue vendê-lo, o cordão faz parte da mãe, quando está mais nervosa agarra o medalhão e a fotografia do pai sossega-a, a mãe vai tornar a pôr o cordão ao pescoço e vai dizer-me, vamos embora. A mãe abre o medalhão, retira a fotografia do rapaz que nunca apareceu no cais, torna a pôr o cordão em cima da secretária, quero vender as duas coisas, diz sem hesitar.

Nunca pensei que o Pacaça me convidasse para fazer parte do piquete dos contentores. O Mourita estava farto de dizer ao sr. Acácio e mesmo ao Pacaça que gostava de ir fazer as rondas mas eles nunca o levaram, é trabalho de homem, tem de se passar a noite ao relento e estar preparado para o que der e vier, os ladrões que apanharmos têm de ser castigados. A semana passada assaltaram o contentor da d. Celina e do sr. Marques, não conseguiram levar muita coisa mas partiram a geleira, o fogão, as pernas aos móveis, nem o Sagrado Coração de Jesus que já era da mãe da d. Celina escapou, os ladrões deviam ser comunistas, só os comunistas é que detestam igrejas e imagens de santos, é ver o que fizeram na Rússia, ladrões normais nunca teriam partido um santo, disse o Pacaça.

O Mourita ficou furioso quando o Pacaça me convidou, ainda por cima fez o convite à frente de todos os que estavam a assistir à partida de sueca. O Pacaça tinha puxado a jogada a paus e tinha-se feito silêncio porque o sr. Belchior ia perder mais uma vez. O sr. Belchior é tão careca como o Chris de *Os sete magníficos*, está sempre a coçar a cabeça brilhante e a apostar whiskies em como vai ganhar ao Pacaça mas nunca ganha. O Pacaça tinha puxado a jogada a paus para apanhar a manilha de ouros do sr. Belchior, vira-se para mim e do nada, pareces-me um rapaz às direitas, tenho visto como tomas conta da tua mãe e irmã, se quiseres podes vir connosco hoje à noite, temos muitos quilómetros de contentores para vigiar e precisamos de mais homens para as rondas, se não defendemos o que é nosso ninguém defende. O Pacaça arrecadou a manilha de ouros do sr. Belchior, que disse zangado, com tanta sorte ao jogo deve ter sido um infeliz no amor. As cartas ainda requerem algum saber mas o amor é o único jogo em que só é preciso sorte, respondeu o Pacaça encolhendo os ombros.

Fiquei tão contente que não sabia o que dizer, podem contar comigo, a que horas tenho de estar pronto, é preciso levar alguma coisa. Calma aí, não estamos a preparar um piquenique de senhoras nem de escuteiros, disse o sr. Belchior acendendo um cigarro apesar de os pulmões chiarem como os do pai chiavam, encontramo-nos aqui em baixo por volta das dez, dois avisos, se fores friorento é melhor não ires, que ao pé do rio o frio até nos faz chorar, e se tiveres estômago de rapariga também é melhor ficares, pode haver bronca da feia, se apanho algum dos ladrões atiro a doer. Não tenho medo ao frio nem aos ladrões, respondi. Fazes bem rapaz, disse o Faria baralhando as cartas, não tens cá o teu pai e um bocado de conversa de homens só te faz bem, conversar com mulheres não é a mesma coisa, conversar com mulheres é ouvir e calar que elas não aceitam outro tipo de conversa. O Faria pousou o baralho em cima da mesa, o sr. Acácio cortou, o Pacaça disse, amigo Faria você nunca disse uma verdade tão grande, aos anos que a minha mulher morreu e ainda a ouço a matraquear-me os ouvidos, deus a tenha em bom descanso mas era mais chata do que as doenças que se apanham nas putas. O Pacaça deu mais uma passa e esmagou o cigarro no cinzeiro cheio de beatas. A sala de convívio apesar de ser grande cheira tanto a fumo de cigarros que parece que o pai está sempre por perto. O sr. Belchior olhou para as cartas que lhe saíram, é desta amigo Pacaça, é desta, o Pacaça nas calmas, se você quiser apostar mais um whisky vamos a isso, e o Faria, só espero que consigamos apanhar os gatunos esta noite, corto uma mão ao primeiro que apanhar, é o que os israelitas fazem aos ladrões. Acho que não são os israelitas, disse o sr. Acácio a enrolar um cigarro e a olhar para a d. Juvita, que tinha acabado de entrar na sala de convívio com um decote que lhe fazia saltar as mamas. Bons olhos a vejam, d. Juvita, cumprimentou o Pacaça fazendo de conta que as mamas da d. Juvita não chamavam por todos. Tenho andado constipada, disse a d. Juvita, anda tudo doente neste hotel, como se já não bastasse o resto. É este frio, respondeu o sr. Belchior, a senhora tem de se agasalhar. Os homens jogam tanto que as cartas já estão dobradas e gastas, o Faria pôs as cartas em leque, se não é em Israel que cortam uma mão aos ladrões é na Índia, é num país desses, não interessa em que país é, o que interessa é ser uma boa ideia, uma mão a menos já deve dar que pensar a um ladrão.

Vamos sempre no carro do Pacaça que tem o volante à direita por ter sido comprado em Moçambique. Estacionamos no princípio do cais e os contentores perdem-se de vista ao longo da margem do rio. O sr. Belchior diz que os contentores são as sobras do império, não deixa de ter piada que estejam a apodrecer no mesmo sítio de onde o império começou, alguma coisa isto quer dizer, alguma coisa devemos aprender com isto, tudo na vida tem os seus porquês. O sr. Belchior fala sempre por enigmas e torna-se cansativo ouvi-lo durante muito tempo. Apesar de o carro ser do Pacaça, quem conduz sempre é o sr. Belchior porque o Pacaça não vê bem à noite, a culpa é das Terras do Fim do Mundo, não sei o que me estragou mais os olhos, se foi a luz ou se foi o breu daquele sítio. O Pacaça diz sempre isto porque não há coisa que os velhos gostem mais de fazer do que repetirem-se. Os velhos do hotel não conseguem parar de falar do império pelo qual ainda usam o fumo na manga do casaco em sinal de luto. Os do grupo do João Comunista chamam-lhes imperialistas reacionários e muitas vezes há maca. Deixe-se lá de comunismos, amigo João, olhe que até os de cá puseram os comunas no lugar, diz o Pacaça e logo o João Comunista, ainda se vão arrepender, ainda se vão arrepender.

Os homens do hotel não discutiam tanto se tivessem trabalho ou se os empréstimos do IARN não estivessem tão atrasados. Quase todos pensam como o pai pensava, a minha política é o trabalho, só que o único trabalho que têm é procurar trabalho que nunca aparece. Têm tempo de sobra para jogar às cartas, discutir política e olhar para as mamas e rabo da d. Juvita e das outras mulheres. E para se assustarem com os boatos de cada dia, os estrangeiros já não mandam mais dinheiro, os comunistas estão a incitar o comité dos trabalhadores do hotel a tomar o hotel e a primeira medida vai ser porem-nos na rua, o governo já deu ordem de esvaziar os hotéis, que já foi mama suficiente. Mas o que mais fazem é gastarem horas a lembrar-se do que perderam, se me ponho a pensar no que lá ficou dou um tiro na cabeça, acho que já ouvi cada um deles nesta conversa pelo menos uma vez.

Os homens também querem arranjar trabalho para mostrar aos mangonheiros da metrópole de que massa os retornados são feitos, se conseguimos construir terras como as que fomos obrigados a deixar também conseguimos mudar o atraso de vida que a metrópole é. Os de cá gostam cada vez menos de nós, andámos lá a explorar os pretos e agora queremos roubar-lhes os empregos além de estarmos a destruir-lhes os hotéis, a destruir a linda metrópole que nunca mais vai ser a mesma. O Pacaça diz que a desgraça que nos aconteceu não é nada comparada com a desgraça que nunca deixou de acontecer aos de cá e até o João Comunista, que discorda sempre do Pacaça, lhe deu razão, não há pior desgraça do que nunca ter saído daqui, no meio de tanta miséria a única coisa que medra é a inveja.

A mãe não gosta que eu faça parte do piquete dos contentores, era o que faltava passares a noite em claro a vigiares as coisas dos outros, ainda por cima com este frio. Tenho sempre um trabalhão para convencê-la, o casaco e as botas que me deram no sítio da roupa são quentes, levamos cobertores do hotel para nos enrolarmos e acendemos sempre uma fogueira, mas a mãe insiste, é perigoso andares a fazer isso, este país está virado ao contrário, se te acontecesse alguma coisa não sei o que seria de mim, o que diria ao teu pai, não te deixo ir, não quero o meu filho sem dormir e a apanhar frio para vigiar as coisas dos outros. Podia virar as costas à mãe como o Mourita faz à d. Ester, a mãe ia ficar fula durante umas horas e depois passava-lhe como acontece com as outras mães. Mas tenho medo que os demónios comecem a rondá-la e sossego-a o melhor que sei, não se preocupe que não vai haver problema nenhum, é só uma noite passada à fogueira. A mãe também não gosta do Pacaça, quando fala nele, gabo-lhe a paciência de ter contado quantas pacaças matou, digo-lhe que as histórias do Pacaça são mentira, é só para se gabar, não tem mal, não há neste hotel quem não minta. A mãe baixa os olhos como se a tivesse repreendido, é fácil uma pessoa enganar-se quando recorda coisas que aconteceram tão longe, e acaba sempre a dizer a mesma coisa, vais na condição de te agasalhares e não faltares às aulas amanhã, não quero saber se tiveres sono, tens de ir à escola para seres alguém na vida, se eu tivesse estudado não estávamos neste hotel mas os meus pais precisaram de mim a malhar o centeio e a varejar as oliveiras e agora sem estudos nem um chão me dão para lavar.

Não sei o que a mãe faria se descobrisse que falto às aulas. Vou para trás do pavilhão C fumar com os outros retornados, desço as rochas para ir ver o mar ou então ando de bicicleta de um lado para o outro e penso nas minhas coisas, na morte do pai e na ida para a América. Ainda não falei com a mãe e com a minha irmã sobre isso, tenho primeiro de roubar os contentores dos mortos de Sanza Pombo. É a única maneira de arranjar dinheiro para os bilhetes de avião. Quando me canso de pensar em coisas más, penso em como será dar um beijo à Teresa Bartolomeu ou no encontro com o Gegé e o Lee no cimo da Sears Tower. O Gegé queria marcar o encontro para o dia em que ele fazia dezoito anos mas o Lee não concordou, por que os teus anos e não os meus ou os do Rui, porque sou eu o último a fazer dezoito anos, ainda discutiram por causa disso, desentendiam-se muitas vezes por coisas de nada. Sugeri a passagem de ano, deve ser bom ver o fogo de artifício do cimo da Sears Tower, jurámos que nos vamos encontrar no cimo da Sears Tower no dia 31 de dezembro de 1978, tenho tantas coisas para lhes contar. O Gegé e o Lee ainda devem ter mais, têm de acontecer mais coisas na África do Sul e no Brasil do que na metrópole, na metrópole não acontece nada tirando a revolução.

Não sei o que seria de mim sem a bicicleta, às vezes fico cansado e com tanto frio mas mesmo assim é melhor do que estar na sala de aulas, tudo é melhor do que as aulas. Nem é por causa da puta de matemática, um dos retornados que responda, a essa já nem ligo, quero que ela e todos os que não nos querem cá se fodam, não gosto de ir às aulas porque não consigo prestar atenção, não quero saber do que estão a ensinar, a única coisa que me interessa saber é como vou levar a mãe e a minha irmã para a América, e para ir para a América tanto faz um ano de escola a mais ou a menos. Tenho é de continuar a decorar as palavras do dicionário, decorar palavras é mais difícil do que pensava, há muitas de que nem conheço o significado em português, o que é que quer dizer apóstata. Mas se até agora nunca precisei dessas palavras em português também não devo precisar delas em inglês. A minha irmã sabe que tenho andado a faltar às aulas mas nunca me denunciou à mãe. A minha irmã está diferente, além de não fazer queixas à mãe, quando lá não fazia outra coisa, agora quer ser boa aluna e está sempre a estudar. Não sei como a metrópole pode mudar tanto as pessoas. Ensinaram-nos tantas coisas sobre a metrópole, os rios, as linhas de caminho de ferro e só não nos ensinaram o mais importante, que a metrópole muda as pessoas.

Calhou-me fazer a primeira ronda aos contentores com o Faria. Já tínhamos acendido a fogueira e o Pacaça tinha posto a água ao lume para fazer café. As fogueiras lembram-me as caçadas, pensando bem isto também é uma caçada, se apanhar alguém com as patas nos contentores atiro a doer, já me roubaram o que tinham a roubar, palavra de honra e de Pacaça. O Faria tem uma catana pequena e eu uma lanterna que hoje não é necessária, está noite de lua cheia e até a água do rio está clara. Este rio não tem crocodilos nem hipopótamos como o rio Cuanza, não é verdade que os rios sejam todos iguais, duas margens e água no meio. Os contentores estão aqui há meses mas os donos não os podem vir buscar sem terem sítio onde os pôr, têm de arranjar a vida primeiro. É estranho ver tantos caixotes ao longo do cais, caixotes de todos os tamanhos e feitios em madeiras de todas as cores. Ainda me lembro das tábuas de madeira no quintal do sr. Manuel, no quintal da d. Gilda. Nunca houve tábuas no nosso quintal porque o pai insistia, não lhes dou um ano e estão a trazer as bicuatas para cá outra vez, esta terra é nossa. O pai não teve razão, os caixotes continuam ao pé do rio e nunca mais vão voltar para lá. O Faria ia parando para investigar barulhos que inventava, nem um rato havia quanto mais um ladrão, o Faria devia estar ansioso por usar o castigo dos israelitas ou dos indianos, corto uma mão ao primeiro que apanhar.

Já sabes quando o teu pai vem, perguntou o Faria passando a mão por uma das ripas de madeira que selava um dos caixotes. Nunca disse a ninguém que o pai morreu, nem sequer à mãe ou à minha irmã, não ia saber como explicar. Ainda não, respondi. O rio tão perto, se daqui partiram as caravelas para lá também poderei partir daqui para a América. Chiu, disse o Faria como

153

se quisesse que eu parasse de pensar em ir para a América, e pôs-se em alerta outra vez, parece que vi ali uma coisa a mexer. Não era nada mas o Faria até se encostou de lado a um contentor para espreitar o corredor que se fazia entre duas filas, como nos filmes policiais. Rapaz, abre esses olhos e esses ouvidos que esta ladroagem é fina, acenei que sim. As únicas coisas que se mexem somos nós e as nossas sombras. Sabes o que eu te digo, o teu pai que se ponha a andar, a guerra a sério ainda nem começou, a FNLA e a Unita têm Luanda sitiada, os americanos e os sul-africanos vão dar luta aos comunas russos e cubanos do MPLA, o teu pai que venha enquanto é tempo.

Fingi que investigava um dos caixotes para desviar a conversa mas o Faria, o que é que o teu pai fazia lá, era industrial de camionagem, respondi, isso até parece uma profissão mais importante do que a de doutor, tinha camiões, carregava café, algodão e sisal, expliquei. O Faria abanou a cabeça, café, algodão e sisal, vês a diferença, aqui só há batatas e couves, como é que se consegue fazer dinheiro com batatas e couves, mas se o teu pai está à espera que a guerra acabe está a perder tempo, aquilo nunca mais vai ficar bem, Angola acabou, *kaputt*, o café, o algodão, o sisal, o óleo de palma, os diamantes, o petróleo, *kaputt*, acabou tudo, restam-nos estes caixotes, e a maior parte com tralha velha que os que mandaram coisas boas já as levantaram, restam os caixotes de quem não tem dinheiro para os levantar nem casa onde pôr a tralha, cada vez que olho para isto dá-me uma revolta tão grande, que miséria de vida, se apanhasse o Rosa Coitadinho punha-lhe as mãos no gasganete e só as tirava quando já não dissesse ai nem ui, foi o filho da puta que incitou os pretos, sabes que foi ele quem os mandou matar as nossas mulheres e os nossos filhos, ai se lhe pusesse a mão, a ele e a todos os que nos traíram, ao Bochechas e companhia, se lhes pusesse a mão não ficava nenhum vivo, não me importava de apodrecer na prisão.

Nas margens deste rio a mãe não ia poder falar do coração da terra como quando íamos à barra do Cuanza. Aqui não há um mato tão fundo onde nem sequer o luar consegue entrar. A metrópole é velha e já não tem um pedaço de terra selvagem onde a mãe possa inventar um coração.

Mas que frio do catano, esse teu casaco é quente, perguntou o Faria. Que sim, respondi. É pena ser branco, continuou o Faria, pelo menos é o teu número, a mim não me deram nada de jeito, deitei tudo fora quando cheguei ao hotel, uma das camisolas até comida pela traça estava. A mim deram-me esta camisola que é bem quente, abri o casaco para mostrar a camisola com renas encarnadas. Ah, agora andas com bichinhos, gozou o Faria. E também me deram estas botas, levantei as calças para o Faria ver que tinham atacadores e sola de borracha, umas botas de inverno a sério. Tiveste sorte, resmungou o Faria, e o que é isso escrito nas costas do casaco, Didja, leu o Faria, o que é que isso quer dizer. Também não sei, e a voz da Teresa Bartolomeu por entre os contentores, ei Didja, basta a voz da Teresa Bartolomeu para a noite ficar mais quente, ei Didja. Não sei o que Didja possa ser, tornou o Faria intrigado, sabes o que te digo, se falássemos todos a mesma língua era mais fácil entendermo-nos, até os pretos nos teriam entendido.

Estes contentores é que me fodem a cabeça, disse o Faria parando à frente dos contentores dos mortos de Sanza Pombo, cada vez que vejo estes contentores dá-me um aperto na garganta que nem consigo respirar, quando olhamos para isto é que se percebe a sorte que apesar de tudo tivemos, estes coitados não escaparam, duas famílias inteiras, que massacre, as cabeças foram encontradas à entrada de Sanza Pombo e o resto espalhado sabe deus por onde, os filhos da puta matavam e espalhavam os bocados dos corpos para impedir que voltassem a viver, acham que só se o corpo não se puder juntar é que a morte é a sério.

Os nomes dos mortos de Sanza Pombo foram lidos muitas vezes na lista dos desaparecidos que passava antes e depois da *Simplesmente Maria*. Lembro-me de a minha irmã esperar impaciente que a lista acabasse de ser lida, queria saber o que ia acontecer à Maria e ao Alberto, a minha irmã aborrecida por ter de esperar, estão sempre a repetir os mesmos nomes, já toda a gente sabe que desapareceram. Se calhar o tio Zé telefonou para dar o nome do pai, se calhar o nome do pai passou na lista de desaparecidos, já não deve haver lista de desaparecidos, já não há ninguém à procura, para além de nós e do tio Zé, ninguém sabe que o pai desapareceu. A minha irmã não fazia por mal, queria ouvir a novela e os desaparecidos atrasavam tudo, quando não se tinha ninguém desaparecido e se gostava da radionovela como a minha irmã gostava era fácil desesperar com uma lista que era cada vez maior e demorava cada vez mais tempo a ler.

Não posso contar a ninguém o meu plano de roubar os contentores dos mortos de Sanza Pombo. Nem ao Mourita. Invejoso como está de não fazer parte dos piquetes, o Mourita ia logo dizer ao pai dele e o sr. Acácio não demoraria um dia a avisar o Pacaça. Até parece que estou a ouvir o Pacaça, um homem capaz de roubar os mortos de Sanza Pombo não é um homem, é uma ratazana. Para o Pacaça há homens de dois tipos, os homens homens e as ratazanas, e nem sequer pode haver um homem que seja um bocadinho ratazana. O Pacaça dá sempre a mesma explicação, a alma apodrece mais depressa do que a carne, ora se um dedo apodrecido que não é cortado leva o corpo todo, se é assim com a carne que está à vista de toda a gente, imagine-se o que será com a alma que ninguém vê e de que não se pode cortar a parte ruim.

Ao princípio também me fez impressão a ideia de roubar os contentores, até houve noites em que sonhei que os mortos de Sanza Pombo estavam zangados comigo, a perguntarem-me, como é que tens coragem de roubar as nossas coisas depois de tudo o que nos aconteceu, mas depois pensei, os contentores vão acabar por apodrecer, as coisas vão todas estragar-se no cais ou então vão ser roubadas por outros. Se o pai estivesse connosco e roubássemos os contentores seria diferente, o pai sabe como ganhar a vida e só roubaria os contentores por ganância ou por mangonha. Mas o pai não está connosco nem nunca mais estará, agora sou eu o chefe de família e tenho de levar a mãe e a minha irmã para a América. De certeza que não há ninguém que venha levantar os contentores, os mortos de Sanza Pombo não têm cá família, se tivessem tinham escrito uma morada de cá e não apenas Portugal em letras grandes e a preto. Não estou a roubar ninguém já que os mortos não se podem roubar, diga o Pacaça o que disser sobre os homens e as ratazanas. E aposto que o Faria, o Pacaça, o sr. Acácio e os outros todos que pertencem aos piquetes também já pensaram em roubar os mortos de Sanza Pombo. Até o João Comunista que tem a mania que nunca fez nada errado na vida já deve ter pensado nisso pelo menos uma vez. O que é difícil é manter o pensamento de roubar, mesmo que não se queira começa-se a pensar nos corpos aos bocados, no que aquela gente passou e perde-se a vontade de tocar nas coisas, que fiquem a apodrecer no cais se assim tiver de ser. Sei que é assim que se pensa porque também já pensei da mesma maneira e teria continuado se não tivesse a mãe e a minha irmã para levar para a América. Mas tenho e isso é mais importante do que pôr-me a pensar no que está certo ou errado, no bem e no mal, os vinte contos que trouxemos já se gastaram e não temos mais cordões de ouro para vender.

Estes contentores devem estar cheios de coisas boas, disse o Faria passando a mão como às vezes se passa no capô de um carro que não se quer riscar, eram fazendeiros ricos, foram os próprios contratados que os mataram, sabe-se lá o que se passava naquelas fazendas, a coisa para o interior fiava mais fino, havia brancos que abusavam, não posso dizer o contrário, mas mesmo que estes pobres coitados tivessem abusado já se vinham embora, já tinham mandado os contentores, não há ser mais rancoroso do que o preto, esperam o tempo que for preciso para se vingarem e vingam-se mesmo quando a vingança já não lhes aproveita nada, por muito mal que estes desgraçados tivessem feito já se vinham embora. O Faria bate com os pés no chão, tenho os pés tão gelados que nem os sinto, se um homem se põe a pensar a sério em tudo o que aconteceu acaba por dar um tiro nos cornos.

Gostava que o Faria parasse de falar por uns minutos, não percebo o que acontece às pessoas quando envelhecem que não param de falar. Devem ter medo como o Pacaça, quando tiver a boca cheia de terra nem mais um pio. Quando for velho vou estar sempre calado. O Faria continua, parece um rádio sempre ligado, a descolonização não foi má para toda a gente, por maior que seja a tragédia há sempre quem se aproveite e houve muitos que se aproveitaram e que vivem melhor aqui do que lá, e não estou a falar dos pretos que lá viviam nos musseques e que agora estão nos hotéis, estou a falar de brancos que roubaram o que puderam, ó rapaz não precisas de te chegar tanto à borda para mijar, se te dá uma tontura cais lá em baixo e não penses que te vou buscar, olha, já agora mijo também, é bem verdade que quando mija um português mijam logo dois ou três, ai rapaz, que cara mais séria, era capaz de jurar que tens um desgosto de amor ou coisa que o valha, o ano ainda agora começou e andas tu com essa cara, o que é que te apoquenta, ano novo vida nova, o que é que se passa. Nada, respondi, não se passa nada. Não vou contar ao Faria que estou a ver se descubro a melhor maneira de roubar os contentores dos mortos de Sanza Pombo, não lhe vou dizer que enquanto fala dos oportunistas eu tento perceber como arrombar os contentores para levar as coisas mais pequenas e valiosas. Alguma coisa se passa, rapaz, nada, torno a responder. Era o que o Faria queria ouvir para continuar a falar do que tanto gosta, há sempre quem se aproveite da desgraça, quando o *Titanic* estava a afundar-se também houve quem roubasse as joias dos cofres, já ouviste falar do *Titanic*, foi um barco que embateu contra um icebergue, ó rapaz, dito assim parece que o *Titanic* era um barco como outro qualquer, o *Titanic* era o barco mais luxuoso e seguro do mundo, e apesar disso afundou-se na primeira viagem, se faz medo pensar que estando aqui na borda do cais podemos cair à água imagina-te no meio de um mar cheio de gelo, os sobreviventes disseram que a orquestra não parou de tocar até ao fim, quando penso nisso até me dá arrepios. O Faria puxou o fecho das calças, bem rapaz, acho que por aqui está tudo visto, podemos voltar para a fogueira, daqui a nada o Pacaça e o Belchior fazem outra ronda.

Quando chegámos à fogueira o Pacaça metia-se com o sr. Acácio, diga lá o que se passa com a d. Juvita. O sr. Acácio dá uma passa no cigarro, é tudo má-língua, muita gente fechada no mesmo sítio, a d. Juvita é uma mulher às direitas, só tem aquele problema de gostar de mostrar mais pele. O Faria deu um gole na aguardente, os ladrões devem estar a dormir ou então têm frio, deem ao rapaz um gole de café, depois tens aqui a aguardente para te aquecer, na tua idade já despachava sozinho uma garrafa. A aguardente dá-me sempre vontade de tossir mas disfarcei para não se porem a gozar comigo.

Desde que há uns meses te vi com esse casaco branco, tenho andado aqui a pensar, quem é que me fazes lembrar e só agora descobri, disse o Pacaça, fazes-me lembrar o chulo do Bairro Operário. Virou-se para os outros, olhem lá bem e digam se não parece o Jacques Franciú do Bairro Operário. O sr. Belchior riu-se, deixe lá o rapaz, passou um dia inteiro na bicha da roupa para lhe darem o casaco, a cavalo dado não se olha o dente. Mas digam lá se não é parecido, o Jacques Franciú também era louro e de olhos azuis, só não era tão alto e tão magro. Todos concordaram que o casaco branco me tornava parecido com o chulo do Bairro Operário de quem eu nunca tinha ouvido falar. Não queria mostrar que era o único que não sabia quem era o Jacques Franciú e não fiz perguntas. Que saudades tenho do munhungu do Bairro Operário, disse o Pacaça atiçando a fogueira com um pau, que saudades. Quando estava em Luanda ia lá todas as semanas, a falta que aquelas quitatas me fizeram em Lourenço Marques, a falta que me fazem aqui. O Faria abanou a cabeça e sorriu saudoso, não havia melhor, garantiu. Até do Jacques Franciú tenho saudades, continuou o Pacaça, sempre com aqueles casacos esquisitos, não sei como aguentava aqueles casacos naquele calor, mas se lhe dizíamos alguma coisa, vocês têm é inveja, respondia com aquela voz amaricada que tinha, o que a gente se ria dele, uma coisa é certa, nunca conheci mulheres mais bonitas e mais cheirosas que as do Jacques Franciú. Todos pareceram concordar mais uma vez, o Faria ainda falou do bairro Prenda mas o Pacaça abanou a cabeça, nem pensar nisso, as mulheres do Jacques Franciú eram quatro vezes mais caras do que as do Prenda mas valiam cada tostão, algumas eram tão bonitas que pareciam actrizes de cinema, e todas bem-educadas, não havia ali mulher que ficasse a perder para uma menina de família que tivesse estudado nas freiras.

A névoa gelada que vinha do rio fazia-nos tremer apesar de estarmos enrolados nos cobertores, por mais que apertemos os cobertores o frio da metrópole arranja sempre maneira de nos entrar no corpo. O Pacaça atirou um pau para o lume e ateou-se uma chama amarela que enfraqueceu logo de seguida sem dar tempo de aquecermos as mãos. As quitatas do Jacques Franciú, continuou o Pacaça deitando um bafo branco da boca, pareciam meninas do colégio de freiras mas no quarto era como se nos adivinhassem o pensamento, e sempre bem-dispostas, brancas e pretas, não havia ali tristeza, as brancas custavam três vezes mais do que as pretas mas eram mulheres de fazer parar o trânsito, houve homens casados e com filhos que estavam dispostos a largar tudo para fugir com elas, isto para não falar dos solteiros que se tomavam de amores e ficavam para ali a rondar como cão sem dono. E os soldados, não havia soldado que não fosse lá. Uma vez houve um sargento que gastou o ordenado de meses a pagar rodadas a toda a gente, o pobre homem não parava de dizer, estou no céu, isto só pode ser o céu, não sabia que o céu era assim, se soubesse tinha deixado que os pretos me matassem mais cedo, deve ter havido um que me matou e não dei conta.

O Pacaça pôs mais café ao lume, a primeira vez que fui ao munhungu do Bairro Operário ainda era o velho Jacques que tomava conta daquilo, foi na véspera de fazer doze anos, o meu pai escolheu uma preta e disse-lhe, dou-te o dobro do que vales para que transformes este rapaz num homem. Eu já sabia ao que ia e nos últimos dias não tinha pensado noutra coisa mas quando me vi no quarto com a preta fiquei tão assustado que não sabia onde me meter. Passado um quarto de hora o meu pai bateu à porta, isso vai ou não vai. Tive medo que a preta contasse ao meu pai que eu nicles pataticles, mas a preta respondeu como se estivesse afogueada, é mais homem do que muitos de barba feita, tem a quem sair, disse o meu pai satisfeito do outro lado da porta, hoje a bebida é toda por minha conta, já tenho quem me continue o nome. A preta aconselhou-me a deixar passar umas horas para que o meu pai não desconfiasse que eu nicles pataticles. Ficámos no quarto, eu deitado na cama a olhar para uma gaiola de papagaios que estava pendurada no alpendre e a preta a pintar as unhas e a contar-me histórias do quimbo onde vivia antes de o velho Jacques a ter descoberto e trazido para a cidade. Foi a primeira vez que vi uma mulher de unhas compridas, a minha mãe tinha as unhas rentes para não aleijar os filhos quando tinha de os assoar. Acordei com o meu pai a bater à porta. Nem vendo a minha cara ensonada desconfiou, um homem também se cansa, disse. No caminho para casa deu-me os conselhos que um pai tem de dar a um filho, os mesmos conselhos que mais tarde dei ao meu filho, as outras pretas não são asseadas como as do munhungu, tens de ter cuidado com as doenças, se por acaso alguma preta te vier chatear com a conversa de que a engravidaste manda-a falar comigo, elas raramente nos chateiam porque para elas ter filhos é outra coisa, mas vendo-te tão novo podem querer abusar da tua inocência, se te apetecer ir com uma preta que tenha marido tens de falar com ele primeiro, vais ver que fica todo inchado, é uma honra para um preto que um branco queira a mulher dele, podem pedir-te uma multa, uma garrafa de quimbombo ou uma lâmina de barbear, pequenas coisas que ajudam a convivência, se temos de viver uns com os outros mais vale que seja em paz, se for quilumba é diferente, aí tens de falar com o pai, as multas pelas quilumbas podem ser mais altas mas tens a garantia de que está sem doenças, pelo menos das que se apanham com os homens, mas mesmo aí tens de ter cuidado, há muitas que dizem que são quilumbas e já estiveram com mais homens que eu sei lá, aquilo está-lhes no sangue. Depois de me ter dado estes conselhos o meu pai nunca mais tocou no assunto e se se cruzava comigo no munhungu, fingia que não me via. Era um homem bom, um homem respeitador, disse o Pacaça como-vendo-se, um homem que me ensinou a respeitar toda a gente, brancos ou pretos tanto fazia. Era um homem dos que já não se fazem. Da segunda vez que fui ao munhungu do Bairro Operário já fui por mim e com o dinheiro que tinha poupado. Avisei a minha mãe que ia dormir a casa de um amigo e apresentei-me lavado ao fim da tarde ao velho Jacques. Os tropas que lá estavam gozaram-me, olha-me aquele catraio, aqui não se vendem chupa-chupas dos que tu queres. Não me atrapalhei. Perguntei ao velho Jacques pela preta, sabia que se chamava Nívea e que era de perto de Nova Lisboa. Logo que me viu mostrou-me as unhas, já as pintei hoje, disse metendo-se comigo. Mostrei-lhe o dinheiro que tinha, fomos para o quarto e só saí de lá na manhã seguinte. Ao tempo que isso já foi. Nem o Jacques Franciú era nascido. Terá nascido uns cinco anos depois, que ele deve ter agora uns cinquenta e cinco anos. A mãe do Jacques Franciú era uma das brancas mais bonitas que o velho Jacques lá tinha. Quando o velho Jacques soube que a tinha engravidado montou-lhe casa para os lados da Corimba e retirou-a do negócio. Também era um homem recto. O Jacques Franciú foi criado com tudo do bom e do melhor, foi tão mimado que deu no que deu, paneleiro mais paneleiro do que aquilo nunca vi, tanta mulher bonita à mão de semear e aquele maricas só pensava em pichotas, é bem verdade que o que é demais é moléstia. Do que me fui lembrar por causa desse casaco branco. Ó rapaz põe-te de pé e dá uma voltinha, pediu-me o Pacaça, vocês digam lá se é ou não é parecido com o Jacques Franciú.

Se me recusasse a dar a voltinha ainda era pior, não queria que percebessem que estava furioso. Fiz-lhe a vontade e até fingi que me estava a divertir, mas quando me levantei para dar a voltinha já odiava o Pacaça. Passamos a odiar alguém de um momento para o outro, não é só nos nossos pensamentos que não mandamos, também não mandamos no que sentimos. Eu até gostava do Pacaça, mas ele, estão a ver, podiam ser família, palavra de honra. Se calhar o Pacaça descobriu do tio Zé, só pode ser isso, pôs-se a dizer que eu e o Jacques Franciú podíamos ser família para me dar a entender que sabe do tio Zé. O Gegé e o Lee tinham razão, toda a gente pensa que é uma coisa de família, devia ter arranjado uma namorada no hotel, é preciso ter namorada para os outros saberem que não somos maricas, podia ter uma namorada no hotel e não dizer nada à Teresa Bartolomeu.

Dá mais uma voltinha, diz o Pacaça e eu dou. Também me rio, até me rio mais do que todos. E isso que tens aí escrito quer dizer o quê, pergunta o Pacaça. Há pouco fiz a mesma pergunta, diz o Faria. O Pacaça levanta-se, põe-me a mão no ombro, devias ter perguntado a quem te deu o casaco, não se deve andar com coisas escritas que não se sabe o que são, se calhar quer dizer maricas em russo ou numa língua dessas, ao menos arranca esse pelo da gola, esse pelo é mesmo coisa de maricas. Não é só o Pacaça que odeio. Odeio também o sr. Belchior, que não para de se rir enquanto diz, ai que porra, do que você se havia de lembrar, e o sr. Acácio e o Faria, odeio-os a todos e vou dando as voltas que o Pacaça me pede, Didja, dá lá mais uma volta, Didja, tão diferente da Teresa Bartolomeu, ei Didja.

Dou mais uma volta, não sou como o Jacques Franciú nem como o tio Zé, o Pacaça e os outros estão enganados, quando chegar a casa vou rasgar este casaco, antes morrer de frio do que andar por aí com um casaco de paneleiro, eles vão ver, só espero que os de cá lhes roubem os contentores, até vou fazer figas, eles merecem que lhes roubem os contentores, merecem terem sido expulsos de lá, merecem tudo o que lhes aconteceu, até os tiros merecem, devem pensar que podem gozar comigo como gozavam com os pretos, ou devem pensar que eu sou preto, dou mais uma volta, vou continuar a dar voltas até cair no chão.

Sabes ir ter lá a casa, a pergunta não me sai da cabeça. Sabes ir ter lá a casa, a voz da Silvana dentro da minha cabeça. Nunca mais fico bom. Se a Silvana não me tivesse beijado e se não se tivesse metido dentro da minha cama, não me importava de estar doente uma semana ou duas. É bom não ter de me levantar cedo para ir para o liceu e sempre gostei de ter febre, fica-se a pensar nas coisas de maneira diferente, gosto dos delírios que a febre dá, até da dor amolecida em que o corpo fica eu gosto. Mas ao despedir-se a Silvana perguntou-me, sabes ir ter lá a casa e por isso tenho de ficar bom depressa. Tenho a certeza que a Silvana me perguntou isso, que não foi um delírio da febre. Não foi. Eu nem nunca tinha pensado na Silvana assim. Apesar de ser bonita. Tenho a certeza que aconteceu mesmo, a Silvana ao pé da porta do quarto, a cara ainda afogueada e o cabelo solto, fui eu que lhe soltei o cabelo, sabes ir ter lá a casa. Tenho de ficar bom o mais depressa possível para ir ter à casa do cimento à mostra e do jardim de terra preta sem uma única flor. Ainda não me esqueci do caminho, vai-se pela avenida grande, vira-se à esquerda, outra vez à esquerda, depois à direita, mesmo que me tenha esquecido de uma parte, hei-de descobrir como chegar à estrada por asfaltar, a partir daí é sempre em frente, durante muito tempo, sempre em frente, cada vez mais longe do mar, campos de capim de um lado e do outro, sim, sei ir ter lá a casa. A casa que não é só a casa dela, é a casa dela com o porteiro Queine. Mas agora não me vou pôr a pensar no porteiro Queine, não posso pensar em tudo ao mesmo tempo.

A luz do começo do dia já ilumina o quarto mas na metrópole o céu demora muito a chegar ao azul da manhã. Consigo ver os contornos dos corpos da mãe e da minha irmã a dormir, consigo até ver a cara da minha irmã e os caracóis louros espalhados na almofada. Já lhes conheço tão bem o sono que basta-me ouvir-lhes a respiração para saber se estão a ter sonhos bons ou maus. Se a mãe e a minha irmã estivessem acordadas não conseguia pensar no que aconteceu com a Silvana. Ainda devo ter muita febre, sinto o corpo a arder e a cabeça à roda como se estivesse num carrossel. Sabes ir ter lá a casa. Se calhar as cismas da mãe também começam com um pensamento que toma conta de tudo.

Acho que a Silvana veio cá para me ver e não para limpar o quarto, talvez até já tivesse planeado tudo o que aconteceu, se não consigo compreender as raparigas ainda compreendo menos a Silvana, que é casada e pediu ao Tobias para lhe ensinar a dançar merengue na farra da passagem de ano. O Tobias é filho da Celeste, que é irmã da preta Zuzu, mas é mulato porque o pai era um branco do posto. O sonho da Celeste é que o Tobias case com uma branca, para não atrasar a raça, como ela diz, e está sempre a meter-se com a minha irmã, o meu Tobias gosta muito de lourinhas, o meu Tobias um dia destes ainda te convida para dar um passeio. Toda a gente falou da maneira como a Silvana dançou com o Tobias. Mesmo que a Silvana não fosse casada não devia ter deixado que o Tobias a apertasse tanto, que as mãos do Tobias descaíssem para onde não deviam, as mãos mulatas do Tobias na Silvana, que se ria atirando a cabeça para trás. Se a Silvana tivesse deixado fazer o mesmo a um branco já não estava certo mas portar-se daquela maneira com o Tobias ainda foi pior. O que vale é que o marido já está mais bêbedo que um cacho, foi o que o sr. Acácio disse do porteiro Queine, que assistia a tudo a rir-se, os olhos de réptil parados no rabo da Silvana e nas mãos do Tobias, o que aquela quer sei eu, lambeu mais uma vez a mortalha do cigarro, a língua branca de cuspo, o que aquela quer sei eu e dava-lho já, se o marido não estivesse tão bêbedo tenho a certeza que havia porrada da grossa.

Os dois anjos de papel que a mãe comprou na tabacaria da esquina e colou na janela do quarto tornaram ainda mais triste o nosso Natal mas na farra da passagem de ano era quase como se estivéssemos lá, as mulheres com os vestidos compridos de costas destapadas e os homens a beberam cerveja como se fizesse calor. O sr. Bento emprestou os discos que trouxe de lá e até os empregados do hotel que estavam de folga vieram ver como era uma festa de retornados. A mãe não pôs o pó azul nos olhos, nem o cor-de-rosa nos lábios mas dançou descalça como dançava para o pai. A minha irmã alisou o cabelo como no tempo em que não gostava dos caracóis e dançou agarradinha ao Tozé Cenoura, a cara encostada no peito quase sem se mexerem. Não consigo perceber o que a minha irmã vê no Tozé Cenoura, que mesmo para a farra da passagem de ano foi com um dos fatos da arca dos pobres da igreja. Também dancei a noite inteira apesar de a Teresa Bartolomeu não ter aparecido. O Mourita tinha razão, a Teresa Bartolomeu nunca viria a uma festa de retornados, não sei por que disse que vinha quando a convidei, as raparigas são mesmo difíceis de compreender. Dancei com a Rute e com outras raparigas, imaginando que era a Teresa que estava a dançar comigo, nem foi preciso fechar os olhos. Mas isso foi antes de a Silvana me ter beijado, quando ainda era dono dos meus pensamentos e podia escolher pensar na Teresa Bartolomeu ou noutra rapariga qualquer.

Sabes ir ter lá a casa. Sei, mas a casa também é do porteiro Queine que é meu amigo, arranjou-me a bicicleta, empresta-me livros aos quadradinhos e às vezes dá-me cigarros, e eu não devia querer ir lá. Eu não devia querer e a Silvana também não devia querer que eu quisesse. Sabes ir ter lá a casa, um homem não pode trair um amigo, mesmo se a mulher dele nos faz o que a Silvana me fez. Tenho a certeza que a Silvana veio cá de propósito, que não foi um acaso. A mãe tinha dito na recepção que eu estava de cama e que a limpeza tinha de ser feita noutro dia. Mesmo assim a Silvana abriu a porta e não se mostrou surpreendida quando me viu deitado no divã. Disse-lhe que a mãe tinha avisado que eu estava doente mas a Silvana, eu trato de ti. Lembro-me de ter metido os braços debaixo do lençol por não querer que ela visse as mangas curtas do pijama. Devo ter crescido desde que cheguei à metrópole, que lá o pijama não me estava pequeno.

Pôs-me a mão na testa, estás a escaldar, disse. A mão dela estava fresca e soube-me bem. Vou molhar uma toalha à casa de banho para te pôr na testa, a voz da Silvana pareceu-me diferente mas isso deve ter sido da febre porque também via a cara dela desfocada, estava muito próxima da minha mas se não tivesse febre devia conseguir focá-la. A minha mãe e a minha irmã foram almoçar mas já voltam, e ela, vão demorar que está uma bicha muito grande, e eu, estou bem, não preciso de nada. A Silvana pôs-me o dedo nos lábios, chiu, os doentes não falam. Trancou a porta por dentro e correu as cortinas, os anjos do Natal que a mãe comprou na tabacaria ficaram do outro lado a tocar as trombetas colados à janela, a luz faz-te mal aos olhos. O quarto ficou na penumbra, sentia o cheiro a maçãs verdes da Silvana, ouvia a água a correr na casa de banho, a Silvana sentou-se na minha cama e passou-me uma toalha húmida na testa, sabe tão bem, e a Silvana disse, eu sei que sabe bem, a voz dela estava diferente, como se estivesse rouca, eu sei que sabe bem.

Talvez não tenha durado mais do que uns minutos mas a febre dá outra medida ao tempo, pareceu-me bastante tempo, abri os olhos e senti-me mais descansado, o corpo e a cabeça tão leves. Passou-me água fresca nos lábios, estão rebentados da febre, disse. Tudo o que a Silvana me fazia era bom, os dedos dela nos meus lábios devagarinho, eu fechava os olhos e pedia que quando os abrisse a Silvana ainda estivesse ao pé de mim. Acho que tinha os olhos fechados quando a Silvana se debruçou sobre mim, só me lembro de sentir a respiração dela muito perto da minha cara, abri os olhos e os lábios dela estavam perto dos meus, tão perto dos meus, a boca da Silvana também estava fresca e também sabia a maçãs verdes. Se calhar foi um delírio da febre, sabes ir ter lá a casa. Não, não foi um delírio. A Silvana beijou-me como nunca uma rapariga me tinha beijado, nem sequer a Teresa Bartolomeu quando lhe pedi namoro e pus o *La Décadanse* a tocar, estou a confundir, a canção preferida da Teresa não é o "La Décadanse", essa era a da Paula, a canção preferida da Teresa é outra, não me consigo lembrar qual é. Sabes ir ter lá a casa, é por causa desta pergunta que não consigo lembrar-me de mais nada.

Parece uma das mentiras do Gegé mas não, não foi só um beijo que a Silvana me deu, foram muitos. Eu tinha a boca quente da febre e a boca fresca da Silvana sabia-me tão bem, eu sei que sabe bem. A Silvana disse, és tão novo, já não me lembrava do cheiro de uma pele nova, e destapou-me, tive vergonha, das mangas curtas ou de qualquer coisa em mim, não sei, vergonha ou medo, talvez medo que a mãe ou a minha irmã abrissem a porta apesar de estar trancada. Ou foi só depois que me lembrei que isso podia ter acontecido, o sabor das maçãs verdes na minha boca e as mãos frescas da Silvana no meu peito não me deixavam pensar em nada. A Silvana disse, tem de se transpirar para a febre ir embora, não sei se foi a Silvana que disse isso, talvez fosse a d. Gilda quando o marido tinha as crises de paludismo, tem de se deixar sair a febre pelos poros. A Silvana desabotoou a farda e pôs as minhas mãos no corpo dela, as minhas mãos quentes na pele branca da Silvana que desapertou o sutiã, a Paula mal me deixava tocar nos colchetes do sutiã e a Silvana desapertou o sutiã, era o que o Gegé dizia que a Anita fazia, nem é preciso pedir para a Anita nos mostrar as mamas. Os mamilos cor-de-rosa da Silvana tão perto da minha boca, a barriga lisa da Silvana, a Anita mostra-nos tudo sem termos de lhe pedir, a Silvana deve ser como a Anita porque tirou as cuecas sem eu lhe pedir, o tufo de pelos pretos, a mão dela a levar a minha até lá em baixo, assim, devagarinho, num sussurro, a minha mão, e a Silvana num sussurro, não tenhas medo. Não tive. E agora também não tenho. Sabes ir ter lá a casa, eu sei, só tenho de ficar bom depressa, pego na bicicleta e ninguém me para.

Acho que lhe soltei o cabelo, acho que as minhas mãos tremiam mas consegui soltar-lhe o cabelo. Se já tivesse estado com outra rapariga tinha sido diferente mas a Paula tinha a mania que era uma santa e a Fortunata era preta, as pretas não são como as brancas, trazem a boca do corpo ao ar e têm os filhos de pé, era o que as vizinhas diziam. Se já tivesse estado com uma rapariga sabia o que fazer, não tinha ficado tão quieto quando a Silvana se deitou sobre mim, a Silvana quase nua sobre mim, tão bonita, as coxas e as mamas tão brancas e macias, a barriga lisa e aquele tufo de pelos pretos, já estiveste com uma mulher, perguntou, podes dizer a verdade, não precisas de ter vergonha. Com uma branca não, respondi, mas já estive com muitas pretas, não ia dizer que só estive com a Fortunata que quase não conta, não havia rapaz no bairro que não tivesse estado com a Fortunata que tanto fazia aquilo como passava a ferro, nem o cigarro apagava.

Não consegui perceber se o Gegé tinha razão e se há diferenças entre as brancas e as pretas, deve haver. Fazer aquilo com a Fortunata era bom mas não como foi com a Silvana. Pode ter sido da febre. A Silvana ficou num abandono que não sei explicar, parecia que estava a ser levada para longe e que tinha de cravar as unhas no meu peito para não se deixar ir. Quanto mais sentia o corpo dela agarrado ao meu mais parecia que a Silvana ia para longe, eu ia partindo também mas noutra direcção, a Silvana sobre mim e eu sem medo de nada, sem pensar na morte do pai, na ida para a América, no plano de roubar os contentores dos mortos de Sanza Pombo, na guerra, no hotel, no carniceiro do Grafanil, nos demónios da mãe, na tristeza da minha irmã, na metrópole, a Silvana sobre mim mais bonita do que as raparigas com os brincos de cereja, a Silvana com os olhos quase fechados, a respiração como num susto, as pernas duras a apertarem as minhas, o meu corpo cada vez mais dentro do dela e o corpo dela a pedir, cada vez mais sôfrego, o meu.

Bateram à porta do nosso quarto a meio da noite, com o código que inventámos quando foi decretado o recolher obrigatório lá, um toque rápido duas vezes e um terceiro espaçado e mais demorado. Levantei-me da cama convencido que o Juiz tinha voltado a sentir-se mal ou que um dos netos da d. Suzete estava outra vez bêbedo e andava a bater a todas as portas. Apesar de haver quase todos os dias macas entre nós também é verdade que nos preocupamos uns com os outros, temos de nos manter unidos, os de cá ainda gostam menos de nós do que os pretos lá. Também pensei que pudesse ser o Pernalta, o maluco que está sempre a rondar o hotel e que quando consegue enganar os porteiros e os empregados da recepção senta-se num dos maples da sala de convívio como se fosse um rei ou põe-se a correr pelos corredores. O Pernalta nunca consegue ficar muito tempo no hotel, há sempre alguém que o expulsa, às vezes até é o sr. Teixeira da recepção que lhe pega pelos ombros e o põe na rua. O sr. Teixeira não gosta de expulsar o Pernalta porque tem receio de sujar o fato de três peças que usa com o relógio de bolso da corrente dourada. O Pernalta cheira mal, nunca deve ter tomado um banho na vida, a d. Juvita diz que já lhe viu pulgas a saltarem no cabelo, ninguém lhe quer tocar e por isso ainda é mais difícil expulsá-lo. Quando está a ser levado para fora do hotel o Pernalta às vezes grita que foi preto na outra vida e que tem direito a estar no hotel, ou insulta a directora, puta fascista, puta comunista, é conforme lhe dá. Quase todos se divertem a ver o Pernalta a ser expulso e quando o veem no jardim incitam-no a entrar, ó homem vá até ao bar e peça um whisky, quem foi preto noutra vida merece pelo menos um whisky nesta. E o Pernalta faz o que lhe mandam.

Ninguém volta da morte mas o pai está à porta do nosso quarto. Um saco de viagem preto na mão, uma boina cinzenta e um casaco aos quadrados. Não consigo acreditar que é o pai, o pai que os pretos levaram com as mãos amarradas atrás das costas, o pai que não chegou até ao dia da independência, o pai que eu tive de julgar morto. Ninguém volta da morte e bate à porta da família de madrugada, ninguém volta da morte com uma boina, uma camisa aos quadrados e um saco preto na mão, o pai está morto e vai desaparecer quando eu acordar. Por mais que abra os olhos e os esfregue o pai continua à minha frente, quase igual ao pai de lá, está mais magro mas o corpo grande do pai ainda apequena o corredor como lá apequenava a cozinha, a cara tem mais rugas mas é a mesma cara com os dentes amarelos no mesmo sorriso. O pai está a fumar, o pai estava sempre a fumar. Tem uma cicatriz na mão. Falta-me a voz como nos sonhos em que se quer gritar e não se consegue, a língua parece dormente. Já não conheces o teu pai, a voz do pai é a mesma, já te esqueceste do teu pai, rapaz. O pai está à minha frente e eu não sei o que fazer.

Chamo a mãe e a minha irmã, é o pai, o pai chegou, o pai veio ter connosco, disse a mesma coisa de muitas maneiras e nem assim me convenço de que é verdade. A minha irmã tropeçou ao sair da cama, a mãe cambaleou, abraça-se ao pai, meu amor estás aqui, meu amor não é possível que estejas aqui, o que eu sonhei com este dia, a minha irmã, com os caracóis louros desfeitos pelo sono a chorar de felicidade como só as raparigas conseguem fazer. Ficámos os quatro abraçados no corredor do hotel, a mãe deu dois passos atrás e disse, és tu, és tu, meu amor. A mãe já não tem o rapaz da fotografia a sorrir no peito como no dia em que chegou no *Vera Cruz*, és tu meu amor, és tu, a mãe junta as mãos em oração depois de ter inventado um céu no tecto do corredor do hotel, obrigada, meu deus, e como se não fosse suficiente, ajoelha-se, quase ao lado do saco preto que o pai tinha pousado no chão, obrigada meu deus por me teres concedido uma graça tão grande. A minha irmã e a mãe estão tão felizes que não querem parar de chorar, eu não choro, os homens não choram nem quando um pai regressa da morte.

Nos outros quartos as pessoas vão acordando com os nossos gritos, até a d. Fernanda e o marido que estão na outra ponta do corredor, abrem a porta para ver o que se passa. Vai-se ouvindo, foi o pai da Milucha que chegou, o marido da d. Glória chegou, vão repetindo uns aos outros e não há quem não se junte à nossa alegria, o pai do Rui chegou. O pai não estranha tantos desconhecidos em pijama no corredor nem estranha que nos portemos com os desconhecidos em pijama como se fôssemos uma família. Todos cumprimentam o pai que não tira a boina da cabeça nem despe o casaco aos quadrados. O Juiz vai ao quarto buscar uma garrafa de whisky que já está quase vazia e oferece um gole ao pai, seja bem-vindo, homem. O pai bebe um gole apesar de não ser Ye Monks, o corredor do hotel em festa, o marido da d. Fernanda lamenta que o bar não esteja aberto, pagava-lhe um copo, homem, bem deve precisar, vamos para a sala de convívio, propôs o Sandro, o neto mais novo da d. Suzete, um dos que ajuda o Tozé Cenoura na recolha dos bilhetes, vamos fazer uma festa, todos se riem porque o Sandro boceja ao mesmo tempo que insiste na ideia da festa. A d. Fernanda disse ao pai, o que estes coitadinhos sofreram com a sua ausência, estavam sempre a falar de si. É mentira, desde o dia da independência que eu não falava do pai a ninguém. O sr. Tadeu, tem aqui uma mulher de força, uma leoa, a mãe com a camisa de flanela às florinhas e com o cabelo desgrenhado a sorrir como uma menina, estamos todos tão felizes, a muda Gigi faz aqueles sons que ninguém percebe rrrrrrrrrrrrr e a d. Suzete ralha-lhe, assim ninguém consegue falar.

Estou tão contente que pego no Sandro ao colo, o pai está aqui e já não sou o chefe de família. O Sandro esperneou, põe-me no chão já tenho sete anos, a d. Suzete ri-se, todos nos rimos, até o pai. Já não tenho de tomar conta da mãe e da minha irmã, já não tenho de roubar os contentores dos mortos de Sanza Pombo para levar a mãe e a minha irmã para a América, atiro o Sandro ao ar, põe-me no chão, estou tão contente que o atiro ao ar outra vez. O pai tem a pele seca e escura, parece que trouxe a secura dos embondeiros para o corredor do hotel alcatifado com as paredes forradas a papel, todos lhe fazem perguntas, então como é que aquilo está, o pai vai respondendo com frases curtas, a mãe sempre, meu amor, que feliz estou, toco no braço do pai como quem não quer a coisa, apesar de ter o pai à minha frente ainda não acredito que seja verdade. Mas é.

O pai agradece as boas-vindas mas desculpa-se, foi um dia muito longo, se me dão licença gostaria de tomar um banho. Pego no saco do pai que é leve, o pai ainda tenta impedir-me mas desiste, é tudo o que trago, olha para a mãe e repete como se estivesse a pedir desculpa, foi tudo o que trouxe. Todos olham para o saco preto que tenho na mão e todos querem falar mas não encontram o que dizer, o Juiz abre e fecha a boca como o peixe da mãe da Editinha, um peixe encarnado numa bola de vidro em cima da geleira que abria e fechava a boca todo o dia, era a única coisa que o peixe fazia para além de morrer, cada vez que morria era substituído por um igual que vinha numa tira de água no fundo de um saco de plástico, a bola de vidro nunca estava vazia no cimo da geleira para não desfear a cozinha da mãe da Editinha, uma cozinha que tinha autocolantes de frutos nos armários, o que a minha irmã pediu à mãe para a deixar pôr autocolantes de frutos nos nossos armários da cozinha, a mãe nunca deixou, os pretos ficaram com uma casa estimada. Talvez o pai tenha conseguido queimar tudo. Ou talvez eles se tenham ficado a rir. Mas agora que o pai está cá nada disso interessa.

A festa das boas-vindas acaba tão depressa como começou, vão todos para os quartos e fecham as portas. Dentro do quarto, a mãe diz, é o nosso quarto, e abraça-se ao pai, a cicatriz do pai na mão direita nota-se mais agora, devem ter sido eles que lha fizeram. É aqui que têm vivido, pergunta o pai, um quarto pode ser uma casa e este quarto e esta varanda de onde se vê o mar é a nossa casa. A mãe diz, a directora prometeu que nos dava outro quarto quando tu chegasses, quando se fecha o meu divã o quarto fica maior, acrescento. O que foi isso, pergunta a mãe olhando para a mão do pai, o pai desvia a cara, não é nada, desaparece com o tempo. É uma cicatriz diferente da que a mota lhe deixou na canela, dessa cicatriz o pai gostava de falar. A mãe passa a mão na cicatriz nova, o que eles te fizeram.

Estamos todos no quarto e tão felizes, o pai veio ter connosco, estamos todos juntos outra vez. E a Pirata, pergunto, como se tivesse chegado a casa e a Pirata não tivesse vindo cumprimentar-me. A mãe e a minha irmã ficam aflitas e fazem-me sinal para me calar, o pai não responde, como se estivesse a confirmar que a Pirata não está no quintal ou que não foi estragar as roseiras da mãe, nunca mais a vi, responde por fim. A mãe começa a falar, amanhã temos de pedir à directora que nos ponha na lista dos quartos que vagam, e eu outra vez, e o tio Zé, o pai demora novamente a responder, também nunca mais o vi.

A mãe fala sem parar, talvez com medo do que eu possa perguntar de seguida, explica as regras do hotel como se fosse um assunto importante, o pai acabado de voltar da morte e a mãe a explicar os turnos das refeições e o dia da limpeza obrigatória dos quartos, como a directora no dia em que chegámos, o pai ouve-a sem a interromper, a mãe não diz tempos conturbados. Estou tão feliz por o pai estar connosco que podia ficar na conversa até de manhã mas o pai diz, tenho de tomar um banho e descansar, amanhã falamos do resto, a minha irmã ainda se abraça ao pai mais uma vez, os caracóis louros contra o corpo grande do pai, um corpo mais magro mas ainda o corpo grande do pai. Tiro dois cobertores das camas com um puxão, fico com um e entrego o outro à minha irmã, digo-lhe, vamos lá para baixo, o pai precisa de estar à vontade. A minha irmã hesita, olha para a mãe e para o pai, penso que à espera de ouvir, que disparate, fiquem aqui, mas a mãe e o pai ficam calados, insisto, vamos, e a minha irmã segue-me com o cobertor na mão.

A directora não quer que se durma na sala de convívio mas uma vez não são vezes, eu e a minha irmã estamos no sofá grande, no que fica mais perto da lareira de pedra, a minha irmã tem a cabeça num dos braços e eu noutro, as pernas juntas a meio, cada um tapado com o seu cobertor. Os pais precisavam de ficar sozinhos, digo tentando que a minha irmã deixe de estar aborrecida comigo, está bem, já percebi, já disseste isso cem vezes, as raparigas como a minha irmã não querem saber das coisas que os pais têm de fazer. A sala de convívio não tem mais ninguém e está quase às escuras, só estão os candeeiros de presença ligados. Também não há ninguém na recepção e até o porteiro Queine está a dormir numa das cadeiras do hall. Se o porteiro Queine soubesse o que eu e a Silvana andamos a fazer, o que pensará o porteiro Queine quando me vê chegar tão tarde. Houve uma vez que me disse, nestas noites frias sabe bem pedalar, e piscou-me o olho, ofereceu-me um cigarro e ficámos a fumar sentados nos degraus. Quando estávamos lado a lado fiquei com medo que o porteiro Queine percebesse qualquer coisa, que descobrisse em mim qualquer coisa da Silvana. Não pareceu desconfiar de nada, quando se despediu até me deu um carolo, vai descansar rapaz.

Eu e a minha irmã não queremos adormecer, o pai veio ter connosco, não vamos desperdiçar uma noite tão feliz a dormir, já dissemos várias vezes um ao outro, não podemos adormecer. Parece impossível, pois é, ainda nem acredito, parece que estou a sonhar, eu também. A última vez que eu e a minha irmã dormimos na mesma cama ainda nem andávamos na escola e agora estamos no mesmo sofá a lutar com os pés, está quieto estúpido, a minha irmã até já me chama outra vez estúpido. Podíamos ter ficado cada um no seu maple mas o pai regressou e quisemos ficar juntos como na cama grande da casa antiga, há tanto tempo, antes da escola e tudo, ficávamos acordados à espera dos pirilampos, está ali um, está ali outro, bolas de luz verde que se mexiam em silêncio, se um dos pirilampos pousava na parede, fica aí pirilampo, não te apagues, fica connosco porque gostamos muito de ti. Mas o pirilampo apagava-se, o pirilampo morreu, dizia a minha irmã, era fácil evitar que a minha irmã chorasse, está a dormir, sossegava-a, a minha irmã perguntava, como é que dormem os pirilampos, fecham os olhos como nós, diz ao pirilampo para ficar acordado, eu inventava uma desculpa, o pirilampo tem filhos pequeninos e tem de se levantar cedo para ir trabalhar, a minha irmã, onde é que estão os filhos, eu não sabia o que responder e por isso, és um ano mais velha do que eu, és tu que deves saber, a minha irmã calava-se durante um bocado e dizia, o pirilampo morreu e não tem filhos, as raparigas são mais dramáticas e não gostam de brincadeiras que lhes deem trabalho. A mãe mandava-nos calar do quarto onde dormia com o pai, têm de dormir, se não dormem ficam pequenos para sempre como o anão Vicente. O anão Vicente ajudava na mercearia do sr. Santos e não devia achar piada à anedota dos matraquilhos que o barbeiro contava. Eu e a minha irmã tínhamos medo de ficar pequenos como o anão Vicente e ainda tínhamos mais medo que o Caterpillar nos levasse se não comêssemos a sopa como a mãe ameaçava. Ainda te lembras do Caterpillar, pergunto à minha irmã, a minha irmã imita a voz da mãe, digo ao Caterpillar para vos levar no cesto. O Caterpillar abria as fundações do prédio que estavam a construir ao lado do bairro. Tínhamos tanto medo daquele monstro mas não conseguíamos deixar de o ir ver em funcionamento. Daí que as vizinhas, coitadas daquelas crianças que crescem sem rei nem roque, ainda caem nas fundações do prédio novo. Eu e a minha irmã rimo-nos do Caterpillar na sala de convívio, ao pé da lareira de pedra que nunca vimos acesa. Quando nos calamos a única coisa que se ouve é o porteiro Queine a ressonar.

O porteiro Queine faz sempre os turnos da noite e a Silvana fica sozinha em casa, sabes ir ter lá a casa. Eu soube. Eu sei. É fácil ir à casa do porteiro Queine, é fácil deitar-me na cama do porteiro Queine com a mulher dele. Devo ser uma das ratazanas de que o Pacaça fala, um homem não fazia isto a um amigo e o porteiro Queine é meu amigo, deu-me a bicicleta, oferece-me cigarros de vez em quando, empresta-me livros do Homem-Aranha e tenho a certeza que vai ficar contente quando lhe contar que o pai chegou. É pena estar a dormir, senão contava-lhe agora. Mas o porteiro Queine ser meu amigo não me impede de ir ter com a Silvana. Devo ser uma ratazana e das maiores. Se as vizinhas de lá conhecessem a Silvana diziam que era uma mulher malcasada como a mãe da Anita, as mulheres malcasadas metem-se com os outros homens e têm repentes. Com a revolução toda a gente pode divorciar-se mas a Silvana nunca falou nisso e continua a querer pintar a casa que ela e o porteiro Queine andam a construir há mais de cinco anos. Quando a Silvana me diz isto ou me conta outros planos que tem para o futuro, chego ao hotel e fico contente por ver o porteiro Queine todo torcido a dormir numa cadeira. Acho que tenho ciúmes dele, ainda bem que ninguém sabe, de qualquer maneira é só um bocadinho. Mas que a Silvana tem repentes tem. Com as flores por exemplo. Há dias em que aceita as flores que apanho pelo caminho para lhe dar, és tão doce, diz quase com lágrimas nos olhos. Acho que ser doce não é coisa de homem mas quanto mais doce a Silvana me acha mais longos são os beijos que me dá. Noutros dias diz-me, trouxeste outra vez flores, as flores não são coisas de todos os dias, e não põe as flores na jarra nem para o que está a fazer para me beijar, diz, comer, lavar a louça, dormir são coisas de todos os dias, as flores não. Não gosto quando a Silvana fala comigo como se não tivesse tido saudades minhas, como se não quisesse levar-me para o quarto e deitar-se comigo na cama.

Quando é que vais dizer ao pai que reprovaste por faltas, pergunta a minha irmã. Era de esperar que a minha irmã já soubesse, o Mourita é uma mulherzinha de língua comprida, ainda bem que nunca lhe contei nada sobre a Silvana nem sobre o plano de roubar os contentores dos mortos de Sanza Pombo. O pai vai ficar tão zangado, os estudos são a enxada para a lavoura da vida, quando se zangava o pai cerrava as mãos e os lábios e qualquer movimento podia ser o princípio de uma tareia, o pai vai ficar zangado por eu ter chumbado por faltas. Talvez não tanto como quando lhe roubei o carro para ir passear com o Gegé e o Lee, dessa vez bateu-me com o cinto até se cansar. Mas não posso estragar a noite a pensar na tareia que o pai me vai dar, a minha irmã fez de propósito para me chatear, está zangada por tê-la trazido para a sala de convívio, a minha irmã ainda não compreende a maior parte das coisas, dizem que as raparigas crescem mais depressa mas estão enganados, as raparigas crescem tão devagar que até chateia.

O Roberto nunca respondeu às tuas cartas, pergunto-lhe. A minha irmã não quer responder mas acaba por dizer, acho que arranjou uma namorada de cá. É parvo, as raparigas de cá não valem nada, respondo, mas eu vejo-te no liceu sempre agarrado a uma rapariga de cá. Ah, essa, como se a Teresa tivesse sido uma entre muitas, chama-se Teresa mas já não é minha namorada, as raparigas tornam-se chatas com o tempo, querem fazer sempre as mesmas coisas. A minha irmã diz, acontece o mesmo com os rapazes, mas nem é por isso que são chatos, é por se estarem sempre a armar, como tu. Parece que estou a sonhar que o pai está cá, dá-me um beliscão para saber que estou acordada, seu estúpido, não era para dares com tanta força, amanhã tenho uma nódoa negra no braço, és mesmo estúpido. A minha irmã já me chama estúpido outra vez, vai ficar tudo bem.

Estava convencido que o pai tinha morrido, digo, achava que eles o tinham matado. A minha irmã ajeita-se no sofá, faz uma dobra no cobertor, eu também tinha medo que o tivessem matado mas a mãe garantia que o pai estava vivo e eu acreditava na mãe, a mãe sabe coisas que nós não sabemos. Eu já tinha tudo pensado para vos levar para a América, até já sabia como arranjar dinheiro para os bilhetes de avião mas agora é o pai que vai levar-nos para a América, o pai não pode querer ficar aqui.

Quando ficamos em silêncio a sala de convívio parece maior e mais estragada, achas que o pai ficou como o pai do Helder, pergunta a minha irmã. O sr. Moreira ficou meio maluco porque esteve preso muitos anos, respondo, torturaram-no durante muitos anos. A minha irmã diz, não se notava logo que o sr. Moreira estava maluco, era preciso falar um bocado com ele. Eu sei, mas o pai não está maluco. Ainda me lembro quando levaram o sr. Moreira, foi numa procissão do 13 de Maio, éramos tão pequenos, devíamos andar no ciclo. O pai estava a fazer serão no porto e a mãe levou-nos à procissão. Era raro estarmos na rua tão tarde. Gostámos de ver tanta gente e tantas velas acesas, era como se fosse dia no meio da estrada e noite para lá das bermas. O Helder contou-me que o sr. Moreira já sabia que o Salazar o queria prender e que já tinha tudo preparado para fugir para a Bélgica, que tinha ido à procissão porque pensava que ali não podiam prendê-lo. Lembro-me dele duas filas à nossa frente com a família. Não estavam todos, só estavam duas irmãs e um dos avós e o Helder. O Helder tinha apanhado matacanha e estava de chinelos porque não podia calçar sapatos. Tu tinhas aqueles sapatos que a mãe te tinha comprado para o baptizado do Paulinho. Às vezes os andores desapareciam no cacimbo, a Nossa Senhora entrava por aquela névoa fina e deixava de se ver, só se viam as velas a arder. O Helder perdeu um dos chinelos quando tentou impedir que batessem no pai, depois da confusão vi o chinelo e apanhei-o para lho entregar mas acabei por deitá-lo fora. Por quê. Era estúpido ir a casa do Helder para lhe entregar um chinelo. Estúpido porquê. Tu és rapariga, não percebes, um rapaz não vai a casa do outro, apanhei o teu chinelo. Os rapazes fazem coisas mais estúpidas do que isso. O Helder tinha uma família enorme, a mãe, a d. Elsa, as quatro irmãs e o irmão mais velho, o Vadinho que namorava com a Carla. E os avós, a madrinha velha e a madrinha nova. Já não me lembro do nome do avô. Sr. Justino. Era isso, o sr. Justino. Estava sempre a arrotar. Pois era, que nojo. O sr. Moreira tinha um Chevy Bel Air. Amarelo-clarinho. E o terreno enorme que a casa deles tinha, a mãe queria um terreno daquele tamanho para plantar roseiras. Mas era longe, a mãe teria medo de viver fora do bairro, mesmo no bairro estava sempre com medo dos assaltos e dos turras. Não eram os turras que assaltavam casas, os turras estavam no mato. Para a mãe os pretos eram todos turras, mesmo os que trabalhavam para o pai. Lembras-te das bananeiras que cercavam o terreno da casa do Helder. Quando anoitecia metiam medo, o Helder dizia que já tinha visto fantasmas a saírem de lá. O Helder estava sempre a armar-se. E o tanque que havia no quintal do Helder, a água era tão verde que parecia que se podia cortar com uma faca. E os dois mamoeiros junto à entrada da casa. Eram tão altos que quase chegavam ao céu. Devem ter sido os mamoeiros mais altos que vi. Tinha de ser o Zezé preto a apanhar os mamões, nenhum branco conseguia subir tão alto. O Zezé preto gostava de nós. A lavadeira Belmira também. Os de cá não têm razão quando dizem que os pretos não gostavam de nós, os pretos gostavam de nós e queriam que ficássemos lá, foram os de cá que os mandaram expulsar-nos de lá. Por que haviam de fazer uma coisa dessas. Por inveja, os de cá são muito invejosos. Como é que sabes se quase não conheces ninguém de cá. Não é preciso, basta olhar para a cara deles, têm todos cara de fuinhas invejosos. Tinha tanto medo de tomar banho naquele tanque de água verde, os limos agarravam-se às pernas e aos braços e não nos deixavam nadar, um dia mergulhei para ver o fundo do tanque e não conseguia voltar à superfície. Aquela água era nojenta, não sei como gostavas de tomar banho lá. Foi o Gegé que me puxou, se o Gegé não me tivesse puxado tinha morrido. Estás a inventar isso agora. Não estou nada. Se o Gegé te tivesse salvado a vida já terias dito, estás a inventar, pareces a mãe. Juro que é verdade, foi nas férias de março antes da procissão. És tão mentiroso. No fim o Helder andava sempre a fumar liamba, nem sequer ia às aulas. Se iam todos para a Bélgica, o Helder não precisava de ir à escola. Na Bélgica também são precisos estudos. Mas são estudos diferentes. Talvez estejam todos na Bélgica. Ou num hotel aqui perto. Se estivessem já os teríamos visto. Há tantos hotéis e tanta gente nos hotéis que não podemos ver toda a gente. O Helder ficou tão contente quando soube que tinha havido um golpe de Estado na metrópole. Quando libertaram o sr. Moreira o Gegé e eu fomos de bicicleta à casa do Helder só para o ver. O tio Zé dizia que o sr. Moreira tinha ficado maluco porque a Pide lhe tinha feito a tortura do sono. O tio Zé dizia sempre os algozes da Pide. Algozes ou carrascos. Onde é que andará o tio Zé. O pai disse que nunca mais o tinha visto. Deve estar com o Nhé Nhé, tu não sabes o que o tio Zé fazia com o Nhé Nhé, era como se fossem namorados. Eu sei, é uma porcaria. Paneleiros. Não te esqueças de que não podes fumar à frente do pai, não consigo acreditar que o pai está cá, tinha tanto medo que eles nunca o libertassem, eles nunca soltam os brancos que apanham. Mas o pai não sabia nada do carniceiro do Grafanil, até o tio Zé foi capaz de ver isso. O Tozé contou-me que uma vez viu o carniceiro do Grafanil no Cazenga e que era um homem baixo mais forte do que um touro. O Tozé Cenoura está sempre a contar histórias, não sei como não te fartas dele, nunca se cala, ainda é pior do que o Pacaça e dos que vão falar à televisão, afinal a televisão não é nada de especial, tudo o que diziam da metrópole é mentira, mas o pai vai tirar-nos daqui, o pai vai arranjar maneira de nos tirar daqui, ouviste o que disse, estás a dormir, Milucha, não adormeças, Milucha, Milucha.

Fecho os olhos com mais força. O vento frio entra-me no casaco e levanta-me o cabelo como se mo fosse arrancar. O Gegé e o Lee estão a chegar. Abro os braços o mais que posso, estou no cimo do mundo, o vento bate-me na cara. O Lee vai gozar comigo por causa da minha barba, já é uma barba a sério, já não são uns pelos louros espetados que só se viam ao sol. Eles chegam e damos uns socos uns aos outros como acontecia sempre que ficávamos algum tempo sem nos vermos. O Gegé e o Lee não vão acreditar quando lhes disser como a metrópole é na verdade, sabem como é a metrópole dos mapas da sala de aulas, e o Gegé conhece a metrópole das férias mas nenhum deles sabe como é a metrópole de viver. Quando lhes contar como é aposto que vão dizer, estás a bater couros. Os três finalmente no cimo da Sears Tower, a repetir, há quanto tempo, o tempo que esperámos para estarmos todos aqui. Com os olhos fechados e o vento frio a bater-me na cara é fácil acreditar que o Gegé e o Lee estão a chegar. Mas ainda faltam 784 dias. Daqui a 784 dias estamos os três no cimo da Sears Tower. Devemos ter de nos beliscar uma série de vezes para acreditarmos. Eu, o Gegé e o Lee no cimo do mundo a contarmos as novidades, todos ao mesmo tempo, orgulhosos de termos cumprido a jura, os três na América no último dia de 1978, eu o Gegé e o Lee a interrompermo-nos uns aos outros, deixem-me falar, porra, o Lee era sempre o que tinha mais dificuldade em fazer-se ouvir, o Gegé, deixem falar a donzela, donzela era

185

a tua mãe e casou-se, o Lee e o Gegé a discutirem por tudo e por nada. Nenhum de nós vai ser piegas, nem sequer vamos dizer que tivemos saudades uns dos outros, que isso é coisa de rapariga.

O que se vê daqui do terraço do hotel não deve ser assim tão diferente do que se vê do cimo da Sears Tower. Lá, os carros ainda devem ficar mais pequeninos, os prédios devem ser iguais aos dos livros do Homem-Aranha, prédios muito altos e lisos, com janelas todas iguais, e as pessoas devem quase desaparecer. Ainda deve ser um bocado diferente daqui porque tudo na América é diferente. 784 dias. 784 dias e estou no cimo da Sears Tower com o Gegé e o Lee. Tenho de decorar tudo o que vejo para lhes contar, já estou a ouvi-los, quantos metros de altura tinha o hotel, a que distância ficava o mar, de que tamanho era o terraço, e a piscina, o Gegé e o Lee estavam sempre a fazer perguntas acerca de tudo, às vezes até eram chatos, podíamos passar uma tarde a discutir porque é que os mamoeiros são tão altos, horas e horas a falar sem chegarmos a nenhuma conclusão. Agora parece que as tardes de lá eram tão compridas, então as tardes de férias nem se fala, as tardes eram compridas mesmo quando íamos de bicicleta ver as raparigas do bairro novo.

No Brasil e na África do Sul não há outono. O Gegé e o Lee nunca devem ter visto este sol dourado nem devem saber que os passeios se enchem de folhas amarelas de árvores que abafam o barulho dos passos. Também lhes deve custar imaginar uma piscina cheia de folhas como está a do hotel, folhas e lixo, a directora nunca mais a mandou limpar desde que a esvaziou no verão do ano passado, já se deve ter esquecido de que este é um hotel de cinco estrelas, que o hotel tem regras e que as regras têm de ser cumpridas para o nosso bem. E se nos queixamos a directora mexe no colar de pérolas de três voltas sem disfarçar o aborrecimento que as nossas queixas lhe causam e nem nos responde. Já foi há tanto tempo que o Pacaça reclamou contra o encerramento da piscina, agora já nem há plenários, neste verão ninguém sequer falou da piscina vazia. O sr. Marques ainda reclamou do ar-condicionado desligado nos quartos mas a directora, se têm calor vão para a praia, não há muitos que tenham a praia tão perto. A directora já nem se desculpa com os tempos conturbados, de resto agora já nem diz tempos conturbados, diz, tempos funestos. Este verão fui à praia e já não achei a água tão gelada, talvez no verão que vem ainda a ache menos gelada. Ao contrário do que o Faria diz, o ladrão do corpo habitua-se a tudo.

Faltam 784 dias para estar com o Gegé e o Lee na Sears Tower. Parecem muitos mas não são assim tantos, a partir de agora os dias vão passar mais depressa, os dias custam mais a passar quando se está à espera e no hotel está-se sempre à espera, não é só a espera do lugar no restaurante ou na sala de televisão, é a espera do grande dia, o dia de nos irmos embora, e é essa espera que faz com que os dias pareçam emperrados uns nos outros, o grande dia é tão esperado que os outros dias pouco mais são ou têm do que essa espera. Mas para nós a espera acabou. Amanhã vamo-nos embora do hotel. Amanhã já dormimos na casa nova.

Nunca mais estarei aqui. Hoje é a última vez que vejo o mundo daqui de cima, os carros pequeninos na Marginal, as casas com os telhados encarnados lado a lado como no jogo do Monopólio que a minha irmã gostava tanto de jogar com as amigas, fechavam-se no quarto e compravam o Rossio e a rua do Ouro, Santa Catarina e os Aliados, não fazíamos ideia onde ficavam, eram bairros da metrópole e por isso bairros muito finos, a minha irmã também gostava de comprar as estações de Campanhã e de Santa Apolónia, no Monopólio não se podia comprar esta estação de comboio ao pé do mar. Até os comboios ficam pequenos vistos daqui, tubinhos prateados a andarem para um lado e para o outro. Nunca mais verei os barcos desencaminhados lá longe no mar como os vejo daqui. É o último dia que passamos no hotel. Esperámos mais de um ano mas o dia chegou finalmente.

A casa nova é um quarto e uma sala sem varanda. As janelas são junto ao tecto, uma nesga de luz que não ilumina nada, mas a mãe está feliz como se estivéssemos a mudar-nos para um palácio. Ontem fomos buscar a chave e ficámos lá umas horas. A casa tinha uma luz baça apesar de haver sol lá fora e cheirava a mofo, o mesmo cheiro que as malas tinham quando o cacimbo as apanhava. O pai baixou os olhos, prometo-vos que um dia ainda teremos uma casa como a de lá, o pai com os olhos na alcatifa gasta e a promessa a ecoar na casa vazia. Não foi uma promessa como as que o pai fazia lá, o aspirador que a mãe via nas revistas, a ida à barragem de Cambambe, o Babyliss para alisar os caracóis da minha irmã, foi uma promessa feita com os punhos fechados, uma promessa que obrigou o pai a levantar a cabeça para olhar-nos um por um, prometo-vos que ainda vamos ter uma casa como a que tínhamos lá. Havia tanta raiva nos olhos do pai que todos tivemos a certeza que desta vez estava a falar a sério, desta vez a promessa não ia ser esquecida nem trocada por outra obrigação.

A mãe está tão feliz que o pai nem precisava de prometer nada, não há lugar como a nossa casa, na nossa casa é que se está bem, repete a mãe apesar das paredes frias e da pouca luz. Aposto que a mãe já adormece a pensar numa mesa para a sala e numa cama de casal. Por enquanto arranjamo-nos com uns colchões de encher e uma mesa de campismo, só falta mesmo a tenda, disse a minha irmã satisfeita, e rimo-nos todos. Por enquanto também nos bastamos com os copos, os pratos e os talheres que roubámos do hotel. Que pena não poder roubar mais coisas do hotel, roubar a directora não é pecado, como não era pecado roubar os contentores dos mortos de Sanza Pombo para levar a minha irmã e a mãe para a América. Os contentores dos mortos de Sanza Pombo já não estão lá, alguém os levou inteiros à luz do dia. O Pacaça diz que foram roubados mas o sr. Acácio discorda, os mortos de Sanza Pombo tinham cá família, não havia um colono que não tivesse cá família, mais próxima, mais distante, mas todos tinham cá família. O Pacaça zanga-se quando o sr. Acácio diz isso, eu sei quem são as ratazanas, ratazanas miseráveis, por muito que enriqueça, quem rouba é sempre miserável. O Pacaça não sabe de ladrões nenhuns mas não quer desistir dos piquetes, sem os piquetes e sem os jogos de sueca os dias e as noites não passam mesmo. De qualquer maneira, roubar a directora não é bem roubar, só não levo um dos maples grandes da sala de convívio e uma mesa de jantar do restaurante com as cadeiras e tudo porque não posso, ladrão que rouba ladrão tem cem anos de perdão.

A mãe é quem está mais feliz com a casa nova porque foi a única que nunca acreditou, nem por um segundo, que um quarto e uma varanda podem ser uma casa. Como também não consegue acreditar na fábrica de blocos de cimento que o pai quer construir. De vez em quando diz, e se arranjasses um emprego, era uma vida mais descansada, podias fazer como o sr. Orlando que arranjou emprego como condutor de machimbombos, um ordenado ao fim do mês e não há mais chatices. A mãe diz estas coisas e o pai tem de repetir as razões que o levaram a arranjar os sócios e a pedir um empréstimo ao IARN para construir uma fábrica de blocos de cimento, com esta idade ninguém me daria emprego e se mo dessem seria um emprego mau, não posso desperdiçar a saúde e a força que ainda me restam num emprego que não nos garanta a velhice, mesmo que o corpo não me atraiçoe com uma doença não tenho mais do que dez anos de trabalho, não posso aceitar um ordenado que nem chega para as despesas quanto mais para juntar para a velhice, o que seria de nós quando não pudesse trabalhar, o que seria de nós com uma pensão de miséria. Mas não adianta, a mãe fica a cismar, pior do que não ter nada é dever milhares de contos. Se a mãe ainda usasse o pó azul nos olhos as cismas não se notavam tanto, nos olhos despidos da mãe as cismas parecem mais fortes. O pai vai repetindo, a fábrica dos blocos de cimento é um bom negócio, vai dar para pagar o empréstimo e os juros e para termos uma velhice sossegada, não tem mal pedir dinheiro emprestado desde que não se desperdice e que se trabalhe para que dê certo, os próximos anos vão ser uns anos difíceis mas depois fica tudo bem, ao tentar convencer a mãe o pai também se vai convencendo a si mesmo. A mãe está sempre a avisar-nos, não podem aborrecer o vosso pai que anda muito nervoso, tem muito trabalho pela frente, mas depois aflige-se e esquece-se disso, não vamos conseguir pagar um empréstimo tão grande, todos dizem que ninguém consegue pagar estes juros e que ainda vão subir mais, e o pai tem de lembrar-lhe, o pior de ter perdido tudo não é estar aqui, se não aproveitamos esta oportunidade o pior vai ser a velhice que aí vem, os anos em que já não haverá IARN e em que todos se esquecerão de nós.

O pai deve ter razão, estar no hotel como nós estamos é mau mas a vida lá fora ainda pode ser muito pior. Se calhar foi por isso que o sr. Flávio fez o que fez, ninguém sabia o que pensar quando o sr. Teixeira da recepção disse que os familiares do sr. Flávio tinham escrito a anunciar o funeral. O sr. Flávio ainda era um homem novo, a última vez que o vi estava tão feliz por se ir embora do hotel, quem tem uma boa família não tem nada a temer no mundo, disse o sr. Flávio para depois dar um pontapé numa cadeira e deixar que o corpo lhe morresse preso por uma corda. Talvez o pai tenha razão, talvez o pior possa ainda estar para vir. Mas não vou pensar nisso agora, tenho de ser capaz de pensar numa coisa de cada vez, vamo-nos embora do hotel e eu tenho de estar contente sem me pôr a pensar noutras coisas, aquele quarto e aquela varanda com vista para o mar não eram a nossa casa, a nossa casa é um quarto e uma sala com janelas coladas ao tecto, a nossa casa não tem varanda e é longe do mar mas é a nossa casa.

Quando ouço o pai acredito em tudo o que diz, acredito que o futuro da metrópole passa pelo cimento, que o pai e os sócios vão conseguir pagar o empréstimo ao IARN e que ainda vamos ter uma casa grande e bonita como o pai prometeu. Daqui a uns anos vamos dizer, lembram-se daquela casa para onde fomos morar quando saímos do hotel, vamos falar de agora como agora falamos do tempo em que estivemos à espera do pai, e mentiremos como mentimos agora, tive sempre a certeza que vinhas ter connosco, não havia dia que não dissesse aos miúdos, é hoje que o vosso pai chega, e continuaremos a falar a falar até nos convencermos de que aquilo por que passámos não volta a acontecer, as palavras tanto afastam os demónios que rondam a mãe como os que rondam o passado na nossa cabeça.

Quando ouço o pai falar da fábrica de cimento confio em tudo o que ele diz mas quando o pai não está ao pé de mim ponho-me a pensar que devíamos ir embora daqui, que o pai devia ter pedido ao IARN dinheiro para os bilhetes de avião como o sr. Fernando e o João Comunista fizeram, ponho-me a pensar que o pai não se devia ter esquecido da parte do livro da vida que dizia que um homem pertence à terra que lhe dá de comer, não se devia ter esquecido que a metrópole só lhe deu fome, o pai não devia ter jurado que nunca mais sai da metrópole. Numa manhã, dois ou três dias logo depois de ter chegado, o pai estava sentado na varanda a fumar um cigarro, olhou para o mar e jurou, nunca mais ninguém me expulsa de lado nenhum, esta vai ter de ser a minha terra. Compreendia que o pai não quisesse ir para a América, deve ser difícil ganhar a vida na América sem se saber inglês, mas já não compreendo que não queira ir para o Brasil que é parecido com Angola, o sr. Fernando escreveu uma carta do Rio de Janeiro e disse que é igualzinho a Luanda, com a água do mar quente e a chuva que nos dá vontade de dançar, uma terra abençoada como Angola era, uma terra que deixa crescer tudo o que nela se semeia. Mas nem a carta do sr. Fernando fez com que o pai reconsiderasse a jura que fez na varanda do quarto naquela manhã, de cada vez que lhe falava no Brasil o pai respondia, nunca mais ninguém me tira da minha terra. O João Comunista também foi para o Brasil mas nunca deu notícias, espero que esteja bem e que já não tenha tanta vergonha do império nem de ser português, deve ser chato viver com vergonha de uma coisa que não se pode mudar. Houve outras famílias que saíram do hotel e que também nunca disseram nada, o sr. Clemente foi para a terra tratar de uns terrenos que tinha herdado, disse que nos escrevia e que até nos mandava umas sacas de batatas mas já se passaram meses e nem sacas de batatas nem cartas, e logo o sr. Clemente que dizia que tínhamos de manter-nos unidos, ia sempre às manifestações de retornados com cartazes, Angola era Portugal, os retornados querem justiça, os retornados isto, os retornados aquilo. Já quase não se fazem manifestações e as que se fazem têm cada vez menos gente, acho que já todos perceberam que afinal é cada um por si, já ninguém está enganado acerca da união, por muito que ainda olhem para as matrículas dos carros na estrada e buzinem uns aos outros de cada vez que se cruzam dois de lá. Quando o sr. Belchior ao ir-se embora se foi despedir à sala de convívio disse, cada um tem de seguir com a sua vida, amigo não empata amigo, o sr. Belchior nem sequer disse que escrevia e até duvidou que nos tornássemos a ver, o mundo não é grande mas também não é assim tão pequeno para andarmos a esbarrar uns nos outros, seja o que deus quiser.

O hotel já está mais vazio mas ainda existem dois turnos para o restaurante e continua a ser preciso guerrear com a directora por cada quarto que fica vago. O Mourita quer ficar com o nosso quarto, está farto de viver com a avó e com os pais, entre as rezas da avó para que a guerra em Angola acabe e o sr. Acácio a gemer em cima da d. Ester venha o diabo e escolha. Ao Paulo tanto lhe faz, passa os dias a rir-se com os olhos pesados da liamba, ao menos não dá conta das rezas nem dos gemidos. Se calhar nunca mais vejo o Mourita, este ano nem sequer estamos no mesmo liceu. Tive de me mudar para um liceu mais perto da casa nova mas as aulas ainda não começaram, dizem que antes da revolução começava tudo a tempo e horas, não sei se acredito, sempre contaram tantas mentiras da metrópole que agora já não acredito em nada. Desde que o Mourita disse aquilo da Silvana e eu lhe dei um murro nunca mais fomos amigos como éramos. Não lhe devia ter dado o murro, o Mourita não sabe o que se passou entre mim e a Silvana e não disse aquilo por mal. Mas dei e agora está dado. Não era só o Mourita que falava da Silvana, muita gente falava depois de a ter visto dançar com o Tobias na passagem de ano, o Mourita disse que a Silvana ia ter um filho preto para ter graça, não foi por mal, não sei porque lhe dei um murro, se calhar devia pedir-lhe desculpa antes de me ir embora. Se calhar também nunca mais vejo a Teresa Bartolomeu. Também não vou ter assim tantas saudades, a Teresa ficou chata desde que quer ser cantora, passa os dias a ensaiar canções malaicas com a viola que os pais lhe deram, o pior nem é não cantar nada de jeito, o pior é que agora tem medo de estragar a voz, conclusão, deixou de ir às rochas porque se pode constipar, se tem de chamar alguém que está mais longe não grita, tudo para não estragar a voz, não come baleizões, não fuma, ficou mais chata do que a minha irmã, mas está cada vez mais bonita. Era bem melhor que quisesse ser miss como a Rute, mas não, quer ter uma banda para correr o mundo como cantora, anda sempre com revistas de música que os pais lhe trazem da Inglaterra e já não gosta da América, só gosta da Inglaterra, os de cá são mesmo esquisitos, o que é que há na Inglaterra que a América não tenha, só se for a rainha. A Rute contou que quando era miúda achava que a rainha não cagava nem mijava, por causa do manto e daquelas cenas todas, só mesmo se a rainha não cagar nem mijar é que a Inglaterra pode ter algum interesse. A Rute também já se foi embora. O Ngola diz que uma vez encontrou os pais da Rute no comboio e que eles lhe disseram que a Rute fugiu de casa para ir viver com um velho de cá. Não sei se é verdade, o Ngola fuma muita liamba e está sempre a jurar que vê coisas que só acontecem na cabeça dele.

Ainda pensei em trazer o pai ao terraço mas nunca o fiz. Se perdesse este esconderijo perdia o único sítio onde podia ficar a pensar no que quisesse durante horas sem que ninguém me chateasse. Não sei como mais ninguém descobriu que é fácil forçar a porta. Ou descobriram e não acharam interesse nenhum em vir para aqui. A Silvana de vez em quando vinha aqui ter comigo mas nunca se demorava, havia sempre um problema qualquer, o frio, o calor, o cimento que era duro, o lixo a voar, o barulho. A Silvana nunca estava bem aqui, nunca estava bem em lado nenhum, ou nunca estava bem em lado nenhum durante muito tempo. E agora ainda deve ser pior, com aquela barriga enorme é que não se deve mesmo estar bem em lado nenhum, agora sim deve ter razões para não estar bem em lado nenhum. No dia em que ouvi o Pacaça dar os parabéns ao porteiro Queine peguei na bicicleta e fui a casa dela, fui ensaiando pelo caminho as perguntas que lhe queria fazer mas quando lá cheguei a chave estava debaixo do tapete da cozinha como sempre, abri a porta e a Silvana estava sentada à mesa da cozinha a fazer qualquer coisa, acho que pregava uns botões que tinham caído da farda, cumprimentou-me com um beijo e perguntou-me como tinha sido o meu dia e eu quis convencer-me de que não tinha acabado de ouvir o porteiro Queine dizer, se não temos quem nos continue o sangue não temos nada, tive medo de falar com a Silvana sobre o que o porteiro Queine tinha dito, se não temos quem nos continue o sangue não temos nada, o porteiro Queine feliz como nunca o tinha visto. Durante o caminho pensei em perguntar muitas coisas à Silvana mas quando lá cheguei a chave estava debaixo do tapete e a Silvana deu-me um beijo, estava tudo igual e eu não quis que nada mudasse, pensei, depois pergunto. A Silvana levou-me para o quarto e deitámo-nos na cama, beijou-me e eu ia dizendo para mim mesmo, depois pergunto, depois pergunto. Mas não perguntei e a Silvana também nunca me falou no assunto. Nem quando se começou a notar a barriga. Nem quando o Mourita disse que a Silvana ia ter um filho preto e eu lhe dei um murro. Nem no último dia em que fui lá a casa.

O Mourita também ouviu o porteiro Queine dizer, se não temos quem nos continue o sangue não temos nada, e pôs-se a gozar, o porteiro Queine vai descobrir que afinal tem sangue preto como o Tobias, e ria-se como um perdido. Disse-lhe para estar calado mas ele só se calou quando lhe dei o murro, o que é que te deu, o Mourita lixado comigo, se não te calas acerto-te outro, o Mourita, mas estás parvo ou quê, e eu, é melhor bazares se não queres apanhar outro. Fiz mal. O Mourita só estava a brincar, não sabe de nada do que se passou. Mas mesmo que não se tivesse passado nada entre mim e a Silvana, o porteiro Queine também era meu amigo. Só a um amigo é que se dá uma bicicleta. Ou talvez não. Acho que o porteiro Queine não ia gostar de ter um filho preto mas não se importa de ter um filho com o sangue dos celtas. Dei um murro ao Mourita porque precisava de dar um murro. Os amigos às vezes também servem para isso. Mas não está certo e tem de se pedir desculpa. Não pedi e agora passou tanto tempo que já não vale a pena.

A Silvana não gostava de estar aqui no terraço mas eu sempre gostei. Mesmo quando chovia. Abrigava-me debaixo do beiral e ficava a ver a chuva, a que cai a direito, a oblíqua tocada a vento, a emaranhada em temporais, a molha-tolos como os de cá dizem, tanto me fazia. Mas o que gosto mesmo é de ficar deitado a olhar para o céu, trago uma camisola para servir de almofada e não preciso de mais nada, estendo as pernas e deixo que o corpo amoleça. O sol já é fraco mas ainda é suficiente para me aquecer, não há um centímetro deste terraço que não conheça, não há um centímetro deste chão que não tenha pisado, se não houvesse sempre lixo novo no terraço podia dizer que conheço este terraço como a palma da minha mão. Mas há sempre lixo novo, não sei como vem parar aqui tanto lixo, folhas de árvores, sacos plásticos, pedaços de tábuas com pregos enferrujados, folhas de jornais, já encontrei um lenço como os que a mãe usa no cabelo e uma pauta de música. De vez em quando também aparecem pássaros mortos, o resto do lixo acaba por voar mas os pássaros mortos não. A Silvana dizia que os pássaros mortos dão azar, se a Silvana aqui estivesse não seria capaz de olhar para a gaivota morta que está ali junto ao muro da antena de televisão. Quando estou aqui penso muitas vezes em partir a antena para me vingar da directora, mas desisto sempre, não é a directora que fica sem ver televisão, estou mesmo a ouvi-la, alguém estragou a antena, paga o justo pelo pecador. A mãe também diz isso do justo que paga pelo pecador quando fala de termos perdido tudo o que lá tínhamos, pagou o justo pelo pecador, há algum alívio no, pelo menos não tivemos culpa. Não percebo porquê, se quem não tem culpa tem de pagar e se quem tem culpa e é pecador não tem, não estou a ver a vantagem. Mas a mãe já não fala tanto em termos perdido tudo, agora está sempre a falar do empréstimo do IARN, como é que vamos conseguir pagar tanto dinheiro, a mãe continua a fazer muitas vezes a mesma pergunta, parece que os demónios deixaram de rondá-la mas as cismas continuam, a culpa das cismas da mãe não é de África nem da metrópole, a culpa das cismas da mãe não é de nenhuma terra nem dos demónios nem de ninguém, custa a acreditar que haja coisas que existem sem culpados mas é verdade.

Quando o pai diz que vai conseguir pagar o empréstimo do IARN não há quem duvide, nem mesmo a mãe. Se o pai não conseguisse falar tão bem nunca teria sido capaz de arranjar os cinco sócios na sala de convívio. Mesmo que a d. Juvita passasse com as mamas empinadas, que o Pacaça o interrompesse, que o Pernalta estivesse a ser enxotado ou que a preta Zuzu começasse a cantar as orações, o pai nunca se distraía, na sala de convívio o pai tinha uma única ideia, o futuro da metrópole passa pelo cimento e quem quiser fazer parte do futuro tem de se juntar a mim e à minha fábrica de blocos de cimento. Acho que ao princípio pensaram que era uma brincadeira, ninguém acreditou no pai apesar da voz tão segura e do entusiasmo em cada gesto, nem os revolucionários falam tão entusiasmados da revolução. O pai insistia, nesta terra está quase tudo por construir, há falta de tudo, casas, escolas, hospitais, lojas, restaurantes, cafés, nada se constrói sem cimento, escrevam o que vos estou a dizer, o futuro desta terra passa pelo cimento. O pai na sala de convívio com a ideia da fábrica de blocos de cimento como lá em Luanda no muro da tabacaria do sr. Manuel com a ideia da nação nova, vamos construir uma nação nova, todos juntos, brancos e pretos, vamos construir uma nação mais rica do que a América. Mas desta vez era diferente, mesmo os que discordavam do pai não conseguiam apresentar razões, não havia nenhum sr. Manuel a dizer, ó homem, eles vão pôr-nos fora daqui, vai haver aqui um mar de sangue. Talvez o pai tenha feito bem em jurar que nunca mais ninguém o expulsa de lado nenhum. Havia os que diziam, uma fábrica de blocos de cimento não é assim tão fácil, e o pai sorria, só não é fácil até alguém a fazer, quando o pai fala da fábrica dos blocos de cimento é igualzinho ao pai que ia ser o maior industrial de camionagem, o pai a quem eles ainda não tinham feito cicatrizes pelo corpo todo.

O pai nunca falou da prisão. Nem uma palavra. Talvez por isso eu não consiga olhar para as cicatrizes do pai quando o vejo em tronco nu. O silêncio do pai faz com que as cicatrizes contem coisas mais terríveis do que as que o pai poderia alguma vez contar, as cicatrizes mostram-me as feridas a serem abertas, o pai a gritar, a implorar, o pai deve ter chorado, o sr. Moreira disse ao Helder que chega um momento em que até o mais valente dos homens chora. Quando olho para as cicatrizes do pai é como se estivesse a assistir ao que eles lhe fizeram, como se estivesse a assistir a tudo e continuasse sem conseguir mexer-me como quando levaram o pai. Não me mexo, o meu corpo não se dobra com dores como o do pai mas a raiva e o ódio rebentam-me todo por dentro, não, não é raiva nem ódio, que a raiva e o ódio enfraquecem com o tempo, é outra coisa, outra coisa que nem eu sei, o que me revolta mais é não conseguir compreender por que levaram o pai, é isso que me revolta e magoa mais, a dor de não conseguir compreender continua intacta ou até vai ficando mais forte, não sei como é que podem ter prendido o pai, não consigo perceber porquê, pergunto-me cem vezes, porquê, porquê, e até parece que cada vez me afasto mais de algum dia poder compreender. Às vezes penso que não foram eles que fizeram as marcas ao pai, às vezes penso que o pai tem o corpo marcado por ter andado a lutar com os demónios, como o sr. José. Penso que os demónios já não rondam a mãe porque o pai ficou lá a lutar com eles e venceu-os.

O pai podia não falar da prisão mas pelo menos contar o dia em que o libertaram. Mas nem isso. Quando o tio Zé passou por aqui antes de ir para a terra, contou-nos que eles tinham soltado o pai por terem apanhado o carniceiro do Grafanil. O pai estava presente mas nem assim disse uma palavra. O tio Zé até se demorou em detalhes, o carniceiro do Grafanil tinha sido apanhado a beber cerveja numa casa na Maianga e quando se viu cercado deu um tiro na cabeça. O tio Zé levou a mão à nuca e fez de conta que disparava, pum, acabou-se. O pai queria fumar mas tinha as mãos tão suadas que não conseguia acender o isqueiro Ronson Varaflame. A mãe desviou o assunto mas mesmo assim o tio Zé continuou a falar de lá, de como tinha sido obrigado a desistir de ajudar o povo oprimido durante cinco séculos, é a guerra mais sangrenta que se pode imaginar e não vai terminar tão cedo. O tio Zé também falou da dificuldade de ter arranjado um voo para cá depois de a ponte aérea ter acabado, falou disso e da mulata que veio com ele. De vez em quando parecia que o pai ia começar a falar mas nunca disse nada. Não sabemos sequer se o pai veio de avião. Às vezes penso que a mãe sabe, que o pai não pode guardar um segredo tão grande. Não falamos do que aconteceu ao pai mas é como se isso sugasse todas as conversas. Todas as conversas e todos os silêncios. O Lee andava sempre a ler nas revistas coisas sobre os buracos negros, buracos que são como estrelas ao contrário e que em vez de darem luz engolem tudo o que está à sua volta, até a própria luz. A prisão do pai faz a mesma coisa. Nem sequer é um assunto como a doença da mãe porque na doença da mãe não havia culpados. Ou havia, mas quando deus ou os demónios nos fazem mal é outra coisa. Na prisão do pai há culpados iguais a nós ou quase iguais a nós e podemos fazê-los sentir o que nós sentimos. Talvez o tio Zé tenha razão e a guerra não vá acabar nunca. Mas de resto não se pode confiar no tio Zé, não se pode confiar no que o tio Zé diz sobre a prisão do pai, nem sobre a morte do carniceiro do Grafanil, nem sobre as cartas que diz que nos escreveu e que nunca cá chegaram, nem sobre os esforços que diz ter feito com o Nhé Nhé para que eles libertassem o pai. Nem sequer se pode confiar que a mulata Mena é uma noiva a sério, apesar de o tio Zé a ter apresentado, esta é a Mena, a minha noiva, e de ter passado o tempo todo de mão dada com ela. Se se pudesse confiar no tio Zé o pai tinha-o convidado para ser sócio da fábrica de blocos de cimento, mas mesmo com o tio Zé a dizer que se arranjasse o que fazer por cá preferia ficar na capital a ir enfiar-se na terra, o pai não disse nada.

E não foi fácil o pai arranjar os sócios que o IARN exigia para emprestar o dinheiro. O pai ia para a sala de convívio com a conversa do cimento e do futuro da metrópole mas havia sempre quem duvidasse, especialmente os mais velhos, os que já não podem pedir empréstimos e os que nunca arranjarão emprego, como o Pacaça, se não se construiu cá nada em tantos anos quem lhe garante que se vai construir agora, ainda por cima neste país onde já não se sabe quem manda e onde todos podem roubar à vontade, é só pegar num jornal, o Bochechas como primeiro-ministro ainda vende o país como nos vendeu a nós, se vender também não se perde muito, o que havia de valor já foi e não volta mais. O Pacaça ainda fala todos os dias contra o Mário Soares, o Rosa Coutinho, o Almeida Santos e os outros que nos traíram e venderam, e ainda usa todos os dias o fumo pelo fim do império. Também ainda continua à espera da carta que há-de chegar da África do Sul, a carta em que o filho lhe diz para ir ter com ele. Só que a carta nunca chega. O Pacaça vai todos os dias à recepção, já nem tem coragem de fazer a pergunta, o sr. Teixeira logo que o vê, não chegou nada, o Pacaça volta ao Mário Soares, ao Rosa Coutinho e ao Almeida Santos, ao Otelo e aos do MFA, a corja de traidores que nos vendeu. Mas já quase ninguém lhe liga. Toda a gente sabe que mais dia menos dia o IARN vai fechar os hotéis e quando não se tem casa nem comida não há traidor que não perca importância, o que lá vai lá vai, até a d. Flor do 519, que jurava que não havia de morrer sem cuspir na cara do Rosa Coutinho, agora diz, o que lá vai lá vai.

Ao princípio o sr. Miguel concordava com os que diziam que uma fábrica de blocos de cimento era uma boa ideia mas que tinha muito risco, muito trabalho e acima de tudo muitos juros para pagar, o sr. Miguel perguntava ao pai, e se você está errado, homem, e o pai respondia, agora já não há África, a galinha dos ovos de ouro acabou, os de cá não podem continuar parados, tem de se fazer alguma coisa, ou fazemos alguma coisa ou deitamo-nos ao mar, que sempre se morre mais depressa afogado do que de fome. Nisso tem razão, dizia o sr. Miguel mas logo voltava à ideia de conseguir uma licença para um carro de praça, é um bocado perigoso com os bandidos que para aí andam mas tirando isso é uma vida sem chatices, não há cá greves nem sindicatos, até os comunistas chamam um táxi quando precisam, é um negócio que não ofende ninguém. Mas a licença nunca mais saía, eram papéis atrás de papéis, pedidos atrás de pedidos, e um dia o sr. Miguel decidiu-se, que seja como você diz, que o futuro passe pelo cimento. O pai ficou tão contente que até me disse para ir com eles beber uma cerveja ao bar e depois foi chamar a mãe e a minha irmã. Ainda me lembro do pai para o Vítor que continua a andar sempre de trombas, homem, tem à sua frente os futuros reis dos blocos de cimento, e até o Vítor teve de se rir porque toda a gente que estava no bar se riu. A d. Maria disse, até parece que alguém faz anos e o pai, que é possível tornar a nascer isso é, e logo depois, se um dia quiser construir uma casa já sabe onde ir buscar o cimento, para os retornados faz-se preço especial para ajudar, leva-se só o dobro do que se leva aos de cá. Todos se riram mais uma vez, o Juiz foi ao quarto buscar a garrafa de whisky e o sr. Acácio fez o mesmo, estivemos no bar até de madrugada a contar anedotas e a falar da fábrica dos blocos de cimento e de outros negócios. Nem todos os dias no hotel foram maus, também aconteceram coisas boas como esse serão no bar. Depois de ter bebido uns whiskies o pai cantou para a mãe, *você bem sabe que eu não lhe prometi um mar de rosas, nem sempre o sol brilha, também há dias em que a chuva cai*, a mãe chamou-lhe meu amor, nesse serão o pai levou a mãe ao colo para o elevador como as vizinhas da casa antiga diziam que o pai a tinha levado no dia em que a mãe foi a noiva que chegou no *Vera Cruz*.

Ninguém no hotel sabe da prisão do pai, fala-se de tudo mas na verdade ninguém sabe grande coisa acerca de ninguém. Assim como não sabem que o whisky preferido do pai é o Ye Monks também não sabem que o pai tem o corpo todo marcado. Mesmo no verão o pai andou sempre com camisas de manga comprida e por isso ninguém sabe que quando o pai disse aquilo de tornar a nascer estava a falar a sério. Com aquelas marcas no corpo o pai tem de ter tornado a nascer, caso contrário não conseguia pensar na fábrica dos blocos de cimento nem na casa grande que ainda havemos de ter. Mas por enquanto serve esta, por enquanto serve um quarto e uma sala com as janelas coladas ao tecto. Chateia-me ter de dormir na sala com a minha irmã, ainda por cima agora que a minha irmã está sempre a falar do namorado, a escrever cartas ao namorado, as raparigas conseguem ser mais enjoativas que eu sei lá.

Não foi fácil ao pai e ao sr. Miguel encontrarem os sócios que faltavam, ninguém queria ficar devedor de tanto dinheiro nem ninguém queria ter tanto trabalho pela frente, que é uma boa ideia é mas não se esqueçam que esta terra não é generosa como a de lá, diziam. Mas a mãe tem razão, o pai fala melhor do que um doutor, e um a um conseguiu convencer os cinco sócios, eu sei que esta terra não é abençoada como as de lá, eu sei que esta terra pede-nos suor, lágrimas e sangue e em troca dá-nos um pedaço de pão duro, mas também sei que numa coisa esta terra não é diferente de nenhuma outra, nem mesmo das mais abençoadas, esta terra não rejeita o que lhe põem em cima, isso também sei, e é por isso que vos digo que o futuro passa pelo que se vai pôr em cima desta terra, casas, estradas, hospitais, escolas. É quase impossível não ficar entusiasmado ao ouvir o pai falar com tanta certeza. E foi assim que o pai conseguiu arranjar os cinco sócios para a fábrica de cimento. E foi assim que o pai e os sócios se tornaram devedores de sete mil e novecentos contos fora os juros que ainda nem se sabe quanto será, porque o dinheiro fica mais caro todos os dias.

Devia descer para fazer a mala mas tenho tempo, esta é a última vez que posso ficar aqui a pensar nas minhas coisas. Desta vez é fácil fazer a mala, não há nada para escolher, a roupa que trouxe de lá deixou de me servir e já foi quase toda para o lixo. De qualquer maneira era fria e como os de cá não usam cores parecemos uns palhaços. Não sou como a minha irmã, não tenho vergonha de ser retornado mas também não gosto de ser um palhaço. Desta vez é fácil fazer a mala, é só guardar as duas ou três camisolas que me deram no sítio da roupa e já está. O vento podia acalmar um pouco para me deixar acender o cigarro. Estar aqui também é bom porque posso fumar quando me apetece. Quando fizer dezoito anos vou pedir ao pai que me deixe fumar à frente dele, o pai sabe que já sou um homem e que um homem não se esconde para fumar. Se o pai não me considerasse um homem não me contava coisas que não conta a mais ninguém, nem aos sócios. Sei que os do IARN vão comer-nos os olhos com os juros só que não tenho escolha, o pai diz-me estas coisas mas pede-me sempre, não digas a ninguém o que eu disse, é mais difícil trabalhar para pagar o que se acha injusto, ninguém precisa de saber que vai ser assim. Nunca disse uma palavra a ninguém, pertencemos ao mesmo clube e os membros do mesmo clube não se atraiçoam, nem se zangam. O pai tinha razões para se zangar comigo e nunca mais confiar em mim. Se eu não tivesse desmaiado talvez eles não o tivessem levado. Tinha razões para estar zangado comigo mas não está, se calhar nem preciso de esperar até aos dezoito anos para lhe pedir autorização para fumar à frente dele, o Mourita e o Paulo fumam à frente do sr. Acácio e não há problema nenhum. Acho que posso pedir antes porque há coisas em que o pai está diferente, e não é só nas marcas do corpo. Quando lhe contei que chumbei por faltas pensei que o pai ia tirar o cinto e dar-me uma tareia. Estávamos sozinhos no quarto, o pai a estudar os papéis do empréstimo do IARN e eu deitado na cama a ler o Homem-Aranha que o porteiro Queine me tinha emprestado. Então, rapaz, tens alguma coisa para me dizer, perguntou-me o pai, não sei se já andava desconfiado. Estávamos sozinhos, era uma boa altura para contar do chumbo, se o pai me batesse ninguém veria, não me custa assim tanto apanhar do pai mas custa-me que alguém me veja apanhar. Chumbei por faltas, disse, já foi antes do Carnaval, falsifiquei a assinatura da mãe para que ninguém descobrisse e tenho fingido que vou para o liceu mas fico por aí às voltas à espera que o tempo passe. Disse tudo de seguida e só me calei porque o pai pousou os papéis do empréstimo do IARN. Pensei que ia tirar o cinto para me bater mas o pai nem sequer levantou a voz, era a única obrigação que tinhas e não foste capaz de a cumprir, disse com um desapontamento tão grande que me doeu mais do que o cinto. Tentei desculpar-me, algumas professoras nem os nossos nomes sabiam, o frio enregelava-me as mãos e não me deixava escrever, as professoras puseram-nos na fila mais afastada da janela, a mãe estava pior das crises, dei todas as desculpas pensando que o pai compreenderia pelo menos uma. Claro que não disse que preferia ir para as rochas com a Teresa Bartolomeu e que mais tarde preferia ir ter com a Silvana à casa que tem o cimento à mostra. Nem disse que me deitava com a Silvana na cama como se isso não tivesse mal nenhum. O pai olhava para mim sem dizer uma palavra e eu, julguei que eles o tinham matado e que tinha de ir trabalhar para tomar conta da mãe e da Milucha, se fosse assim tanto fazia um ano a mais ou a menos. O pai continuou sem tirar o cinto e sem levantar a voz e quando disse, tens tempo, um chumbo de um ano não é nada que não possa remediar-se, eu percebi que o pai tinha aprendido que o medo não é o que mais nos obriga a fazer seja o que for. E não foi preciso mais nada para ambos termos a certeza que ia ser como o pai dizia, para o ano fazes como a tua irmã, que tirou boas notas e vai para a universidade.

Mas a minha irmã ainda não vai já para a universidade, inventaram uma coisa que se chama serviço cívico e é o que a minha irmã vai fazer este ano, a minha irmã e o namorado, o besugo da metrópole que ainda nem está na universidade e já parece um doutor. A minha irmã deve pensar que se namorar com um besugo de cá deixa de ser retornada, só mesmo uma rapariga para pensar numa coisa dessas. O Gegé e o Lee não vão acreditar como é o namorado da minha irmã. Então quando lhes contar da ida ao cinema vão achar que estou mesmo a mentir. Eu e a minha irmã tínhamos conseguido arranjar dinheiro para ir ao cinema e o choninhas, não vamos ao Casino porque passam filmes porcos. Nunca iria com a minha irmã ver filmes porcos mas o choninhas todo enojado, no Casino passam filmes porcos. O Gegé e o Lee também não vão acreditar que aqui na metrópole as famílias vão à *matinée* ver filmes como a *Emmanuelle*, aposto que nem no Brasil nem na África do Sul acontece isso, deve ser uma das poucas coisas que a metrópole tem melhor. O que mais me irrita no choninhas é que tem a mania que sabe tudo. Quando quero irritar a minha irmã pergunto-lhe pelo sabichão, fica tão furiosa, noutro dia atirou-me com a soca de madeira, por sorte não me acertou, ainda bem que as raparigas não têm pontaria. Mas a minha irmã deve gostar muito dele porque conta-lhe tudo o que se passa na nossa vida. Até da doença da mãe lhe contou, e a doença da mãe não é assunto que se fale, muito menos com os de fora. A teoria do sabichão é que as doenças dos nervos às vezes melhoram ou até desaparecem quando há mudanças grandes nas vidas das pessoas. Nisso é capaz de ter razão, ter passado por aquilo tudo é capaz de nos ter mexido nas cabeças por dentro. Deve ter avariado umas quantas, como a do sr. Flávio que fez o que fez, mas também deve ter consertado outras, como a da mãe. Mas eu queria era ver o sabichão quando a mãe estivesse a ter um dos ataques, fugia a sete pés e a minha irmã nunca mais o via.

O sabichão é como a directora, também fala com palavras de sete e quinhentos, de certeza que podiam ser amigos. O choninhas até de Angola fala como se soubesse mais do que nós. Nunca lá pôs um pé mas como teve um tio ou um primo ou não sei o quê que fez a tropa lá isso é o suficiente para vir dizer que nem sonhamos com as coisas terríveis que aconteceram. O choninhas devia era estar preocupado com as coisas terríveis que estão a acontecer aqui e que ele nem sonha. E não devem ser poucas porque as coisas terríveis estão sempre a acontecer cá, lá, em todo o lado.

O que eu gostava era que o choninhas tivesse uma teoria que explicasse como é que o tio Zé era paneleiro quando viemos de lá e se apresentou aqui com a mulata Mena. Por muito que pense ainda não consegui arranjar nenhuma. Se calhar não é a metrópole que muda as pessoas e as pessoas mudam estejam onde estiverem, se calhar o que parece mudança não é mudança e o tio Zé sempre foi o que esteve aqui de mão dada com a mulata Mena assim como ainda é o que passeava com o Nhé Nhé, se calhar o tio Zé sempre foi o que aceita ir para a terra e casar com a mulata Mena como ainda é o que se entusiasmava em ajudar o povo oprimido durante cinco séculos a criar uma nação. Se calhar sou eu que vejo mudança onde na verdade não há mudança nenhuma, se calhar sou eu que invento mistério onde não há mistério nenhum, se calhar a mudança não existe e vamo-nos só mostrando de maneiras diferentes. Eu não sinto que mudei mas tenho a certeza que se a mãe que usava o pó azul nos olhos me visse agora aqui ia dizer, não pareces tu. E não havia de ser só por causa de a barba ter crescido.

Mas não deixou de ser estranho ver o tio Zé na recepção sem um cinto com uma fivela em forma de borboleta ou coisa parecida e ainda por cima de mão dada com a mulata Mena. A primeira coisa que me veio à cabeça foi que o Pacaça não ia poder dizer, afinal sempre havia razão para andares com aquele casaco branco à Jacques Franciú. O tio Zé que estava na recepção ainda tinha os lábios em forma de coração mas já não fazia beicinho como as raparigas, e não fazendo o beicinho era só um homem com os lábios mais desenhados. Podia ser outra vez o tio Zé que tinha aparecido lá em nossa casa de surpresa, o tio Zé de antes das cartas do Quitexe e do Nhé Nhé, o tio Zé que era só o irmãozinho da mãe que tinha vindo da metrópole. Mas não era. Havia o tio Zé que não tinha respondido às cartas que lhe mandei. Nem às minhas nem às da mãe. O tio Zé que apareceu no bar do hotel não falou das minhas cartas mas disse que tinha respondido às da mãe. Não é verdade, não se podem ter perdido tantas cartas. O tio Zé percebeu que não acreditámos nele mas jurou e voltou a jurar que tinha feito tudo o que podia para libertar o pai. Talvez seja verdade, o tio Zé quase chorou de raiva quando percebeu que íamos dizendo que sim que sim só para o calar. Pode acontecer que o tio Zé não nos tenha escrito porque não tinha boas notícias para nos dar, e em vez de desamor ou desinteresse pode ter havido um amor maior que não soube fazer as coisas de outra maneira. Não interessa. Se gostava de nós tinha de ter sabido fazer o que nós precisávamos, se não for assim o amor que os outros nos têm só estorva. Por isso, para mim o tio Zé nunca fez esforço nenhum para o pai ser libertado e assim que nos enfiou no avião para virmos para cá foi a correr pôr-se a chupar na pichota do Nhé Nhé e nunca mais quis saber de nós. Foi isso que aconteceu e acabou-se. Que sejam muito felizes, ele e a mulata Mena, bem longe daqui lá no norte junto dos familiares que não nos convidaram sequer para os visitarmos, fuinhas de merda, tantas cartas cheias de saudades e agora nem uma palavra, não se pode mesmo contar com os da metrópole. Nem com os que são simpáticos como a Silvana e o porteiro Queine.

Não quero saber o que se passou com o tio Zé mas há mais coisas que gostava de saber e não tenho como. Coisas que não são terríveis como as cicatrizes do pai mas que também ficam a moer. Como o que se passou com a Silvana e o porteiro Queine. Já não me lembro bem do último dia em que fui ter com a Silvana. Sei que a Silvana tinha deixado há algum tempo de querer andar sentada no guiador como a Etta, a namorada do Sundance Kid, na bicicleta do futuro do Butch Cassidy. Eu tinha ouvido o Pacaça a dar os parabéns ao porteiro Queine e sabia a razão mas a Silvana podia ter-me dito, tenho medo de cair e de perder o bebé. Acho que tinha preferido. E daí não sei. É sempre mais fácil dizer estas coisas depois. A Silvana estava a fazer um bolo, às vezes a Silvana fazia bolos no dia de folga, até lhes punha creme e os enfeitava com bolinhas prateadas. O verão estava a chegar e os campos à volta já não eram tão feios, também não eram bonitos, eram campos sarapintados de roxo e amarelo. A mãe também fazia um bolo para os nossos aniversários. O bolo nunca crescia, abri a porta do forno, não bati bem as claras, esqueci-me de peneirar a farinha. Havia sempre uma razão que nunca era a falta de jeito da mãe. A mãe desenformava o bolo e cobria-o com um creme que também nunca era bem um creme, uma argamassa que custava a espalhar, polvilhava-o com coco ralado, parece neve. O coco ralado voava quando apagávamos as velas e a mãe prometia, nunca mais ponho coco, mas no aniversário seguinte voltava ao mesmo. Na casa nova a mãe vai voltar a fazer-nos bolos nos nossos dias de anos e não faz mal que não cresçam ou que a mãe continue a cobri-los com coco. Vamos soprar as velas e vai correr tudo bem. Mesmo que o pai demore a cumprir a promessa de termos uma casa melhor, vai correr tudo bem.

O turno do porteiro Queine acabava às seis da manhã e ainda tínhamos muito tempo para estarmos juntos. Esperava que fôssemos para o quarto, que a Silvana me tirasse a roupa, que os cabelos dela me tocassem no peito, ria-me sempre das cócegas que os cabelos dela me faziam quando roçavam no meu peito, era bom estar com a Silvana, gostava de a ver adormecer abraçada a mim. Mas nesse dia a Silvana estava a fazer um bolo e falava de coisas sem importância, do sr. Maurício que tinha ido embora do hotel e que tinha deixado o quarto a cheirar aos churrascos que fazia na varanda, por muito que se limpasse não havia nada que tirasse aquele cheiro. Não estava a criticar nem era contra os retornados, contava por contar. A directora ainda o ameaçou muitas vezes com a expulsão mas o sr. Maurício, quero que a directora se foda. O sr. Maurício era assim, estava sempre a dizer palavrões, não se importava que estivessem mulheres ou crianças por perto. Muita gente não gostava dele por isso. Por isso e pelas unhas sempre negras, restos da profissão, dizia a mulher, a d. Isabel, um mecânico nunca pode negar a sua profissão. O sr. Maurício arranjou emprego numa cidade que fica do outro lado do rio, uma cidade que é um ninho de comunas tão grande que até o Cristo Rei lhe virou as costas, disse o Pacaça. Mas já quase ninguém se ri das graças do Pacaça.

A Silvana passou o dedo indicador na taça que tinha o resto da massa do bolo e lambeu-o. Deu-me a taça e eu fiz o mesmo. Durante algum tempo ficámos de pé um ao lado do outro a lamber o resto da massa do bolo com os dedos. Depois sem mais nem menos a Silvana disse, é melhor não voltares. Não sabia o que responder. Devia ter dito qualquer coisa mas não sabia o que dizer. E em vez de me ir embora sentei-me à mesa num dos bancos da cozinha. A Silvana sentou-se no banco que estava em frente, o prato do bolo ainda vazio entre nós. É melhor não voltares. Da mesma maneira que meses antes, sabes ir ter lá a casa. Olhei em volta, uma cozinha tão feia como a da nossa casa nova. Ainda pensei perguntar, quem trata de mim se voltar a ter febre. Mas a Silvana sorriu e eu não perguntei. Nem pensei, pergunto depois. Sei ir ter lá a casa e também sei não voltar lá. Desde então, quando passamos um pelo outro no hotel dizemos olá e mais nada. Não estamos zangados. Eu pelo menos não estou. E tenho a certeza que a Silvana também não.

Continuo deitado no terraço. O calor do chão aquece-me o corpo mais do que este sol morno de outono. Tenho de tirar esta mangonha do corpo, levantar-me, olhar pela última vez o mar que se vê daqui e ir fazer a mala. O mar que apesar da fábrica de blocos de cimento do pai continua a dizer-me que o futuro pode ser onde se quiser. Dantes, se o mar estava mais revolto, via em cada pontinho branco a Pirata a correr para mim. A Pirata com aquele ar atarefado de quem sabe que se não parasse de correr acabaria por alcançar-me. Já não consigo ver a Pirata nos pontinhos brancos do mar e já não me engano a pensar que a Pirata percebeu finalmente que por muito que corresse nunca mais apanharia o carro do tio Zé e que está a descansar à sombra de uma árvore.

Amanhã já não estou aqui. Parece impossível. Parece impossível que o dia de deixar o hotel tenha chegado e que eu tenha medo de sermos outra vez uma família com uma casa. Tenho medo de deixarmos de ser uma família entre famílias de retornados no hotel e passarmos a ser uma família de retornados entre as famílias de cá. Acho que nunca mais vou ser capaz de pensar e sentir uma coisa de cada vez. Com o tempo devo habituar-me e deixar de me incomodar com isso. Não posso evitar que umas coisas tragam outras ou façam perder outras. Não deve ter mal. E também não deve fazer mal. Como não faz mal eu não saber o que aconteceu ao pai na prisão, aos demónios da mãe, à Silvana ou ao tio Zé. Nada disso tem mal desde que ainda haja coisas de que eu tenha a certeza.

Um avião risca o céu a direito. Silencioso. Como um giz preguiçoso nas mãos invisíveis de deus. Noutro tempo ter-lhe-ia respondido daqui de baixo. Talvez ainda responda. Noutro tempo ter-lhe-ia escrito, talvez ainda escreva, em letras bem grandes a todo o comprimento do terraço para que não possa deixar de ver-me, eu estive aqui.

Eu estive aqui.

Las cosas que se mueren
no se deben tocar.

Dulce María Loynaz

O retorno © Dulce Maria Cardoso, 2011
Publicado mediante acordo com Literarische Agentur Mertin
Inh. Nicole Witt e. K., Frankfurt am Main, Alemanha.

Todos os direitos desta edição reservados à Todavia.

Respeitou-se aqui a grafia usada na edição original.

capa
Violaine Cadinot
ilustração de capa
Pierre Mornet
preparação
Cacilda Guerra
revisão
Ana Alvares
Alyne Azuma

Dados Internacionais de Catalogação na Publicação (CIP)

Cardoso, Dulce Maria (1964-)
O retorno / Dulce Maria Cardoso. — 1. ed. — São
Paulo : Todavia, 2024.

ISBN 978-65-5692-738-1

1. Literatura portuguesa. 2. Romance. I. Título.

CDD 869.3

Índice para catálogo sistemático:
1. Literatura portuguesa 869.3

Bruna Heller — Bibliotecária — CRB 10/2348

todavia
Rua Luís Anhaia, 44
05433.020 São Paulo SP
T. 55 11 3094 0500
www.todavialivros.com.br

fonte
Register*
papel
Pólen natural 80 g/m²
impressão
Geográfica